Museu do romance da Eterna

Macedonio Fernández

ÍNDICE

PRÓLOGOS	9
CAPÍTULOS	155
APÊNDICES	287
POSFÁCIO	327

Macedonio Fernández

MUSEU DO ROMANCE DA ETERNA

PRÓLOGOS

ROMANCE DA ETERNA E A MENINA DE DOR, A DOCE-PESSOA DE-UM-AMOR QUE NÃO FOI CONHECIDO

(COM A DOUTRINA DA ARTÍSTICA)

Dedicada ao Leitor Salteado
por
Macedonio Fernández

(Dos cinco aplausos que há: o de chamar o "garçom"; o de espantar as galinhas de um jardim; o de caçar uma mariposa no voo; o de autor ou orador que diz, começando outro parágrafo e aplaudindo o anterior: "Perfeitamente então", "muito bem", "sendo assim"; e o de final de ópera, tão longo que não se pode explicar a não ser como o aplauso da ópera a si mesma — qual será para este Romance?)

MUSEU DO ROMANCE DA "ETERNA" E A MENINA DE DOR, A "DOCE-PESSOA" DE-UM-AMOR QUE NÃO FOI CONHECIDO

Com um Final de Morte Acadêmica: Apresentação na arte, e na vida, de um sábio uso da Ausência, equivalência voluntária de morte dulcificada.

E um ato prévio de Manobra dos Personagens: demonstração de respeito e garantia ao Público Leitor que pela primeira vez se consagra a ele.

DEDICATÓRIA À MINHA PERSONAGEM, A ETERNA

O ímpeto máximo da altruístiaca, da piedade sem nenhum elemento vicioso, confuso ou demencial no ato de abnegação e acudimento, eu o conheci na Eterna: nada do que a história recorda, ou a crônica comenta ou publica, basta para compreender o ímpeto de seu Ato de Piedade, fulmíneo e total. A mais galharda Prontidão da alma é o salto altruístico de socorrimento ou de alegração ou consolação com ímpeto total e instantâneo com que se movem os passos da Eterna.

Em
Repente Maior
(A Sublime Presteza achei eu)
Estava na Eterna; e sequer se viu.
Sequer e em ninguém seu raio se viu.

A Realidade e o Eu, ou principalmente o eu, a Pessoa (quer o Mundo exista ou não), só se cumpre, se dá pelo momento altruístico da piedade (e da complacência) sem fusão, em pluralidade. O ato não instintivo de Piedade, retendo-se o lúcido discernimento de pluralidade, sem confusão do Outro com o Nós, é a finalidade do Existir Algo, e é simplesmente ético: ser outro ainda no fazer tudo por um outro.

A;
Pessoa Máxima

Capaz de fixar o tempo. De compensar a morte. De mudar o passado.

E, se genial no Sim, de matar:

Com seu Não

Com seu olvido

Com sua comicação

Com seu envergonhar

Mas sempre dolorosa de seu passado não demitível, não desprendível.

Obras do Autor, especialista em romances

O Romance que Começa

O Romance Impedido

O Romance que não Continua

O Romance de Encomenda

O Romance Saído à Rua, com todos os seus personagens, em execução de si mesmo.

O Prólogo-Romance, cujo relato ocorre às escondidas do leitor nos prólogos.

O Romance sem Fim

O Romance escrito por seus Personagens

O Romance Inexperiente, que se ocupa de ir matando um por um os "personagens", ignorando que seres escritos morrem todos juntos num Final de leitura.

O Romance que termina antes do desenlace

O Último Romance Ruim

O Primeiro Romance Bom

O Romance Obrigatório

Tudo se escreveu, tudo se disse, tudo se fez, Deus ouviu que lhe falavam e ainda não tinha criado o mundo, ainda não havia nada. Também já me disseram isso, replicou talvez do velho e dividido Nada. E começou.

Uma frase de música do povo me cantou uma romena e depois a achei dez vezes em distintas obras e autores dos últimos quatrocentos anos. É indubitável que as coisas não começam quando são inventadas. Ou o mundo foi inventado antigo.

Não há pior coisa que o frangolho, se não for a fácil perfeição da solenidade. Este será um livro de eminente frangolho, ou seja, da máxima descortesia na qual se pode incorrer com um leitor.

Fiz o que pude para que, no cerzido de múltiplas passagens de minha prosa romanesca, que arrasta consigo infatigáveis remendos de revisão, não se percebam costuras;

Mas sei que me aguarda uma personalíssima imortalidade compensatória: passarão as gerações de leitores de vitrine e ninguém comprará, ninguém lerá; sem críticas, pois, tanto vale o bom cerzido e a não leitura somados, ficarei intacto de fama.

Este será o romance que mais vezes terá sido lançado com violência no chão, e outras tantas recolhido com avidez. Que outro autor poderia vangloriar-se disso?

Romance cujas incoerências de relato estão cerzidas com *cortes horizontais* que mostram o que a cada instante fazem todos os personagens do romance.

Romance de leitura de irritação; aquele que como nenhum outro terá irritado o leitor por suas promessas e sua metódica perfeição de inconclusões e incompatibilidades; e romance, porém, que fará fracassar o reflexo de evasão à leitura no leitor, pois produzirá um interesse em sua alma que o deixará unido a seu destino — que de muitos amigos está necessitado.

Por fim, senti uma raiva durante três dias por causa da organização final e revisão da desordem deste romance; felizmente uso um punho postiço e tinha guardado todos os que usei desde que comecei a pensar no romance; aproximadamente mil punhos continham todos os apontamentos, além de mil vezes uma dúzia de livrinhos e blocos e folhas soltas; deixei tudo num canto do meu quarto e me atirei no chão durante três dias a partir do momento em que saía da cama: sentia raiva e chorava, e estrilava umas cem vezes: É a última vez que escrevo para publicar. Belo trabalho, escrever!

Se a Eterna tivesse me visto, riria tanto que se arriscaria a enfermar mentalmente, pois é ruim rir e não querer rir, e essa é sua risada diante do Resmungar; nunca compreendeu o Resmungo. Que criatura desesperadora! E eu o aprecio tanto e ele me é tão essencial que lhe comprei uma cara e ornamentadíssima piteira de vinagrol, matéria que encarreguei que se descubra e solidifique para piteiras de fumar resmungos.

Toda a dor do humano, sem necessidade de que pai e filho se enamorem dela, sem que irmão e irmã se desejem sensualmente, sem o parentesco, ou a aberração sexual, ou a cegueira, ou a loucura fazendo a Tragédia, e

Toda a ventura do humano sem casamento do milionário com a operária, sem necessidade de que para um casamento ser feliz a mulher deva ser feia e o marido cego, sem poderes nem glórias, apenas pela certeza da Paixão.

O maior perigo que se corre publicando a essa altura da vida um romance é que nossa idade seja ignorada; a minha é de 74 anos, e espero que isso me evite um prospectivo juízo como este: "Por ser o primeiro romance bom, não está de todo ruim; e sendo o primeiro romance do autor, desejamos a ele um elogioso futuro se não perseverar, com firme vontade e disciplina, em suas inaugurações estéticas. De qualquer modo, esperamos suas futuras obras para concluir nosso juízo definitivo". Com tal postergação, fico sem posteridade. E isso seria prematuro. Não é em qualquer idade que cai bem que o crítico nos lembre da postergação de juízo concedida aos novéis, e gaste confiança em nosso futuro.

ROMANCE DA "ETERNA" E DA MENINA DE DOR, A "DOCE-PESSOA" DE-UM-AMOR QUE NÃO FOI CONHECIDO

Célebre romance no prelo, tantas vezes prometido que, quando vem à luz, o autor não apostou nada nele.

Ninguém morre no romance — embora ele seja mortal —, pois compreendeu que os personagens, gente de fantasia, perecem todos juntos na conclusão do relato: é de fácil extermínio. Tarefa desnecessária assumida pelos autores, com risco de esquecimentos e de repetir a morte de alguém, de dar aqui e ali expiração a cada protagonista, como faz o sacristão que vai apagando as luzes no fim da missa, para não deixar o peixe vivo sem água, o "personagem" sem romance.

E mais, tenho certeza de que ninguém vivo entrou na narrativa, pois personagens com fisiologia, além de muito perturbados por cansaços e indisposições — razão pela qual não se vê protagonistas adoecerem e se retirarem para se curar, apenas fingir enfermar-se como parte de seu trabalho e continuar figuração ativa de doentes e moribundos —, são de estética realista, e nossa estética é a inventiva.

Obra de imaginação cheia de acontecimentos — correndo o risco de rebentar a encadernação —, e tão precipitados que já começaram no título, para que caibam e tenham tempo: o leitor chega tarde se vem passada a capa.

Romance em que tudo se sabe ou ao menos se averiguou muito, para que nenhum personagem tenha de mostrar à vista do público que não sabe o que está acontecendo com ele, que o autor ignora o que lhe acontece ou mantém o público na ignorância por falta de confiança. Não se vê nossos protagonistas exclamarem: o que é isso, santo Deus? O que devemos pensar? O que fazer agora? Quando esse sofrimento vai acabar? O leitor não sabe o que responder, não acerta mortificado, e só se notifica.

É o que precisa ser dito aos autores:

1) Que não prometeram seu romance o suficiente

2) Que não sabem redigir "o indizível" com frase "inefável".

3) Que continuam acreditando que as sonatas, os quadros, os versos, os romances precisam de título.

Romance no qual a Impossibilidade, de situações e personagens, que é o critério para classificar algo como artístico sem complicação de História, nem Fisiologia, foi tão cuidada que ninguém, nenhum conhecedor cotidiano de impossíveis, nenhum a quem lhe sejam familiares, poderá desmentir a constante fantasia de nosso relato alegando que tem visto fatos ou personagens à sua frente ou à sua volta.

Melhor seria ainda que tivéssemos *efetivado* "o romance saído à rua" que eu propunha aos meus amigos artistas. Teríamos tornado frequentes os impossíveis pela cidade.

O público olharia nossos "retalhos de arte", cenas de romance executando-se nas ruas, entremeando-se a "retalhos de vida", em calçadas, portas, domicílios, bares, e acreditaria ver "vida": o público sonharia junto com o romance, mas ao contrário: para este, sua vigília é sua fantasia; seu sonho, a execução externa de suas cenas. Mas necessitaríamos de outra teoria além da que vínhamos sustentando: a da Impossibilidade como critério da Arte.

Romance cuja existência foi romanesca por causa de tanto anúncio, promessa e desistência dele, e será romanesco um leitor que o entenda. Tal leitor se tornará célebre, com a qualificação de leitor fantástico. Será muito lido, por todos os públicos de leitores, esse leitor meu.

Aos críticos

O suicídio transformou alguém medíocre em escritor glorioso; antes dele pode chegar essa "segunda edição" que acalma tanto; o suicídio que espere até ter razão. Corrigir é quase todo o Êxito, é o que torna algo genial. Serei autor de uma carta aos críticos, a "carta ao delegado", mas de continuar vivendo: o suicídio não é corrigível. Corrigir, corrigir, é o outro grande Poder; assim este romance, começado aos trinta anos, continuado aos 50 e aos 73, encontrou finalmente o supremo: um sujeito de Bom Gosto como autor, terceiro e corrigido, resultante; dos três, o menos iludido talvez chegue à margem.

Sou o único que vos compreendeu, o primeiro que entendeu vossa definição essencial: sois os eternos esperadores da Perfeição, e os cotidianamente reduzidos a elogiadores da encadernação, obrigados pela frustração um atrás do outro, dia após dia, de algum poema, o romance, o livro; sois os únicos que amais e concebeis a perfeição; os escritores nada disso, publicadores de rascunhos, livros de pressa, de oportunismo, de andar errante; a Perfeição virá algum dia num livro, tal como com razões esperáveis e concebíeis: até agora não se viu perfeição a não ser na graça e no poder moral de alguns homens e mulheres que todos chegamos a conhecer alguma vez e que nunca chegarão à publicidade histórica nem cotidiana.

Mas fazeis bem em esperar, e estou certo de que o dia em que aparecer em Livro vós todos aplaudireis, unânimes, imensamente agradecidos.

Os escritores, nós que não acabamos de entender que há tempos deveríamos ter acolhido a atitude dos críticos sabendo que terrível fadiga é construir um livro em restrição de arte e como é mínima a probabilidade de acertar, não só sofremos, mas murchamos, pois não fazemos o Livro e na expectativa de fazê-lo perdemos a disposição de esperar encontrá-lo nas tentativas de outros.

Não consegui uma execução hábil de minha própria teoria artística. Meu romance é fracassado, mas queria que reconhecessem que eu sou o primeiro que usou o prodigioso instrumento de comoção consciencial que é o personagem de romance em sua verdadeira eficiência e virtude: a de comoção *total* da consciência, e não a de ocupação trivial da consciência num tópico particular, efêmero, precário dela, e que com isso e alguns outros pensamentos que estão formulados no conjunto do livro, encaminho, faço mais próxima essa Perfeição que esperais, purificadora, e exemplificando algo também, uma severa doutrina da arte literária.

Se me equivocar, não serei o primeiro nem o último. Podeis sentenciá-lo com todo rigor.

Eu bem compreendo que minha obra vos deixará esperando a Perfeição, talvez com mais intensidade. Se for assim, meu livro serviu.

Sou aquele que adivinhou que sabeis o que não é a Perfeição e sabeis que ela não é impossível; por isso ficais na labuta com toda a vossa paciência e cortesia. Porque se tivésseis faltado no dia em que Kafka publicou, morreríeis de desespero. Vós o esperáveis havia séculos! Falta quando Gómez de la Serna, quando Supervielle publicou, e eram a perfeição que achávamos possível.

E éramos, nós críticos, os únicos talvez que não se ajustavam à frasezinha "Aqui não há nada perfeito".

M. F.

Apresentação para a Eterna

Hesitação.

Como esses dias invernais de tormenta e sol, que trêmulos se apagam por instantes e fazem do mundo um espetáculo do torcedor da Indecisão, tive alguns meus, depois de conhecer a Eterna, em que entre ela e a Arte e o Mistério, vacilei, em tanta escuridão e melancolia vinha eu. Completamente desextraviado, vivo desde então na descoberta.

De todas as vezes que botei fé em mim, só a dela foi rápida.

E só porque ela quer sorrir uma última vez ao seu amor a partir do exterior desse amor, a partir da Arte, componho este livro do qual não necessitamos.

Não é nada difícil que seja ele pouco importante, pois o fiz já muito antes iniciado em ceticismo, não da Arte, mas de que para nós a Arte não guardasse consulta alguma.

Pássaro de tormenta não separará, não cruzará nosso amor.

Mas aquela sombra do Fim, da Ocultação...?

Quando chegar a nós, iremos nos abraçar, recolhendo nossas figuras e nossas roupas, que não as toque o pálido pavor que se aproxima de nós.

Tudo quanto são tristes seus olhos é alto meu ser, meu ser de espera. E o instante passa. Mas alguma vez, e o farei, seria preciso fender essa sombra, que não voltará mais.

Ainda não acreditas. Eu também não te adivinhava. Como és impossível. O impossível da Resposta à morte, que eu tenho. O todo-amor que tu és; o todo-conhecer que eu trazia.

A ti, existas ou não, dedico estas páginas; és, pelo menos, o real de meu espírito.

Lar da não existência

O anseio que me animou na construção de meu romance foi criar um lar, torná-lo um lar para a não existência, para a não existência em que necessita estar De-um-Amor, o Não Existente Cavalheiro, para ter um estado de efetividade, ser real em sua espera, situando-o em alguma região ou morada digna da sutileza de seu ser e da delicadeza de sua aspiração para poder ser encontrado em alguma parte, em meu romance enquanto espera, e quando chega de volta da morte sua amada, que ele chama a belamorta, quer dizer que embelezou a morte com seu sorrir, no morrer, e que só teve morte de Beldade: aquela feita apenas de separação, de ocultação, a morte que engendra toda a beleza da Realidade: a que separa amantes, pois outra morte não há, não se morre para si nem há morte para quem não ama; nem há beleza que não proceda da morte, nem morte que não proceda do amor, pois ela faz toda a exaltação da Idílio-Tragédia, exaltando o idílio por temor da morte e feita a tragédia em sua dor maior de idílio destruído. O que há de morte do outro para o outro.

Quer dizer que meu romance tem o sagrado, a fascinação de ser o Onde ao qual descenderá fresca a Amada ao voltar de uma morte que não lhe foi superior, de que Ela não necessitou para purificar-se e sim só para inquietar o amor, e por isso descenderá fresca de morte, não ressuscitada, mas renascida, sorridente como partiu e com apenas um só ontem de sua ausência de anos.

As abelhas da pulsação, da Vida, pousarão no novo sorriso da retornada, como fizeram em seu sorriso do partir achando frescos e unidos ambos os sorrisos por um tempo todo presente, um tempo inalterável que alentos não corrompam.

Pura e unida também foi a espera de De-um-Amor cuja não existência mais pura que a morte pode, "entre iguais", desposar-se de novo com ela como se houvesse conhecido a morte sem confusão nem mácula.

Somos um sonhar sem limite e só sonhar. Não podemos, pois, ter ideia do que seja um não sonhar

Tudo quanto é e existe é um sentir, e é o que cada um de nós foi sempre e continuamente. De onde pode um sentir, uma sensibilidade, ter alguma consciência do que possa ser um não sentir, um tempo sem acontecimentos, pois só há, só existe o que é acontecimento, nosso estado em nossa sensibilidade? Nossa eternidade, um infinito sonhar igual ao presente é certíssimo.

Mas se dirá a mim que há sonhos que cessam, que se tornam tão rebeldes que nunca os recobramos: há os que se ocultam, as ocultações dos que talvez existam, mas que não veremos nem reconheceremos mais.

Essas ocultações só existem para um Sonhar hesitante: há sonhos que reclamam para voltar à plenitude de nossa alma, uma alma transbordante, uma certeza sem sombra em nossa decisão de sonhá-los.

Quem sabe, nessa debilidade de sonhar, quantas vezes dispensamos o sonho dos que voltam, desacreditamos, negamos a visita plena e inteira que nos ofertava alguém que Voltava da Ocultação!

Aos leitores que padeceriam se ignorassem o que o romance conta

(Em que se observa que os leitores salteados são ainda assim leitores completos. E, também, que quando se inaugura, como aqui acontece, a literatura salteada, devem ler corrido se forem cautos e desejarem continuar como leitores salteados. Ao mesmo tempo, o autor descobre surpreso que, embora literato salteado, gosta tanto quanto os outros que o leiam seguido, e para persuadir o leitor disso encontrou este bom argumento de que no fim aqueles leem tudo, e é ocioso saltear e desencadernar, pois o mortifica que chegue a se dizer: "Li o romance aos poucos e só alguns trechos; muito bom o livrinho, mas um pouco desconexo, muito truncado".)

Não te peço, leitor salteado — inconfesso de ler tudo e que não deixará de ler todo o meu romance, e com isso a numeração de páginas vã para ti terá sido desatada em vão por ti, pois na obra na qual o leitor será por fim lido, *Biografia do leitor*, sabe-se que se dirá o que, desconcertante, ocorreu ao salteado com um livro tão esburacado que não houve alternativa a não ser lê-lo seguido para manter a leitura desunida, pois a obra salteava antes —, desculpas por te apresentar um livro não seguido que, como tal, é uma interrupção para ti que te interrompes sozinho, e estás tão incomodado com o transtorno trazido a ti por meus prólogos em que o autor salteado te fazia figurar e sonhar sobressaltado que eras leitor contínuo até duvidar da inveterada identidade do eu salteado.

Se hás de ler tudo, como prognóstico, não andes provando de meu romance aqui e ali para ver: se já ficou pronto, se lhe falta açúcar ou fogo, e farias melhor qual meu mordomo que, "só para experimentar", como diz mansamente à cozinheira, põe um guardanapo e pega faca e garfo.[1] Eu te tornei leitor seguido graças a uma obra de prefácios e títulos tão soltos que foste por fim encadernado na continuidade inesperada de teu ler.

Agora não poderei mais te deixar contente. Já te adiantei todas as postergações que consegui fazer: não tenho mais prólogo até depois do romance. Quanto me oprime o empenho artístico com o qual me comprometi; ainda não tenho nem compreensão verdadeira da teoria do romance, nem estética nem plano da minha.[2]

Pois bem, quanto ao ponto do título deste prólogo, ou seja, quanto ao leitor incomodado por não saber tudo sobre o romance:

É verdade que "o Viajante então pronunciou algumas palavras que neste romance não se ouviram e, acenando, *se afastou*" (os viajantes costumam fazer isso). Meu romance também acenou, mas ficou muito mortificado de que um de seus personagens não o deixasse ler tudo, até mesmo ele. O romance está curioso para saber o que vai contar, leitor dele, ou melhor, de sua narrativa, pois é inerente à Arte pela Arte, à Arte que se ama, ao que se escreve sem saber o que acontecerá e terá de escrever mais adiante, descobrindo mansamente

1 "Sobremesa muito experimentada é melhor, mas não chega à sala de jantar." "Ficar na cozinha é, na mesa, convidado e ausência." "Comensal invisível, mas aproveitador." Ditados de minha engenhosidade para aborrecer aquele leitor salteado que ande dizendo que pôde ler meu romance pela metade, deixar de ler a metade salteada, o que ninguém resistirá a fazer com meu muito abandonado e precedido romance. Mantenho meu leitor salteado tão dominado que será o único de seu gênero que terá lido o salteado.

2 Não faltam obras mais difíceis que a minha: quer dizer, há as que faltam. No entanto, desde esta manhã estou ouvindo o canto de pentear-se de Maruca e agora à tarde me parece que está concluindo as duas coisas: nem sempre o difícil resta sem fazer.

e resolvendo cada situação, cada problema de sucesso ou de expressão. Sou um autor que desespero meu romance quando demoro a prosseguir uma cena. Ele está apaixonado (e a Eterna não está) por si mesmo (tampouco por si mesma está a Eterna: num desinteressamento de si, imenso em beleza e que me enche de dor e reverência, ela não ouve o pedido que lhe faço todos os dias, de que se ame; é que nem ela nem eu devemos amar um ao outro nem amar, ou é que um erro supremo atrapalha a visão que ela tem de si mesma e da altura em que se encontra de seu destino? Não estou equivocado; é claríssimo, Eterna, que estamos na paixão; que tu não queiras que exista, não admites nem como possível no enredo atual de tua vida; e no entanto amas a Arte, sem amar a ti mesma) e é romance ao qual ocorrem contratempos e aventuras, indecisões de arte, extraviar-se nele, calar, ignorar, enquanto se estão contando acontecimentos é enrolado por outros, contém acidentes e sofre acidentes, como vemos agora nos bondes que em seu interior levam desenhos-avisos de como um transeunte é atropelado, enquanto seu limpa-trilhos reparte exteriormente choques e sustos. Tem curiosidade por si mesmo, como esses garotos disfarçados que gritam "Aí vêm as máscaras", e as seguem extasiados. O que neles foi disfarçado é que eram como crianças diante de todo público. O andar disfarçado é, neles, absolutamente um disfarce: o de ser máscara. Eu, o autor, sou principalmente público mesmo agora na publicidade. Procuro muito e me falta saber e viver, pois ainda há um viver que eu gostaria de vivenciar embora ache que já sei: que a finalidade da Arte é o fim da vida, do individual dela: a Tragédia-Idílio que é o Amor, e este é feito de Beldade pela Morte, que faz no amor tanto a tragédia quanto o idílio, pois a certeza, no caminho, da destruição pessoal dos amantes (também a têm os que não amam, que tendo morte não têm Beldade de vida, assunto de individualidade) exalta, faz amor como sua tragédia. A morte só é amor; a que existe é só a do outro, sua ocultação, pois para si não há ocultação. Mas muito me falta saber do amor em exercício, de como sua sede cotidiana se alimenta emocionalmente, de seu delicado e implacável comércio. E de sua apresentação pela Arte.

Assim, pois, à medida que escrevo, indago e espero acontecimentos, como o leitor. E quando penso no leitor salteado, percebo que devo imaginar o que o Viajante deveria sentir depois do que acabava de acontecer, para deduzir o que provavelmente ele disse e não se ouviu. O que tenha dito será o que eu vos diga. Não é improvável que ele tenha dito "Sou Viajante de Romance, num relato em andamento: não devo, pois, me deter, e nessa cena já estive demasiado. Que o leitor me veja pegando o trem ou zarpando a todo momento; há de me ver partir tantas vezes que não me conheça o estar e ainda tema que eu saia do romance no arranque de uma partida".

Na verdade, o Viajante estava pensando em ficar quando, ao divisar o leitor, se afastou. No intervalo, no momento que faltava para concluir, teve vontade de ficar, sobreveio o nunca intempestivo leitor. Acho que este ficará satisfeito com a frase que dou, como se acabasse de sabê-la, pondo-a na boca do Viajante: é tudo o que pensou, do qual disse algo e não se ouviu nada.

Deixo completa a passagem e assim se adequa ao meu romance, que prometeu contar tudo, mesmo o não sabido, fazendo-o às vezes nele, às vezes fora dele, a cujo efeito eu lhe arranjei esses arredores amplos de meus prólogos. Cada vez sinto mais simpatia por esse personagem cuja chegada sempre se espera na narrativa. As palavras que lhe atribuo mostram que acima de tudo preocupa-o cumprir comigo, com seu papel, sacrificando seus gostos que são o de que ouçam tudo que diz, e o de ficador, pois como tal e muito prático me foi recomendado, e por escassez de pessoal lhe foi dado o de viajar sempre; foram tantos os apuros de preparação desta obra que até as demoras de regressar, de chegar, de contestar, de tomar uma decisão, que figuram em todo o relato e tanto o precipitam, tivemos de fazê-las com rapidez. Assim, demos o papel de sempre ir embora, no livro, a um personagem que, se ficasse, ficaria sem nada. Essa frustração das vocações é tão verdadeira na vida que, num romance que não quer conter verdade alguma, essa referência nos aflige.

Se o leitor ainda acha alguma imperfeição na passagem corrigida, na explicação presente lhe peço apreciar a tranquilidade de leitura que até esta página lhe resguardei com meus esforços, que nesse momento culminavam para não deixar entrar no romance o garoto do longo bastão, que não se faria de rogado para incomodar tudo, começando por deixá-lo cair sobre alguma passagem agradável deste relato e esgrimindo sempre essa longa catástrofe por todo o espaço cênico, transformado em pista de seu tirantezinho e desimpedido no ponto de sua aparição por todos os meus personagens. Enfim se jogaria no sofá e, observando nosso cenho: posso golpeá-lo, de quando em quando?, perguntará moderadamente mostrando o bastão, pedir-vos-á desculpas por não ter chegado antes e permissão depois para ir embora, como se fizesse muita falta, andasse muito solicitado com muitos compromissos que o preocupam em outro lugar; depois de vossa permissão ficará igualmente, corrigirá a posição de algum quadro pendurado que seu bastão tirou do lugar. Iríeis embora, entretanto, pois geralmente quando ele vai embora já não há ninguém, quem sabe por qual coincidência.

Seu estar contunde, e um genuíno não estar seu não se conseguiu no planeta. Seu não estar ainda é demasiado próximo. Lugares onde não esteja, muito solicitados, não se conseguem nem dos revendedores de sua ausência, e ainda se duvida que tenha ausência. E iria embora também com tal velocidade como se uma partida veloz fosse mais partida e satisfizesse diminuindo o ter estado e o esgotasse tanto que o ficado terminasse muito antes. Seu "longe" não dura nada, e está se fazendo uma estatística do quanto ele é suportado. Falta-lhe aprender um permanecer rápido que todos quiseram inventar e mostrar a ele; sua retirada não é ir embora, mas um ainda ir. E até se conhece um contundido atropelado por sua ausência. É a presença mais ocupadora.

Não condenemos sua brusca partida como tão intempestiva quanto sua permanência; sejamos indulgentes: deve-se atribuir a que "de repente" pensou que há no povoado uma parede da qual ainda não caiu e corre para ocupá-la em deixar-se cair. O mundo padece de tê-lo perto e não tem bastante lugar do qual expulsá-lo. Mas ele encontrou um novo espaço nessa duplicidade do mundo que é a fantasia de um romance. Eu reflito que, se deixá-lo entrar no meu, suspeitará que me valho dele para perturbar a leitura de alguma página imperfeita. Além disso, sei que não entrando, ou onde não está, se comporta bem. Por isso minha propaganda diz: "único romance onde não se deixa entrar o garoto do longo bastão", "é o romance do garoto mantido longe".

Conviria a um romance que queira público — o meu se aborrece comigo, ele gostaria que chegassem visitantes, ou sair para conversar, ele gostaria de ser lido — começar sua narrativa por uma colisão ou uma boa freada. O público se junta de imediato em tal número que alguns livros já quiseram ter o de uma freada comum.

Eu, desde que sou autor, conto com inveja o público das colisões. Às vezes sonho que o romance teve, em certas passagens, tal amontoado de leitores que obstruíam o andamento da trama, correndo o risco de que os arrebatamentos e catástrofes do interior do livro aparecessem diante dele, entre os atropelados. Os senhores devem compreender que, se o romance tivesse se detido por um instante, haveria de imediato inserido um novo prólogo no vazio assim produzido na narração. E faria esse prólogo dignamente, ou seja, com tanto cenário pelo menos de barulho, apuro, injúrias, ordens, corridas, campainhas, freios, guardas, inspetores e o vigia que vem ler o acidente diante da janelinha da passageira que lê meu romance, enfim, com tal soma de homenagens em torno da inverossimilhança do fato, que dissimularia inteiramente, como conseguem as "Companhias", que nunca admitem verossimilhança dos contratempos ferroviários, uma imobilidade exatamente na locomoção narrativa. Além disso, tiraria o braço pelo postigo de meu romance como sinal para que não colidam contra mim os romances que vêm depois do meu. Que o leitor não se entretenha com o vigia mencionado; não é o nosso; o do romance está parado em outra esquina dele.

Despeçamo-nos do garoto acrescentando que, se tem ausência, ela é tão corroída que seu primeiro chegar já é frequente e como 5ª edição de presença.

Prólogo à minha pessoa de autor

Sou o imaginador de uma coisa: a não morte, e a trabalho artisticamente pela troca do eu, a derrota da estabilidade de cada um em seu eu.

Várias são as pessoas trabalhadas, ou seja, que se tentou trocar, em toda a minha obra: Ela, Eterna, William James, De-um-Amor e o Autor. A irracionalidade do autor e de sua identidade se buscou em minha humorística.

"Ela" é a mais forte descentração: aí e em "A Eterna" trabalho contraditoriamente sua descentração: não a menor, de ser um vivente em lugar de outro, mas a máxima, de ser a imagem, de ser e parecer não ser real, e vice-versa. Em Eterna também há plena descentração, porque é quem, com o poder de mudar o passado dos outros (Doce-Pessoa chegará suplicante para mudar seu passado, pois é quem o tem mais desafortunado), não tem o de mudar o seu correlativo ao tempo do não se dar com o Presidente. De-um-Amor é a suspensão, a cesura da identidade, e Doce-Pessoa, a expectativa de ser. Está para o ser, pobrezinha.

Tenho o mérito de ter vivido construindo a metafísica de um todo-amante, sem me interessar em fazer a minha: tal como sou, não mereço nem explicação nem eternidade; não mereço nem Ela nem uma metafísica; Ela e esta, é De-um-Amor quem as merece.

É muito sutil, muito paciente, o trabalho de tirar o eu, de desacomodar interiores, identidades. Só consegui, em toda a minha obra escrita, oito ou dez momentos em que, acredito, duas ou três linhas sensibilizam a estabilidade, a unidade de alguém e, às vezes, creio, a mesmidade do leitor. E no entanto acho que a Literatura não existe porque não se dedicou unicamente a esse Efeito de desidentificação, o único que justificaria sua existência e que só essa belarte pode elaborar. Talvez a Pintura ou a Dança pudessem também tentar.

Não acho que a Metafísica seja o prazer direto de uma explicação: é um trabalho que tem o prazer refletido de uma perspectiva de poder; o que se busca é um poder; um poder direto do amor: que este possa ser causa imediata (pois, se mediata, toda virtude e aspiração se frustrariam, porque os elos intermediários poderiam ser frustrados) no mundo mecânico, no mundo de aparência material, no qual está a aparência material: corpo da amada; só como causa imediata, a singular aparição numa psique de um anseio, desejo, traria a presença total (visual, tátil, audível, térmica) da amada a qualquer presente do tempo, ao próprio presente em que está esse desejo, e com a presença a informação-notícia do estado atual numa sensibilidade.

Se em cada um dos meus livros consegui duas ou três vezes um instante do que chamarei em linguagem caseira uma "sufocação", um "sufoco" na certeza de continuidade pessoal, fazer o leitor resvalar-se de si mesmo, é tudo o que quis como meio; e como fim busco a liberação da noção de morte: a evanescência, trocabilidade, rotação, alternância do eu o torna imortal, ou seja, seu destino não ligado ao de seu corpo. (Além disso, esse Corpo não é nada além de um complexo de imagens em minha sensibilidade, a mesma ligada aparentemente a esse Corpo, ou outra sensibilidade associada a outro Corpo.) Que me seja consentido, permitido, como pedia às vezes James escrevendo há quarenta anos, apresentar aqui uma amostra dessas dificultosas tentativas confusivas e imortalizantes do "Eu". Numa nota à Percepção do Espaço de sua

Psicologia, James diz: "Deixe-me ver se podemos avançar um tanto em nosso ponto de vista teorético. *Acho* que poderemos". Eu sublinho; e deixo sublinhado este *acho* no tom de James que existirá e será lido ainda dentro de cem anos; e ao pé da página escrevo. Este "acho" é um pré-estado que James sentiu há quarenta anos em certo momento de seu esforço de trabalho de pensar escrevendo: pressentiu que ia vencer o enredado ponto que vem desenvolvendo. E notar isso provoca em mim hoje — abril de 1931, em Buenos Aires — a consciência de que há um tempo venho lendo aborrecido por um sentimento de desconformidade, de expectativa, espiando em que momento dessas laboriosas linhas James deixará entrever a explicação do espaço pelo movimento (translação, muscularidade, evocação destas) e me dará esperanças de que havia visto também como eu a possível explicação, por evocações musculares, do "sentimento" localizado.

Mas com separação e ênfase assevero agora que ninguém é mais forte, mais severo, mais sério e especializado que eu em metafísica não discursiva, a que Hegel esqueceu e que se dá na artística, que eu preconizo. Não acho que os metafísicos genuínos, nem os bibliógrafos, os historistas e ensinadores da Metafísica, desdenhem a força da atitude intelectiva aqui obtida. Não creio que ninguém que tenha sentido o Mistério (o Mistério de sentir, eu diria; sentir o mistério de sentir, talvez dissesse James) trouxe uma iluminação mais clara que aquela que eu tenha trazido. A verdade nessas páginas não se ressentiria mesmo se elas aparecessem numa edição de Kant, de Hegel, como parte de sua obra.

Acho que me pareço muito com Poe, embora tenha começado a imitar algo dele apenas recentemente; creio ser Poe outra vez. E é extraordinário que como autor e como figura um poeta peruano, Mario Chabes, encontrasse a semelhança. Não é uma semelhança, é... quem sabe!... um reaparecimento. No poema "Elena Belamorte" eu me sentia Poe em sentimento e, no entanto, acho que o texto não tem semelhança literária.

Eu não faria essas afirmações se não fosse para estimular o leitor jovem a se manter num exercício defensivo contra a impressão naufrágica do eu na morte corporal.

Prólogo que acredita saber algo, não do romance, pois isso não compete a prólogos, mas da Doutrina de Arte

A presente tentativa estética é uma provocação à escola realista, um programa completo de desacreditamento da verdade ou realidade do que o romance conta, e só a sujeição à verdade da Arte, intrínseca, incondicionada, autoautenticada. O desafio que persigo à Verossimilhança, ao disforme intruso da Arte, à Autenticidade — esta, na Arte, faz o absurdo de quem se acolhe no Sonho e o quer Real — culmina no uso das incongruências, até esquecer a identidade dos personagens, sua continuidade, a ordenação temporal, os efeitos antes das causas etc., e por isso convido o leitor a não se deter a desenredar absurdos, legitimar contradições, mas que siga o curso de arrasto emocional que a leitura vá minusculamente promovendo nele.

Há em minha tentativa várias ideias provavelmente originais; interessa-me aqui a do método: procuro distrair o leitor em certos momentos, opressivamente, quando desejo impressioná-lo para a sutileza emocional que necessito gerar nele, pequenas impressões que concorram ao propósito emocional de conjunto de obter nele um estado único final e geral que insidie sua sensibilidade de surpresa quando não está alerta e consciente de achar-se diante de um plano literário e não espera, nem percebe logo, ter sido conquistado.

Há um leitor com o qual não posso me conciliar: aquele que quer o que cobiçaram para seu descrédito todos os romancistas, o que estes dão a esse leitor: a Alucinação. Quero que o leitor sempre saiba que está lendo um romance e não vendo um viver, não presenciando "vida". No momento em que o leitor cair na Alucinação, ignomínia da Arte, perdi, não ganhei um leitor. O que eu quero é uma coisa bem diferente, é ganhar este leitor como personagem, ou seja, que por um instante ele mesmo acredite não viver. Essa é a emoção pela qual ele deve me agradecer e que ninguém pensou em proporcionar a ele.

Saiba o leitor que essa impressão, a ninguém nunca feita sentir pela palavra escrita, essa impressão que se inaugura com meu romance na psicologia da humanidade, na natureza da consciência de homem, é uma bênção para toda consciência, porque essa impressão oblitera e liberta do medo nocional e intelectivo que chamamos temor de não ser. Quem experimenta por um momento o estado de crença de não existir e depois volta ao estado de crença de existir compreenderá para sempre que todo o conteúdo da verbalização ou noção "não ser" é a crença de não ser. O "eu não existo" do qual deve ter partido a metafísica de Descartes em substituição a seu lamentável "eu existo"; não se pode crer que não se existe sem existir. Em suma: o existir é igualmente frequentado pela crença do não existir e pela crença de existir. Quem crê, existe, embora sua crença seja a de não existir; quem existe pode efetivamente crer que não existe e alternativamente crer que existe. "Eu penso" nunca teve consequências senão inocentes, mas pode-se dizer, mesmo que ociosa e distraidamente; pode ser um fato e um juízo *sentido*. Existir é um fato, mas nunca *eu* existo pode ser um juízo "sentido"; não contendo um *momento* de crença, é uma mera justaposição de palavras; ocorre que as palavras se juntam. Isso é o que assegura aquele que lamenta, à diferença de todos os grandes leitores de Kant, tê-lo entendido demasiado, ou seja, ter ficado sem ilusão nenhuma de que Kant fosse metafísico. (Os franceses demolem um pintor endeusado a cada vinte anos, um poemista endeusado a cada quinze e um romancista endeusado a cada dez; aos cento e cinquenta anos, Kant pode ser posto muito em dúvida. Isso é um atrevimento, e mais atrevimento é chamá-lo de metafísico. Antecipo, com esses antecedentes, argumentos para a futura demolição de minha Artística.)

Não me parece que outras pessoas tenham usado esse método, nem que ele seja aplicável a outro gênero que não o do romance. Além da técnica, há a série de engenhocas de inverossimilhança e desmentido de realidade do relato. Isso é o doutrinário e oferece sua mais proeminente execução quando explica enunciativamente, não artisticamente, o fato que nunca ocorreu, mas que foi deliberado com plenitude numa consciência vivente, a do pai de Doce-Pessoa, e que constitui o fato definidor do destino de Doce-Pessoa.

Se me saiu um romance museu, que importa, se consigo interesse pelo relato e enquanto o leitor se acredita leitor porque os personagens lhe são personagens no romance e nos prólogos, mesmo de leve, enevoadamente entrevistos e em atos e fatos truncados — acho que a Eterna, Doce-Pessoa, Quiçá-Gênio, De-um-Amor serão inesquecíveis, embora mal os tenha oferecido à leitura —, operar, em favor do descuido consciencial obtido por interessamento, um "choque de inexistência" na psique dele, do leitor, o choque de estar ali não lendo, mas sendo lido, sendo personagem?

Se fracassar como tal isso que chamo romance, minha Estética salvará o caso: admito que seja tomado por romance, por fantasia de bom gênero, por romance suplente. Se o romance falhar como tal, pode ser que minha Estética seja de bom romance.

Romance dos personagens

Confiei, com cuidadosa seleção e sabendo como haviam se conduzido em outros romances, aos seguintes personagens o desempenho do meu. Eu os doutrinei em tudo que a "pessoa da arte" deve atender, fiz com que lessem meus prólogos, tornei-os estudiosos de Estética. O que quereis me dizer se o romance sai ruim? Como autor, fiz o que me tocava: comprovar sua disciplina por conduta anterior e dar-lhes a teoria que eles não tinham, a da pessoa de arte.

Todo *personagem* meio-existe, pois nunca foi apresentado um do qual a metade ou mais o autor não tomou de pessoas de "vida". Por isso há em todo personagem um incômodo sutil e uma agitação no "ser" de personagem, como andam pelo mundo alguns humanos que um romancista usou parcialmente para personagem e que sentem um incômodo no "ser" de vida. Algo deles está em romance, fantasiado em páginas escritas, e na verdade não pode se decidir onde mais estão.

Todos os personagens estão contraídos ao *sonhar ser* que é sua propriedade, inacessível aos viventes, único material genuíno de Arte. Ser personagem é sonhar ser real. E a mágica deles, o que nos possui e encanta deles, o que apenas eles têm e forma seu ser não é o sonho de ser, ao qual avidamente se entregam. Apenas a arte realista que não é belarte, a arte de Anna Kariênina, de Madame Bovary, de dom Quixote, de Mignon, carece de "personagens", ou seja, estes não sonham ser, porque acham que são cópias.

O que eu não quero, e vinte vezes tentei evitar em minhas páginas, é que o personagem pareça viver, e isso ocorre cada vez que na alma do leitor há alucinação de realidade do ocorrido: a verdade da vida, a cópia de vida, é minha abominação, e certamente não é o genuíno do fracasso da arte, a maior, talvez a única frustração, abortação, que um personagem pareça viver? Eu consinto que eles queiram viver, que experimentem e cobicem a vida, mas não que pareçam viver, no sentido de que os acontecimentos pareçam reais; abomino todo tipo de realismo.

Fantasia constante eu quis para as minhas páginas, e diante da dificuldade de evitar a alucinação da realidade, mácula da arte, criei o único personagem até hoje nascido cuja consistente fantasia é garantia de firme irrealidade neste romance indegradável ao real: o personagem que não figura, cuja existência no romance o torna fantástico em relação ao próprio romance, como o mundo, o ser, nos parece real porque há devaneios. A ele encomendo salvar a fantasia aqui, se tudo falhar; ao Viajante que na própria vida talvez nunca tenha existido, pois não acredito nos Viajantes; os dois sentimentos que definem o Viajante de qualidade são a faculdade e o desejo de esquecer e o desejo de ser esquecido. O magnífico Esquecedor, completado com essa última faculdade de indiferença a ser esquecido e ainda com a valentia e soberba de querer que sua imagem morra na mente dos outros, morte mais temida que a pessoal, talvez porque todos sentimos que não há a morte pessoal. A morte que há nos esquecimentos é a que nos levou ao erro de acreditar na morte pessoal. Mas essa crença é fraquíssima, por isso fazemos muito mais para não ser esquecidos que para não morrer.

— E então, por que erra e anda vosso Viajante?

— Meu Viajante vive ali em frente. E não sai da sua casa a não ser na hora do fim do capítulo no romance.

Funciona apenas como extinguidor da alucinação que chegue a ameaçar de realismo o relato.

PRÓLOGO AO NUNCA VISTO

O gênero do nunca havido, o de tão frequente invocação, o sem precedentes, será estreado, pois ele mesmo nunca existiu, nunca houve o nunca havido, no corrente ano e como é justo em Buenos Aires, a primeira cidade do mundo (vinda do campo imediato), a única cidade que se presta para conclusão de uma volta ao mundo começada nela e, da mesma forma, para concluir as começadas onde quer que seja, como descobriram sucessivamente vários inexoráveis circundantes terráqueos, com volta ao mundo anunciada partindo de Berlim ou do Rio de Janeiro, que se consumou, sem ostentação indiscreta para este trecho, calada e caladamente com desprezo de tudo o mais de andar, nas ruas, bondes e empregos públicos de Buenos Aires, com casinha, casamento, prole, o que tem tanta redondez e heroísmo como a execução do furioso anúncio de dar toda a volta.

A humanidade porá, por fim, seus olhos no não visto, numa mostra do nunca havido; não será uma ponte de não se molhar, uma frieza conjugal, uma guerra religiosa entre gente sem religião, ou outras coisas não vistas. Ver-se-á realmente o nunca visto, não se trata de fantasia, é outra coisa: o primeiro caso do gênero será em romance. Eu o publicarei logo, pois já disseram admirados os críticos de manuscritos, "é romance que nunca antes se escreveu". E agora tampouco, mas falta pouco.

Tal coleção de sucessos se encerrará tão dentro dela que não deixará quase nada para acontecer nas ruas, domicílios e praças, e os diários desprovidos de acontecimentos terão de se conformar em citá-la: "no romance da 'Eterna' ontem no meio da tarde se produziu o seguinte colóquio"; "Doce-Pessoa esta manhã encontra-se sorridente"; "o Presidente do Romance, questionado em vista dos rumores que circulam entre seus numerosos leitores, resolveu nos dizer que com certeza lançará hoje seu plano de histerização de Buenos Aires e conquista humorística de nossa população para sua salvação estética".

Depois do capítulo v do Romance podemos assegurar que não é por Nec (Não Existente Cavalheiro) que hoje Doce-Pessoa acha sua existência triste. "O Romance enviará esta noite sua orquestra de solistas — seis guitarras — para executar várias polifonias em obséquio das orquestras dos bares Ideal, Sibarita e Real, para que ouçam música: O Polígrafo do Silêncio com eruditos gestos explicará o propósito, e circulará entre o pessoal das orquestras escutantes a bandejinha sem fundo da gratidão, fazendo soar as moedinhas do agradecimento. O público funcionará também em harmonia de contentamento, como orquestra de escutar, trocando depois por um momento seus instrumentos de chamar o garçom por instrumentos de aplaudir, bater palmas."

Este romance que foi e será futurista até que se escreva, como o é seu autor, que até hoje não escreveu página alguma futura e ainda deixou para o futuro o ser futurista em prova de seu entusiasmo por sê-lo efetivamente o quanto antes — sem cair na armadilha de ser um futurista de imediato como os que adotaram o futurismo, sem compreendê-lo, no tempo presente — e por isso foi declarado como o romancista que tem mais futuro, todo pela frente, precipitação genial sua que nasce de ter pensado que, com o progresso de todas as velocidades, a posteridade não se tornou contemporânea e já está, para cada obra, na última edição periodística do dia de aparição. Todos morremos já julgados por ela, livro e autor, feitos clássicos ou enterrados no dia, enquanto ainda estávamos nos recomendando à posteridade, queixosos do presente. E tudo isso se faz com bastante justiça hoje em 24 horas. A antiga posteridade com todo o tempo que se tomava para pensá-lo consagrou uma multidão de nulidades como gloriosos artistas; há mais equidade e sisudez num cronista do dia de hoje: a solenidade inútil e os moralismos foram o suborno barato e eficaz com a posteridade até ontem nascida. Buscarei confiante o juízo da posteridade universal acerca de meu romance na última edição de *Crítica* e *La Razón* de 30 de setembro de 1939, dia de seu surgimento impostergável, pois já consumi todas as postergações por promessa e as mais literárias por prólogos.

O consagrado futuro literato que não acredita em, nem estima, outra posteridade senão a noite para cada dia não deve ter sentido a urgência de que padeciam antes os autores, de escrever logo para ter logo posteridade julgadora: com a velocidade alcançada hoje pela posteridade, o artista sobrevive a ela e no dia seguinte sabe se deve ou não escrever melhor ou se já o fez tão bem que deve se conter na perfeição de escrever. Ou se já não lhe resta mais carreira literária além da mais difícil, a do leitor. A facilidade atual de escrever faz a escassez do legível e até suprimiu a injuriosa necessidade de que haja leitores: escreve-se por fruição de arte e no máximo para conhecer a opinião da crítica. Sinceramente, essa mudança é bela, é arte pela arte e arte para a crítica, que é novamente arte pela arte. A horrível arte e as acumulações de glória do passado, que existirão sempre, se devem: ao som dos idiomas e à existência do público; sem esse som restará apenas o caminho de pensar e criar: sem público, a calamidade ressuscitadora não afogará a arte. A literatura teria só arte, e muito mais obras belas: três ou quatro Cervantes, *Dom Quixote* puramente, sem os contos, Quevedo humorista e poeta da paixão sem a oratória moralista, vários Gómez de la Serna. Livres do horror de um Calderón, príncipe do falsete, que é o não sentir, e esse é todo o mau gosto, de um Gôngora, às vezes, dos "*estos Fabio, ay dolor!*", teríamos três Heines do sarcasmo e das tristezas, ou D'Annunzios da poetização sem limites da paixão. Teríamos felizmente só um primeiro ato do Fausto, e em compensação vários Poe, várias Bovary com sua triste dor de apetite sem amor, desdenhável e cruenta, e este outro absurdo lacerante: a lírica de dor de Hamlet que convence e contagia simpatia, apesar da falsa psicologia de sua causa. Livres do realismo cientificante de Ibsen, vítima de Zola, e esse magnífico artista por sua vez desmantelado por sociologia e teoria da herança e patologia, em vez da dúzia de obras-primas possuiríamos cem, de verdade de arte, intrínseca, não de cópia da realidade. E tipicamente literárias, de Prosa, não de didática nem de palavra musicada (metro, rima, sonoridade) nem de pintura escrita, descrições.

Publico aqui um prólogo de tal romance, pois espero fazer obra tão garantida que personagens, acontecimentos e piadas comprovem toda a sua seriedade em ensaios especiais; e até sua publicação seja um ensaio, anterior ao leitor. Mas seguido deste!

Ensaio o seguinte prólogo. E também uma palavra alemã nova em espanhol que consultei com Xul Solar em seu ateliê: "Idiomas em compostura". É um adjetivo composto, mas novo, não como as botinas compostas.

Ao "por-todos-nós-artistas-servido-de-sonhos" Leitor.

Ao "tão-sonhado" Leitor. Ao "que-o-autor-sonha-que-lê--seus-sonhos" Leitor.

Ao "que-a-arte-escritora-quer-real-mas-só-real-leitor-de--sonhos" Leitor.

Ao "único-real-que-a-arte-quer", o leitor de sonhos.

Ao "menos-real, o que sonha sonhos de outro, e mais forte na verdade, pois não a perde embora não o deixem sonhar, mas apenas ressonhar".

Creio ter individualizado a quem me dirijo: ao leitor, e ter conseguido a adjetivação total de seu ser, depois de tanta fragmentária, e algumas falsas. "Querido" Leitor não adjetiva este, mas o autor etc.

A adjetivação acima lida — do não lido que conterá o livro falo proveitosamente antes do romance; pois o que importa, aqui, é antes de *tudo* e a este deixo pouco; por meio de prólogos tenho a fineza de privilegiar os leitores com o conhecimento de todo o livro, o que só meus leitores encontraram num autor abnegado eu dou ao público para passá-la a seguir ao ateliê linguístico do singular Xul Solar, que a fará definitivamente uma palavra. E, já na quarta edição, minha saudação ao leitor, que hoje me perdoará, será desfiada.

Saúde, leitor. Que tristes somos em livros e fora deles. Eu, o mais nomeado e melhor identificado dos desconhecidos, me vejo em apuros de Obras Completas, para começar, de modo que todo o porvir, toda a minha carreira literária será posterior, no meu caso, a tais Obras; só porque o público não ficou parado me esperando para me dar nome de um grande desconhecido e agora tenho que merecê-lo, compondo-me de repente um passado de autor, e poder logo começar a escrever. Essa situação nova na vida de escritores não será adversa ao êxito?

Se tens uma pena igual à minha, tu que me leste antes que eu escrevesse, eu não a tenho. Concluí minhas Obras Completas. Em minha satisfação, incapaz momentaneamente de compreender penas, posso te dar a essência de uma longa experiência em arte, compilada na construção de minha presente Obra Completa.

Livre sem limites seja a arte e tudo o que lhe for anexo, suas letras, seus títulos, o viver de seus cultores. Tragédia ou Humorismo ou Fantasia nada devem sofrer de um Passado diretor nem copiar de uma Realidade Presente e tudo deve incessantemente jogar, derrogar.

É um erro axiomático definir a arte por cópias: a vida, eu a compreendo sem cópias; uma situação nova, um personagem novo encontrado no viver, seria eternamente incompreensível se as cópias fossem necessárias. Efetividade de autor é só de Invenção.

Deixo feito o título somente, pois:

Um prólogo que começa de repente é grande descuido: o preceder que é seu perfume se perde, como o futurismo que se pratica genuinamente só deixando-o para mais tarde — disse eu.

Direi assim, antes, que se trata de um dos vinte e nove prólogos de um romance, imprologrável segundo acabou de me prevenir um crítico nascido seguramente no tranquilo país do "avisar depois"; de acordo com outro, mais simpático, ou seja, mais alongador, escasso de prólogos, o que também se pode remediar, que ia se chamar "O homem que será Presidente e não foi".

Equivalente a:

"Buenos Aires histerizada entre o bando hilariante e o enternecedor, salva pelo *compadrito* divino, ou seja, que unia a paixão ao humorismo." Mas o título que restou para "o romance deixado começar", que por começar tarde não começa menos, e o leitor desejará, se o ler, que estivesse feito todo de seguir, é: "Romance da Eterna e da Menina de Dor, a Doce-Pessoa de um amor que não foi conhecido".

Este último é o título que agradou a um senhor que começou a lê-lo e prometeu voltar logo para terminar de saber como se chama o romance.

O único romance contado por completo e que no entanto não contém nada além disso, embora o ensejo de contá-lo todo leve a contar mais e o de ler os contos árabes tenha me arrastado na adolescência, por ignorar que eram só 1001, a seguir lendo-os depois de terminado e assim continuei devorando contos que encontrei com abundância na Moral, na História: contos do Progresso, a abnegação dos políticos, dos religiosos, dos propagandistas de qualquer coisa desinteressada, a felicidade do bom, o arrependimento do mau, a concordância última entre conveniência individual e geral, o Utilitarismo, a ordem do universo e outros milagres da abundante "fé" dos homens da ciência, tão exigente com os milagres populares!

Romance com dois começos, segundo preferências.

Com muita dor e entusiasmos, mas nenhuma morte, e sim a palavra Fim que se escreve longe, muito depois que se terá terminado de ler o título e uma só vez, embora bem a precisariam os prólogos (nem todos, mas alguns até terminam), e mesmo o título, quando conclui; suprimi Fim do título, Fim do prólogo, para mostrar quão pouco de sua existência o romance deve à morte — nem à vida (verdade, realismo).

Com vinte e nove prólogos que o impedem de começar.

Com três tempos matemáticos novos, exclusivos dela, de seu "tempo de romance" nunca marcado em narrativas e romances até hoje, como se não fluísse e perdesse tempo nos acontecimentos fantásticos. Tais tempos são: o da cortesia portenha que não despacha ou diz não a ninguém sem lhe dar tempo "até o novo tango" para que procure outro emprego ou se emende; o intervalo (de solo) entre duas quedas do príncipe de Gales; é muito simpático esse príncipe agrimensor, que ganhou este título medindo trechos curtos com o longo de sua real pessoa, mas espero que o leitor salteado não se sinta reforçado em suas inclinações vagarosas de ler pelo exemplo desse ilustre cavalgar salteado; enfim, o tempo mínimo: o que resta agora para ser o primeiro sobretudo ou a primeira gripe deste inverno, ou medindo sob outra unidade este tempo: o de salvar um chapéu preto, esquecido num assento preto de cadeira, do visitante recém-chegado que se aproxima, ou, caso se queira: os cinco minutos de filme em que todo o pessoal de Hollywood deve correr, atropelar-se para converter em felicidade — casamento, beijo, revelação do falso virtuoso — todos os infortúnios de duas horas de filme.

Com personagens das três idades, marcadas pelo Esquecimento: aquela em que esquecemos o cigarro aceso na piteira nova do papai no quarto da empregada; aquela já avançada de esquecer um pão sobre uma escrivaninha limpa; e a desesperada, em que esquecemos tudo, inclusive a idade, e até um chapéu numa sopeira, acontecimento horrível. (Predominará aquela em que se sobe aos saltos as escadas, emaranha-se a última pipa ou a última linha de pesca, e aparece o primeiro bilhar e a primeira noite de esquecer as chaves de voltar para casa.)

Com a dor da menina, cujo amor formoso não foi conhecido.

E as firmezas de ventura de De-um-Amor, o Não Existente Cavalheiro.

Tudo isso preencheu de confusões indizíveis — mas pelo esforço do romance dessa vez são ditas — o funcionário bancário que não sabia se era gênio.

Terminados os prólogos, o romance subitamente principia, começando de modo surpreendente por "Um romance executivo saído à rua", inserindo-se apressadamente o total do extenso "Romance impedido" e concluindo, com tudo mais que o autor sabia, em "De que chorar", capítulo que vos proverá de que chorar, e a impossível morte do "Homem que fingia viver", presenciada apenas pelo cabeleireiro que simulava estar acordado e vendo, embora dormisse como sempre nesse instante, cujo maldito dormir não obsta a que tudo venha a saber-se e contar-se, sem dizer, porém, nada que não esteja no livro, de fora do romance, nem o impede que tenha a formalidade de um Fim, no mesmo ponto em que têm todos, no ponto de o volume ficar sem dizer nada, o que faz duvidar de que tudo tenha sido dito. Asseguramos que poucas vezes um romance só prometido, mesmo os que por concluir foram louvados, é tão concludente como o nosso, escrito totalmente antes do fim e não deixando à vista nenhuma continuação.

Romance, enfim, certo de sair, pois se voltou a prometer três vezes em cumprimento da primeira promessa que fiz dele. Não contém nem viagens nem esquecimentos de prosseguir: ambas as coisas são pretextos para deixar sem personagens o leitor, aparentando que os fatos do relato não podem seguir em frente se vários protagonistas não partem para Londres, ou simplesmente se esquecendo durante páginas inteiras de escrever um romance, devendo o leitor esperar que voltem aqueles ou que os esquecimentos golpeiem a testa com a mão e então se lembrem. É por isso que eu já disse que não aceitamos entre os personagens a cozinheira que queria licença para procurar botões e tampas de caçarola para não transbordarem e raspas de arroz-doce para não queimarem.

SAUDAÇÃO

Eis-me aqui estranhamente atual o anunciado Romance que teve acertadamente o instinto de se assegurar um estado de não existência *efetiva* — não saiu do não ser porque o prometido toma silhueta entre o ser e o não ser, e na perspectiva alheia, como na alma do prometente, lhe são preparados lugares de existência e lhe são reservadas energia, curiosidade, atenção; embora o prometê-lo tenha lhe dado tanta existência que lhe foi reservado o prêmio em ambos os Jurados — e de manter-se nessa não existência meia dúzia de anos para fazer aparição como se seu ser não tivesse conhecido o nada, o que, dobrando sua virtude de realidade, tornaria possível que abunde tanto desta que naquela, numa fantasia viva, a não existência na pessoa do Não Existente Cavalheiro, cuja insinuada substância só podia se efetivar, respirar, cuja delgada sombra só podia manter-se ereta num romance tão forte no ser como este, a cujo começo não precedeu o nada.

Adeus, também aqui te direi, leitor, não porque possas jamais me esquecer, não poderás, é o romance que não pode se esquecer, mesmo porque sou um pobre romance, ardente, mas fraco no sonho trêmulo, telinha de sombras que terminou de se apressar a dizer tudo, aposto que começaste a fazer dele uma leitura tua: Doce-Pessoa, o Presidente, Nec

— a Eterna não está no mesmo caminho —, os tristes seres-personagens vivem apenas os minutos que alguém passa os escrevendo; terminados de ser feitos, concluíram, nada são, mais tristes ainda porque percorrem suas figuras mortas as cócegas, a mariposa de olhar leitor ou humano, inquietante tato de pétalas de zombaria ou piedade que desfolhais, estremecendo-as, sobre suas formas que nunca tiveram acesso à vida.

Foi feito sem vida o Romance e, no entanto, para não ser esquecido. É pior assim, mais triste, mais sem piedade alguma para ele. É ele, todo o romance, o que podeis chorar vós que sois eternos, os viventes, pois tocastes a Vida e não há morte onde houve um presente, um só instante dele é seguido de eternidade; podeis chorar, vossas lágrimas ardem no rosto, escorrem, umedecem; eu, o Romance, sou um total de sonho, um sonho inteiro, e um dia aquele que me sonhou me esquecerá; cessarei então para sempre, e cesso cada vez que, por feliz, por triunfante, ele não me sonha; vós não esquecereis nunca de existir.

OUTRO DESEJO DE SAUDAR

Por que não hei de tê-lo, e ainda por que não ter o de chamar de saudação aquilo que resultará não sê-lo? Não prometi minha continuidade e congruência mental de homem, e sim apenas a de autor, dar um romance definido. Aqui estou em todos os caprichos que nos mudam de mão o eu nas mudanças íntimas de cada dia; vivo meu dia diante do leitor. O leitor é por definição um simpatizante, e eu posso ser-lhe interessante no que mostro de meu duvidar e variar.

O saber é coisa de profundidade e complexidade, nada parecido ao triste saber palavras, o pior que pode nos ocorrer e ao mesmo tempo o que mais afetamento gera. Digo que vivemos com muito pouco saber, como para acreditar que não há muita necessidade dele. E se fosse certo que era muito pouco nosso dever, seria duvidoso que fosse certo: se não sabemos profundamente quase nada, é provável que em tão vasta ignorância caiba o não saber que seja certo que não sabemos nada.

Não é isso que eu quis dizer, e sim que cada um sabe com toda profundidade duas ou três verdades complexas, mas seus contatos de vida são mil aspectos mais, de modo que fazemos quase todas as partes de nossa vida às escuras, o que não leva a uma constante desventura nem muito menos, pois a dor tende a gerar por si mesma o prazer, por mera cessação e vice-versa. Os acertos, o saber, pesam muito pouco diante dessa regra de coisas.

Mas vivemos sim em constante surpresa; quase tudo no inesperado. Integralmente não conhecemos nenhum pedaço (*integralmente*, *pedaço*, denuncia a fragilidade do trabalho mental humano), nenhuma fração total de nosso lote de vida, a menos que dediquemos, o que raras vezes é possível, boa parte dessa vida para conhecer todas as motivações de cada ação e paixão. Gostamos de reconstruir o início dos efeitos e fatos que continuam muito ou pouco nos ligando, e raras vezes achamos folga para uma evocação metódica.

Tampouco sabemos, com frequência, sobre quais substâncias estamos trabalhando ideias ou condutas.

Em música, por exemplo, se examinamos a imensidão de pequenos trabalhos melódicos dos artistas coetâneos ou anteriores a Bach e deste mesmo, os do povo no passado e o popular presente, pode-se duvidar de que tenhamos, com Beethoven e até hoje, estado trabalhando efetivamente música, ou se só se fez música daquela música remota, não artística ela mesma e menos ainda a anterior. Talvez tudo o que chamamos música, desde Bach, sejam elaborações de obsessão ligada aos teminhas e fragmentos de canto que aqueles músicos e povos deixaram em imenso número. Talvez nunca, ou quase nunca, tenha ocorrido música genuína ou individual: trânsito do estado sentido pelo artista individual à sua expressão direta e pessoal, busca de meios e desejo sentido de expressar-se. Eis aqui como se trabalha longamente às escuras e se dá ao nosso trabalho um nome que não merece.

É assim também que pergunto agora: o que é, na região das motivações, que promoveu em mim a noção e vontade de fazer um romance? Desses dois ou três últimos anos minha vida não conhece quase nenhuma de suas motivações, não porque nada seja misterioso, inacessível, mas porque as indagações são cansativas ou inquietantes, mesmo com o interesse que temos todos nós por essas buscas de começos em nossa história e de esquemas de toda a motivação de um ato ou sentimento.

No início houve desejo de se expressar, também de estudar a vida psicológica, também de me comprometer num estudo geral de estética, também de melhorar economicamente e, por isso, fazer-me um princípio de reputação que nas circunstâncias difíceis me facilitassem meios de vida. Tudo isso se apagou com um novo grande motivo que brotou com o conhecimento inesperado de certa pessoa de tão altas influências de espírito, e graça tão incrível, que às vezes não sei se apenas a sonhei.

Para ser-lhe grato ou continuar sonhando-a é que iniciei o manuscrito. Ficou este motivo máximo e um menor que interessa mais ao público: executar uma teoria da Arte, em particular do Romance.

Assim também é às escuras que se escreve uma carta deste romance e às escuras que a pessoa destinatária se agita por sua leitura, e surge nela conturbação que tampouco ela sabe definir. Não adivinha além disso os motivos da Eterna, pois esta mesma não se conhece bem, e escreve por impulsos desconhecidos aquela missiva.

É com igual confusão que terá suas impressões deste Romance o leitor. Não creio ter feito um romance fiel à plena doutrina que possuo. Se ambas as coisas fossem excelentes, ainda concedo ao leitor muito tempo para se afirmar numa impressão, muito a duvidar, a declarar vago ou contraditório ou não artístico, já que para se justificar de imperfeições acabo de argumentar como é árduo possuir-se, assim, de motivações e impressões.

Adeus, leitor!

Queremos oferecer um romance que seja bom, embora o autor não prometa escrever nunca mais e dando mostras de pacto tão altruísta — sacrifício de pensador que contanto possa publicar se privaria, ou já se privou, por seus livros não se sabe, até de pensar — lance as quatro (canetas) no fundo do mar; (terá este profundidade proporcional a esses profundos implementos com que alguns aram e outros arranham profundidades?); ou as entregue à adoração de uma dentre as mais formosas cidades do espírito, universais, Buenos Aires, capaz de compreender o que há de desviver-se por ela em tal promessa. Há originalidade absoluta, se não no que elas produziram, no entregá-las; e em tal ato signos de seriedade do caráter do expositor, suspicácia que se adianta à justa desconfiança e ao mesmo tempo a perspicácia do saber onde há mais penas: na mesinha de cabeceira completamente dependente do comerciante (sempre há nele um literato-mínimo), ali onde se pode achar até mesmo manuscritos de obras inteiras suas. E assim o demonstra apresentando um novo livro pouco depois da capitulação espontânea das canetas pensantes e das penas de compilador. O novo livro parece escrito com "as mesmas".

Que não se cumpriu uma promessa a Buenos Aires é o que resta de delicado na ocorrência.

Não conheço o que se sente quando não cumprimos promessas, dou o romance que prometi; ainda não se inventara a promessa de não escrever, faltou-me engenho. Que drama no íntimo da pessoa para quem o escrever constitui um não cumprimento!

Creio chegar justo a tempo, um dia antes de que o gênero Romance comece a ser impossível — a Arte é possível, mas todo assunto, para sê-lo de Arte, deve ser impossível —; meu romance foi possível e contém só impossíveis.

Não posso me gabar de ter descoberto para este romance a comarca onde não acontece nada, também chamada de "Terra de Leões". Mas tudo que é impossível acontece na minha; para o possível há a vida, e para esta e igual a ela, para que o realismo? E só compreendo que o leitor se queixe se algo do Impossível não consegue nela, e sabe ele que em alguma parte, na Arte, à qual recorre, há de se achar e suceder frequentemente o que, revolvendo-se em seu leito ou assomando-se à janela, não acha: o Impossível, que não é o que falta, pois no mundo há de tudo, mas o que nos falta quando o desejamos, embora venha ou exista antes ou depois de desejá-lo.

Assim foi a Eterna um impossível de muitos anos para mim e, no entanto, era, e era perfeição.

O único impossível é morrer. Quão sem limites é a Possibilidade me foi possível, o que hoje não posso conceber: viver longos anos sem o amor da Eterna e até mesmo sem conhecê-la.

Assim medita e resolve em seu espírito atormentado o Presidente, a quem a Eterna diz "que ele ama o que criou, e não o que ela é".

Como foi possível, enfim, o romance perfeito

Realizou-se, enfim, o romance-modelo, que apresentamos graças ao aproveitamento de uma desordem curiosa na circulação entre os literatos do personagem Juan Pasamontes, que, como todos sabem — até o próprio Sócrates que nada sabia (Xantipa o mantinha totalmente às escuras), e também aqueles que só sabem que ele disse —, é aquele que vem figurando há dois ou três mil anos, desde as literaturas grega e romana, em todo romance de verdadeira sensação e modernidade que não se assemelhe a outro em nada, tampouco em ter Pasamontes.

Sempre se reconheceu que esse protagonista, na posição invariável que o torna interessante a ponto de afligir: Juan Pasamontes, aventurando-se, incentivado pelo amor, numa montanha com os precipícios apropriados para montanhas de romances, caiu uns metros em alguns desses, o que é sempre má sorte, ainda mais quando nesses momentos a narrativa tinha de começar sem demora; prova disso é que ele começa descrevendo esse acidente que serve no romance para iniciá-lo e na vida de Pasamontes para suspendê-la, no leitor para mantê-lo suspenso de preocupação e no relato para prosseguir: é o único antídoto eficaz para concluir com o leitor salteado.

Pasamontes está a grande altura e perigo, mas a história continua, como as crônicas policiais que só começam quando acontece algo; e a caminhada de Pasamontes por uma montanha com todo alegre espírito de prazer, só começa a agradar aos leitores e ao autor quando o veem andar em falso com imenso perigo. E está agarrado ao último galho ou arbusto, a ponta do pé sobre uma pequena saliência de pedra insegura, exaurindo-se fatalmente em clamores e esforços a trinta ou mais metros ignorados do fundo do que já devemos começar a chamar de abismo.

Todo o romance é contado enquanto ele está em tal aperto e, no fim, o leitor terá de ser informado como ele foi salvo. Não creio que se conceba um enredo romanesco que possa deixar o leitor mais atento, contando com ele até o fim e mantendo seu interesse mais *suspenso* e menos interrompido, que haja um procedimento com que melhor nos descontemos leitor para todas as páginas; embora entre a primeira e a última as outras estivessem em branco, que em substância são quase sempre assim — promessa de enredo, promessa de desenlace, promessa de personagens, promessa de unidade e congruência, não cumpridas —, o leitor não saltaria nem uma. Portanto, para um romance-modelo e em nada semelhante a outro, não há nada como esse Juan Pasamontes, personagem de todos, pois é a personificação de toda trama: começo e desenlace sem nada no meio a desvendar, o enredo com solução simulada.

Suspenso no ar, a atenção de cada leitor pende dele; eu precisava dele para o mais difícil, o início de um romance e que o leitor comece sua tarefa. Seja porque Pasamontes o faz melhor que ninguém ao procurar esses dois começos difíceis — o leitor acredita que ele faz o mais difícil —, seja porque nos fez acreditar nessas duas dificuldades, o autor e os leitores empreendem com ele seus respectivos cansaços mais escorregadios.

Deslizamentos e suspensões ajudaram aqui. Ao entrar, Recém-Chegado pendurava seu cachorro no cabide dos vestíbulos; os operários da Ford penduram o boné, tipo de movimento, diz Ford, tão ligeiro como os que na oficina comporão depois o trabalho do dia; eu pego um personagem emprestado e o retomo na saída para devolvê-lo, mas enquanto isso aferro o Leitor a um interesse tão intenso que ele se arrepende de qualquer futuro Saltear. Que todo futuro autor agradeça o método.

De-um-Amor

De-um-Amor se deve à maior descoberta que a inteligência humana concebeu: a concepção do automatismo de Hogdson; ou seja, ao impulso que a primeira descoberta clara do automatismo psicológico deu ao pensamento do autor deste romance, levando-o a formular a teoria do automatismo integral, que pode ser considerada como uma das mais audaciosas ideias e claras percepções.

O autor, partindo dessa grande lição de Hogdson, não se intimidou em levá-la à sua sistematização mais extrema. Como dissemos, o romanesco autor deste romance — com cuja magia prometo fazer também de ti o romanesco leitor — descobriu: que nunca está provado que o homem ou a mulher que chora ou ri, que franze o cenho, grita, se agita, ataca, se defende, busca, encontra, joga, se detém, escreve ou parece ler ou assistir, sente ou pensa coisa alguma; que naquele homem ou mulher existem estados de som, cor, cheiro, dor, de tudo o que constitui a sensibilidade; em suma: o fato de não haver "estado de consciência" em nada impedirá — nem a presença da consciência ajudará em nada — que atuem exatamente como atuaria em igual situação uma pessoa com conhecimento e sensibilidade.

Ao organismo, interessa viver: ele não está interessado em ser, em ter sentido. O automatismo se encarrega incessantemente de todo o nosso fazer, e esse automatismo é totalmente adquirido pela experiência individual (experiência que não precisa ser sentida para produzir as modificações adaptativas), exceto talvez nos dois reflexos instintivos fundamentais, que são congênitos: a fuga para o doloroso (que é o destrutivo do organismo, não o doloroso psíquico) e a retenção ou perseguição do agradável. Com esse automatismo congênito básico, a experiência vai gravando as sequências fisiológicas de cada emergência: um homem agredido por um mastim raivoso que não veja nem ouça, nem tenha recordação *sentida* de um cachorro ou ferimento; ou, se quiséssemos dizer: um homem que se levantou naquele dia com perda total de consciência se defenderá ou fugirá automaticamente, desde que num momento anterior um cão tenha lhe infligido ferimentos, embora ele não estivesse ciente disso. Dir-se-ia que devo admitir que foi necessário que uma vez, pelo menos, aquela pessoa tivesse sido dotada de psiquismo, inteligência, emoção, percepções sensoriais sentidas. Mas não é o caso: a criança pode nascer absolutamente insensível e procederá da mesma forma que seu irmão mais novo sensível (falo de sensibilidade psíquica).

Os danos sofridos pelo corpo terão sido associados às sensações dos nervos visuais e auditivos, devido às modificações nos tecidos nervosos causadas pela figura e pelo latido do animal, sem a necessidade de que essas alterações neurais tenham sido traduzidas em eventos psíquicos de visão e audição. (Psicologicamente as coisas são assim; metafisicamente, todo o fenomenismo material, o corpo humano, as ondas sonoras e luminosas, nada mais são que estados psíquicos ou sensações numa psique.)

O que o autor tentou descobrir, mas ainda não conseguiu, é em que circunstância pode ocorrer o que chamaremos de destruição total da consciência numa pessoa física; mas basta notar que o estar da consciência num corpo é uma noção absurda, porque o psíquico não se manuseia em termos de espacialidade: uma emoção, uma percepção visual sentida, não ocorre em meu cérebro, embora se perceba uma relação causal entre sentimentos e alterações num cérebro...

O autor manteve contato com De-um-Amor por muitos anos, tratando-o continuamente, e percebeu que desde a morte de sua esposa, a quem parecia amar imensamente, algumas nuances quase inapreensíveis em seu comportamento e em suas expressões haviam sido alteradas de maneira perturbadora, mas indefinida. (O autor posa neste parágrafo de romancista profissional, mas tem o direito de pedir ao leitor que acredite um pouco nos milagres dos romances, pelo menos como eu consenti em acreditar por muitos anos, como leitor de um considerável número deles que são menos explicáveis e congruentes que os meus.) E assim, pouco a pouco, De-um-Amor foi perdendo a sensibilidade, até se reduzir a um corpo sem consciência.

Se o leitor ignora tudo o que ignoro (agradeço seu companheirismo), ele deve ignorar como Hogdson explicava, plena e satisfatoriamente, o automatismo — que eu diria incompleto — por ele descoberto. Só se pode entender o integral que eu explico. Por isso, eu poderia jurar que De-um-Amor deixou de ser uma consciência pessoal há muitos anos, e eu mesmo observo que seu comportamento no romance é o de um homem que nada sente, pensa ou vê, em atitude de espera, mas sem sentir a espera, de reencontrar a amada e ser feliz, ou seja, atualmente é uma insensibilidade com a perspectiva de ser uma sensibilidade. Isso é muito misterioso, e seria condenável para uma pessoa que ignorasse que no mundo existem cinemas e romances de Conan Doyle.

O tom variável opera sobre o automatismo sem que De-um--Amor o sinta, por isso participa dos movimentos do romance.

O corpo é o dominante que não precisa de colaboração sensível; pode viver perfeitamente sem consciência e também pode, quando há consciência, obrigar essa consciência a viver, quando não lhe convém mais viver; ele se opõe ao suicídio do homem de mais insuportável miséria e prescinde de seus sentimentos para fazer tudo o que mantenha a solidariedade de um corpo pessoal: o Corpo não tem outro plano senão o Longevismo, não o Hedonismo.

O romance não tem De-um-Amor como personagem, e sim como corpo insensível, mas autômato coordenado por um personagem. Não nos gabamos de uma novidade que seria realmente muito grande, de introduzir no romance um personagem autômato (que funcionaria por um mês, por exemplo, a corda), porque De-um-Amor não é um autômato de nascimento; teve, e pode voltar à consciência...

O romance espera que o tom visual, tátil, auditivo da pessoa amada, revivida e devolvida, opere o milagre da recuperação consciencial de De-um-Amor.

E De-um-Amor, por sua vez, mostrará seu carinho pelo romance, enriquecendo-o com sua amada. Como a ressuscitará? Porque ele é o único homem que não nega seus sonhos. De-um-Amor revive sua amada porque acredita em seus sonhos e é feliz porque confia na eternidade dos amantes.

Um personagem, antes de estrear

— Eu quero saber entre quais pessoas me verei aqui.

— Nenhuma que desmereça. A Eterna, De-um-Amor, o Presidente.

— Porque o senhor deve saber, sr. escritor, que já não estou para aprender ou ensinar os outros. Às vezes me chamei Mignon em *Wilhelm Meister*...

— Mas se temos aqui a Eterna que se chamou Leonora em Poe; e que se chamou Rebecca em *Ivanhoé*; e também nossa Eterna apareceu em *Lady Rowena*.

— Quando vou encontrar para mim o grande romancista?

— Ainda não o encontrou aqui?

— Mas observe que seu romance não venha com "fecho hermético", e sim uma saída para outro, porque sou personagem de transmigração e me devo não à posteridade dos leitores, mas à posteridade dos autores.

— Seja: por mim, que se porte bem aqui. Além do mais, não acredito que os autores do porvir se contentem com personagens usados, mas não tenho nada a ver com isso. Estamos entendidos.

Prólogo 568

Eu gostaria que este romance tivesse algo de sonho, o mais sutil que conheci. Eu o sonhei (*datando* sonhos; eles podem ser datados por sua concomitância com as séries da vigília, e também por referências a outros sonhos que os precederam ou seguiram) em 1928. "Eu me achei num quarto no qual havia um fundo na penumbra ou por trás de uma cortina escura e entreaberta, assim me parecia alternativamente, atuava uma mulher cujo rosto eu não distinguia, apenas os contornos de uma vaga vestimenta feminina; e eu sabia quem ela era, sentia que era conhecida sem realmente vê-la; sentia cordialidade, companhia dela, que sua alma não era minha inimiga; também às vezes não sabia se a via e reconhecia ou não. No subsequente despertar, ou estado que por ideia ou conceito chamamos despertar, fui incapaz de evocar seu rosto." Uso aspas para os sonhos e em tudo que escrever especificamente sobre eles as usarei, para que se algum dia eu, que sou um sonho para os outros, aparecer ao leitor em sua mente, possa ser distinguido pelas aspas como seu sonho. Toda a Arte poderia levá-las e tudo o que escrevi, meus três livros até hoje, *Vigília*, *Recém-chegado* e *A Eterna*, eu quis propor no estado e como uma figuração do estado de recém-despertar, e não inteiramente sem sonhos. É um estado que deveríamos reservar para nós mesmos diante da dor e dos pressentimentos da paixão, assim como para o idílio da paixão deveríamos criar para nós uma supervigília, embora a paixão já o seja.

Parece-me haver certa divindade, ou seja, mística, um sentido de autoexistência, nesse sonho relatado, que só tive uma vez: é a fragilidade ou imitabilidade pessoal, o eterno safar-se da continuidade individual e o reconhecer-se, confirmar-se.

Fora do estado de paixão, que é de certeza, único estado de realidade pelo sonho em que convergem ambos os amantes e pelo qual deve-se arriscar tudo, comprometer-se com a vigília plena, toda a sua felicidade, toda a sua dor, deveríamos viver à meia-luz e meia-ação, meia-vigília, sem reconhecer plenamente os acontecimentos e estados, pois fora da paixão a probabilidade é a prevalência do sofrimento; o sonho de que me lembro é uma fórmula do estado de meia inadmissão de toda certeza e efetividade.

Às portas do romance
(Antecipação de relato)

Como um verdadeiro artista romancista deve se livrar do leitor de desenlaces. Receita contra esta laia leitora.

Pode-se fazer uma lista de Personagens descartados; de Leitores, descarto apenas um gênero: o leitor de desenlaces; com o procedimento de dar substanciado todo o relato e final antecipadamente, ele não será mais visto por aqui.

Minha tática de romancista é: personagens apenas entrevistos, mas o que o Leitor consegue saber deles é tão bom que ficam gravados pela irritação leitora que, entre amá-los por ser delicados e ficar insatisfeitos por conhecimento incompleto ou "saber pela metade", dois fixadores mnemônicos operam em sua memória (não há memória sem afetividade, seja ela irritação ou ternura) e ficarão inesquecíveis. Essa explicação prévia ao romance fará com que o leitor não se preocupe em não entender as imperfeições; lerá confortavelmente assim e o truncado ou obscuro não o incomodarão para entender.

O autor deve alertar o leitor, com franqueza, inicialmente: "Este é um romance que vai ser assim:

Um senhor de certa idade, o Presidente, em algum lugar de nosso país, está reunindo todas as pessoas que em suas excursões fora de casa lhe parecem simpáticas e querem morar com ele.

Essa tertúlia da amizade se prolonga por um tempo feliz, mas o hóspede não o é: incentiva seus amigos a entrarem com uma Ação.

A Ação é concluída com sucesso, mas ele continua infeliz.

Depois que a ação termina, eles se separam e, com outros detalhes e eventos, não se sabe mais de ninguém.

A essência desse relato consiste, então, leitor, em começar com um grande esforço, para provar-se na vocação da alegria, e partindo seu movimento do eterno descontentamento do Presidente que não se sente satisfeito com a vida de amizade na Estância, luta para entrar na ação, e, plenamente realizada, cai na desilusão da ação e no desejo de ser feliz por amor, pois antes de formar seu grupo de amizade na Estância tinha desprezo pela Amizade, Ação e Amor e única vocação para a meditação do Mistério, que também faz frustrar não apenas seu contentamento do êxito da Ação, mas sua tentativa de ser capaz do amor total.

Antes e depois da narrativa do romance, o que dominou nele foi a meditação metafísica, que o fez falhar na Amizade, na alegria da Ação e na plenitude de Amor.

O único neste romance que "tem o diabo no corpo" é, portanto, o Presidente; sucessivamente, falha em tudo: amor, metafísica, amizade, ação; é profundo no Mistério, ama muito a Eterna, então busca a amizade; insatisfeito, decide a Ação; de novo descontente e sempre sugestivo, depois de noites de deliberação e sofrimento, convida à dispersão para sempre os companheiros que fez felizes, ilustrou e encheu de problemas durante anos de vida comunitária. Para não se encontrarem mais, deliberadamente, os unidos felizes e os tristes apartados, para nunca mais saberem a sorte, os infortúnios, os finais um do outro. Esta que é a Morte Acadêmica não é uma decisão insensata para os sem Fé — que somos quase todos nós. É certo que seria melhor: unidos e com Fé.

Com essas hesitações, o grande personagem Presidente impõe uma escrita e disposição desarticuladas a este romance, mas o desfecho da morte acadêmica lhe confere grandeza, e o ensaio anterior dos personagens mostra um respeito pelo público leitor pela primeira vez cumprido por um autor: não haverá mais dramas e romances se não com manobras prévias de personagens à vista do leitor.

Finalizando, o presente autor também acaba em dois descontentamentos: a personalidade da Eterna lhe é imposta a tal ponto que ele não consegue trabalhar seu poder evocativo no sentido do que teria sido o sentimento augusto da Eterna na Despedida e a incógnita de seu destino posterior. E da mesma forma o autor, como artista que pensa ser, não consegue imaginar ou mencionar como seres de tamanha inocência e carinho — Doce-Pessoa e Quiçá-Gênio — foram arrancados da companhia um do outro pela dispersão resoluta.

Em suma: o Fim do romance escrito pela metade pelo melhor dos semirromancistas permanece não escrito.

Se o senhor acha que provavelmente gostará de um romance como o que foi sintetizado, leia-o. E permita-me agir como um artista enquanto o senhor o lê, pois este romance pode agradá-lo sem ter nada de artístico e sem nenhum valor para mim. Mas me será útil para exercer sobre seu espírito o único operar artístico. O senhor sentirá primeiro sombriamente e depois claramente a emoção artística, o que eu quis despertar.

O leitor que não lê meu romance se não conhecê-lo todo primeiro é meu leitor, esse é um artista, pois quem busca lendo a solução final, busca o que a arte não deve dar, tem um interesse do vital, não um estado de consciência: só quem não procura solução é o leitor artista."

Entrada em prólogo de Federico

Será tão substancial quanto entrar em matéria, no entanto se trata de outra coisa.

Não tenho a ilusão de impedir eternamente o garoto do longo bastão de entrar no romance — garoto que vocês conhecem a partir de agora como futuro personagem sem espaço, delimitado nele, aspirante suportado, e rondando para figurar no relato —, e preparo para ele, em minhas apreensões, títulos no caso de um eventual e indesejado abrir-se passagem no romance, a fim de que, embora recebido à força, não lhe sejam completamente negadas as considerações na recepção *de fato* que se discernirá nele (por todas as pessoas de minha invenção que combinam a trama usando da combinada existência que sorteei para cada uma, seres nascidos tiranicamente, não como nós que fomos consultados, para a agitação da vida romanesca, por caprichos preguiçosos de Fantasia e que, apesar de uma existência tão casual e frágil, se sentem tão possuídos por ela que censuram a entrada de um garotinho); consenti com o que ele me pediu sensatamente: que eu lhe desse antecedentes, concedendo-lhe acesso a um prólogo que suavize sua entrada no romance, para quando ele o obtenha por descuido dos poderosos personagens que existem nele e assegurados nisso desde o início, seja como retirados da existência irreal, com um ar tão acostumado a existir como alguns preexistentes de si mesmos, costume que os viventes também trouxeram com seu nascimento, pois nenhum de nós se lembrará com qualquer surpresa que tenhamos manifestado começar a viver, o que, se não nos contassem, não acreditaríamos — e eu, como os que se lembram do meu nascimento não se lembram do seu próprio, optei por não acreditar que fosse necessário, e afirmei nossa eternidade.

Embora se temam mais estragos a ele que a um crítico, é preciso considerar a possibilidade de sua vinda, e preparar o que propicie paz a esse momento. Com o garoto no romance, ele já está dotado de todo estrago, e os críticos seriam poupados.

Bem, nele há títulos, obras, passados; ele não é um garoto que começa como o autor apenas deste livro e edição (esse popular autor recentemente estabelecido na Literatura, e que se inaugura aqui, não é tão conhecido que seja necessário iniciar a venda de seu livro pela quarta edição, como fazem os grandes autores).

Deus, inventado para que nos fizesse nascer, se preocupou em ficar imediatamente bem e criou o Mundo para *fazer crer* (isso não é religioso, mas é o princípio da religião) que ele se importou antes de nós; deu-lhe numeração de 3º e achou que lhe pediríamos outros. "Se este for o 3º, deem-nos também os anteriores." Pelo contrário, quando vimos os números, dissemos: "3º e último". Se ele se lembrar de escrever no verso o endereço do remetente, nós o devolveremos.

O garoto Federico não deixou de tentar a luta econômica. Montou com todos os amigos e amigas uma Fábrica de Ruídos. Eram obtidos de metais, zinco, latão ou vidros tratados remotamente com agentes minerais pelos melhores atiradores de entulho entre seus operários. O transporte fácil e a grande saída da mercadoria garantiam prosperidade. A catástrofe financeira de 1921, as oscilações de Stinnes, a colossal concorrência da Standard Oil com a Dutchshell, os desaforados marcos papel... a verdade é que, apesar da grande saída, não restava um ruído nas instalações logo depois de ser fabricado; a empresa de Federico não conseguiu resistir e, tendo encontrado o procedimento para encher a cidade de barulho sem ser notado, sem fazer barulho, sem que se soubesse de onde vinha, cada pai encontrou seu filho e, ajudando-o a caminhar de várias maneiras aceleradas, duas horas depois de inaugurado o Estabelecimento tão reclamado pelo avanço e conforto da população, todo o pessoal estava embalado em suas caminhas em casa e se evitou um pedido de falência, seja pelos distúrbios de Stinnes, pela instabilidade das mudanças, pelos marcos ilimitados, pela obscuridade dos catorze pontos tardios de Wilson... ou talvez a mera coincidência de que naquela cidade — e isso tornou muito mais fácil a tarefa de recolher os meninos — os pais eram maiores que os pequenos. Antes que Federico tivesse definido, em suas reflexões sobre os determinantes do fim comercial ocorrido, se o distúrbio de Stinnes, a guerra do petróleo etc., era o causador, ou se todos eles eram necessários, começa novas operações individuais como secretário ou escriba de Deus, para anotar e lembrá-Lo de todos os "se Deus quiser" em relação a lavagens de quintal "para o dia seguinte" que as senhoras e mocinhas formulam nas casas modestas quando, de dia, já se sentiram mortificadíssimas pelos adiamentos que deixaram se amontoar, de lavar o chão: "amanhã se Deus quiser vamos lavar o chão", "amanhã se Deus quiser vou lavar meu quarto". Vinha-se observando e calculando que a cada dia Deus se esquecia de querer cerca de trinta mil lavagens de chão adiadas em todo o mundo. Também será necessário lembrar os "amanhã, se Deus quiser, vamos arrumar o guarda-roupa grande"; outros trinta mil. A verdade é que Federico está na terra pelo menos desde esta manhã, na entrada de meu romance, e não devemos perguntar-lhe se também esses negócios com Deus acabaram mal devido ao tédio e ao pagamento moroso. Os Deuses são velhos e maquinadores, portanto, mais sabe o Diabo ou Deus, que é o mesmo, por ser velho que por ser diabo.

Mas ainda há algo que não posso calar nem por mais um instante: a ida e a volta de Federico ao redor do mundo. Digamos pelo menos que foi muito lenta: ele partiu na hora de mover os lábios e aproximar as pálpebras pálidas da Eterna para um sorriso encorajador da ingenuidade do Presidente, e voltou quando aquele sorriso se escondia, porque o Presidente havia passado da impossibilidade de candura à impossibilidade de aborrecimento e segurava nas roupas de Eterna como sinal de querer "ir para o guarda-roupinha".

Com isso, fica Federico apresentado e entrado em prólogos.

Ao leitor de vitrine

Uma longa experiência como iniciante de polígrafo, precedida de um silêncio muito aprovado, aquele calar versado que tudo abarca e que a todos agrada, tudo-calar enciclopédico, me fez desconfiar da frágil textura do Leitor, mas sua fugacidade não é tanta que, pelo menos, os Títulos e as Capas deixem de alcançá-lo. Dessa reflexão nasceu minha inovação: os títulos-textos. É assim que quero explicar a lentidão do título do romance.

Como a circulação de capas e títulos se dá graças às vitrines, bancas de jornais e anúncios, a ideal, o Leitor de Capa, Leitor de Porta, Leitor Mínimo ou Leitor Não Realizado, finalmente tropeçará aqui com o autor que o levou em consideração, com o autor da capa-livro, dos Títulos-Obra. E considero que "O leitor alcançado" deve ser o título do Título que estamos apresentando de nosso romance, uma vez que um primeiro evento já ocorre em sua capa, na qual o Leitor Mínimo é atingido por completo pela única coisa que mesquinhamente os livreiros leram: a capa, a única coisa que se edita para o maior número de livros; de fato, a Posteridade, que todos adulam e ninguém jamais conheceu, o reconhecerá.

Os exemplares de domingo de *La Nación* e *La Prensa* talvez tenham me sugerido as capas-texto que são uma espécie de edição do domingo das capas e dia de festa dos títulos, já que aqueles, por mais longos que sejam, estão escritos. Como também observei, depois de muito acreditar que tais números não acabavam — e isso eu aviso àqueles que sempre folheiam esses jornais, todos os quais também acreditam, como eu, que eles não acabam — que esses números de domingo concluam: é preciso ter tido um domingo tão desesperado quanto eu tive certa vez quando os li na íntegra, para sair do erro de crê-los infinitos, uma crença no infinito que nenhuma pessoa reflexiva deve ter para nada.

Ficam assim evidenciados a origem e o desígnio de minha inauguração dos títulos-leitura, para aproveitar a maior circulação que a vitrine proporciona para a capa, não para o corpo interno do livro, depois circulada por aquele circulador de fósforo aceso e emprestador de fogo ao outro cigarro, que temos, também muito cordial, na esfera literária: o emprestador de livro que, sendo apenas um, consegue pensão do "Fomento do Livro" e longevidade dos tônicos (estes são a religião que nos resta, além das duas religiões argentinas: a fé de que quem for ao Paraguai voltará com um papagaio e a de que se volta do Norte com um queijo Tafi, ou não acreditam que voltamos; não se pode trazer de lá os filósofos — são outras aves —, como podem, aproveitando a pechincha de tudo na Europa, os cavalheiros e damas ricas argentinos que vão em passeio e trazem de passagem), e faz edição de um só exemplar, e parece que o esgotamento de venda não começou com o comprador, tão longe o deixa e torna invisível a longa jornada da circulação emprestada. Calcula-se cem leitores de capa para um de livro; títulos-texto e capas-livro não erram leitor; são a única esperança de um grande raio de ação da brilhante Literatura, na maioria das vezes, a Literatura resguardada e secreta, recatos que não a satisfazem.

No entanto, advirto aos que se retiram porque terminaram de ler meu título que meu livro segue depois, que não pertence ao gênero dos fac-símiles de madeira que simulam bibliotecas lotadas. Então, se o leitor não continuar lendo, não tenho culpa de não tê-lo avisado. É tarde para nos encontrarmos, aqui, o autor que não escreve com o leitor que não lê: agora escrevo decididamente.

Dois personagens desejados

Em um romance tão ordenado, o leitor deve conhecer os personagens. E eles têm de ser classificados.

Os nossos são:

Personagens efetivos: Eterna, Presidente.

Personagens frágeis, por vocação de vida, pois acreditam que serão felizes: Quiçá-Gênio, Doce-Pessoa.

Personagem da Inexistência (com presença): De-um-Amor.

Personagem perfeito, por vocação genuína, feliz por ser personagem: Simples.

Personagem de Fim de Capítulo: o Viajante.

Personagem da Ausência, ou a Ausência personagem: O Homem que fingia viver.

Personagem relâmpago e teórico: Metafísico.

Personagem Impedido e Candidato a personagem: Federico, o Garoto do Longo Bastão.

Personagem Ignorado (única celebridade contida no Romance).

Personagem com o ser de ser esperado: Amada de De-um-Amor.

Personagens por absurdo: o leitor e o autor.

Personagens descartados *ab initio*: Pedro Curto e Nicolasa Moreno.

Portanto, não passeiam por meu romance nem Pedro Curto, que queria lê-lo primeiro para nele aparecer — só é admissível em leitores que não queiram começar a lê-lo se não lhes for dito de antemão tudo o que ele contém — e que exigia que a obra terminasse antes que se esfriassem algumas tortas, recém-compradas no momento em que a narrativa começava; creio que sua exclusão se justifica sem me tornar passível de acusações de avareza no número de personagens; também não passeia Nicolasa Moreno, que de bom grado concordava em aparecer se seu papel lhe permitisse às vezes sair do romance para ir ver se não derramava um leite que ficou fervendo e um doce de abóbora que havia deixado para levantar fervura e ao qual precisava levantar a tampa a cada poucos minutos; ambas alternativas que interromperiam sua atuação na obra e com as quais eu não pude concordar, pois se sabe que Deus fez o mundo errado ao proibir a ubiquidade.

Espero que a falta do personagem Cozinheira não faça temer que eu deixe todos os personagens sem comer do início ao fim, o que só cairia bem à silhueta do elegante Quiçá-Gênio. Consertei a dificuldade, mas agora não me lembro como.

Esqueci porque também tinha algo por perto que podia esfriar: alimento ou coisa do espírito, não sei bem, ou poderia transbordar: talvez um entusiasmo ou clareza no Mistério, uma meia frase que poderia me dar a transparência das coisas, a percepção mística: talvez algo superior: um último gesto de ontem da Eterna, uma nova sublimidade de sua ternura, um sorriso de sua tristeza ou de gratidão ao presente e calafrio do futuro, do que o conclui; e eu não queria, ao trazer para a minha solidão aquela imagem de uma dobra de sua face, deixar de olhar para ela na recordação, revê-la em minha memória, como quem numa água parada atira repetidas vezes o seixo que faz aparecer nela relevos em círculos e luzes refletidas.

De qualquer forma, Juan Pasamontes tinha arranjado trabalho conosco. Ele queria ser empregado, não personagem de romance; ficava nervoso que o estivessem lendo, desassossegado pelos olhares do eterno curioso: os teus, leitor. Ou seja, no pensamento emaranhado deste Pasamontes, a existência de quem lê era o obstáculo à publicidade. Pasamontes fica tão inclinado a perder pela condescendência que talvez tenha pensado que eu estava lhe pagando cinco centavos e queria troco. Ele é uma daquelas pessoas que querem um terno emprestado quando precisam, que é quando chove a cântaros; e encontrou aquele que só oferece seu guarda-chuva quando o dia está lindo e para uma pessoa que tem influência e confiança no Meteorologista do Estado, ou para que o percam por outro melhor.

O autor contou tudo sem desagradar nenhum personagem; não me indispus com nenhum e vou provar isso com o fato de que nenhum deles vai escrever contra mim. Pasamontes, ocuparás as páginas depois, não te deixaremos falar primeiro que nós, avisaremos o público que conhecemos tua língua.

Oferecemos este prólogo enquanto se tranquiliza certo alvoroço que está originando entre todos um prólogo mutável, que, me avisam, está mudando de página; que não haja dissabores entre prólogos de um mesmo romance; este prólogo inquieto é um dos que está procurando onde ele falta, em Romance que achou onde faltava ele na arte, nas almas.

Prólogo primeiro do romance para o leitor limitado

Quero publicar duas coisas: um desenho que Sírio ou Audivert componha para mim, mostrando com alguma persuasão a aglomeração de senhoritas e cavalheiros na porta de minha casa exigindo figurar como personagens de meu romance; a fim de que me propicie o ânimo de tantas pessoas que se retiraram irritadas com minha dificuldade em agradá-las. Reconhecerão assim que só a impossibilidade material e não um desconhecimento das suas qualidades obrigou-me à inadmissibilidade. Todos eles vão ler meu romance (não porque eu me propusesse reservá-los para leitores por falta de talentos para personagens), e serão os únicos leitores cuja desaprovação antecipada de meu romance (pois não figuram nele) lhes será inteiramente permitida. Tenho idêntica experiência: não figurei em nenhum romance e nenhum me pareceu perfeito, e isso porque há muitos autores que alcançam o que consegui (no futuro, no romance que escreverei), que o Garoto do romance não entre no romance.

E outro desenho, que poderia ser o mesmo, mas centuplicando o número de silhuetas de pessoas, que conseguisse dar uma ideia, ainda que remota, da multidão de leitores que há para o meu romance.

Todo mundo notou, e em todo caso é conveniente que se saiba, o amplo sucesso que tive como escritor. Mas alguém diz que é verdade que sempre há uma multidão de leitores se renovando ao lado do meu romance, mas talvez isso aconteça não pelo muito que se deseja lê-lo, mas *porque deve haver* perto do meu romance, ou na frente dele, algum aviso do *La Prensa* que dirá (puras conjecturas): "Agradável governanta deseja senhor milionário, sentimental e celibatário, para cuidar exclusivamente de sua casa e como pessoa exclusiva perto dele". Acrescentam que o que tem sido dito pelos críticos da severa escola que se preocupam apenas com os méritos fundamentais, com a estética essencial, ao sintetizar seus elogios na conclusão comparativa de que "meu romance tem mais público que a 'notícia' de mais aliciantes de um grande jornal" é uma verdade concreta e não um modelo; fizeram elogios inúteis à eficácia de um grande anúncio de jornal para atrair multidões que lá havia. Também explicam que a dita notícia padece de uma dificuldade de sintaxe: não se define se um milionário procura uma governanta ou uma governanta procura um milionário, fazendo com que metade da multidão seja feminina para um milionário que se oferece e a outra é um bando de milionários para uma governanta.

O que devo admitir aqui é que usei o incentivo de prometer figuração nele para algumas pessoas cuja simpatia ou condescendência eu desejava; que às vezes retirei alguma pessoa do romance por ter ficado zangado com ela de forma justa ou injusta.

Descrição da Eterna

(Doce-Pessoa diz que não conhece a Eterna; eis aqui como ela é, para que não fique sem conhecê-la, pois gosto de satisfazer as curiosidades dos meus personagens.)

Com tranças bem presas — como há de ser também meu romance, que prenderá a alma do leitor —, alta, bela de formas, olhos e cabelos pretos, a Eterna não é descrita de outra forma senão assim:

Quem passa por ela perde o dom do esquecimento. E, se conseguir esquecê-la, é um aloprado.

Quem não consegue esquecê-la se detém e a compreende, ama-a sem resignação possível.

E a quem dá seu amor, dá o que ninguém teve até hoje: um Passado, o que ele mais quiser, muda sua história.

Muitos puderam dar um porvir, mas só ela vos cria um passado que ameis. E, no entanto, também vos dá um futuro, porque nada mais pedireis ou conhecereis.

O fantasismo essencial do Mundo

Sintamos, amada, o vazio do mundo, da apresentação geométrica e física das Coisas do Universo, e a plenitude, a certeza única da Paixão, do Ser essencial, sem pluralidade.

Vais sorrir como se estivesses enlaçada ao vazio desde uma janela que parecia apontar para uma imensa e inamovível Realidade Externa e que abruptamente se reduz a um ponto, se pensares por um momento que numa imagem de cena que sonhas ou imaginas pensando acordada pode haver toda a extensão do mundo e, no entanto, cabe em teu espírito ou mente, ou, se quiseres, nas fibras de uma molécula imperceptível de teu "córtex cinzento", como dizem os fisiologistas. Se tiveres abarcado com tua vista um panorama de sol, terra, céu, bosques, rios ou mares, ribeiras, edifícios, e em seguida o pensas ou sonhas, tens exatamente a mesma imagem imensa encerrada num ponto de tua mente, de tua alma ou, se preferires, numa microscópica célula nervosa de teu córtex cinzento. E ainda mais, esse mesmo córtex cinzento e o cérebro todo são uma imagem de tua mente, pois não saberias que eles existem se não fosse pelas imagens que tens de sua forma, cor, divisões, desenhadas ou vistas, e tuas imagens de contato, de temperatura, se estudaste anatomia. Se o córtex cinzento existisse por si mesmo, como poderia pensar em si mesmo? Pois isso que estamos discorrendo é precisamente um pensar o córtex cinzento em si mesmo. Como poderia o órgão de imagens ter uma imagem de si mesmo? Como o córtex cinzento, onde se diz que reside o pensamento, pensaria em si mesmo, enquanto o olho não pode se ver diretamente; vemos tudo através dele e não o vemos?

Se dentro da minha mente não há extensão e em qualquer imagem minha posso me representar tudo o que vi, é simplesmente porque não há Extensão, todo o Universo nada mais é que um ponto e, menos ainda, nada mais é que uma ideia, uma imagem em minha alma.

É essa extensão que cria a ilusão de pluralidade que não se aplica à única realidade do Ser: a Sensibilidade.

Paro por aqui; acredito que essas palavras podem assomar tua sensibilidade ao abismo do ser e ao reconhecimento de que tudo é psique e, portanto, imortal. Pois já te sugeri, em muitas tentativas de comover tua dolorosa crença na morte, que eu sinto que o obstáculo que me domina para impedir que meu amor por ti seja o todo-amor que mereces, e que é todo o valor da realidade, é essa discrepância que nos separa na medida em que acreditas que nos espera a morte e um terminar de nossas pessoas e de nosso amor, e eu não acredito que todo-amor possa florescer em seres que se acreditam passageiros.

Quatro pasmos me oferecem o passado, a arte e o presente real: frieza, fatalismo, negação do Humano como possibilidade de felicidade e intelecção, afirmação indireta do fracasso hedônico e intelectual do Humano, que é a atitude de Cervantes com dom Quixote e Sancho, a única grande atitude de genuína ironia, o único pessimismo autêntico apresentado na arte literária em que tantos pessimistas inveterados gostariam de ser acreditados; a negação, igualmente rotunda, porém mais alegre e não tão sentida porque às vezes é direta e deliberada, doutrinária, portanto menos segura, de Rabelais; a Alegria e a Tormenta de Beethoven, mais rara e mais prodigiosa essa alegria nunca de si mesma, mas de simpatia se abrindo na tempestade que sempre vem à sua música, e um Gesto da Eterna que ainda não vi e sei como será e o verei em seu rosto no dia de um determinado pedido meu, se é que algum dia o farei.

É possível viver de um só Conto e, na verdade, os todo-amantes vivem de uma única notícia total do Ser, do Mistério que um é para o outro em sua única existência.

E mesmo quando em fantasia encontrei a Eterna, descobri e hoje sei que com um só gesto dela eu viveria, e nela haverá outros, tantos, para viver de um só. Tão imenso, pleno de significação pessoal total, que, sem tê-lo senão pressentido possível nela e que haverá de se mostrar diante de uma demanda que ainda não fiz, me encontrei em inteiro rumo do ser.

Outro prólogo

É completamente outro prólogo, não o comecei a não ser aqui, e só quem ainda não sabe o que digo nele pode opinar que não conterá nada próprio de um prólogo necessário; nem sempre um leitor se defende bem porque tenha conseguido ou tentado fazer que as páginas da Arte Literária fossem menos; que não haja um prólogo.

Vou enumerar os livros que aos vinte e cinco anos estava decidido a escrever. Vou usar um prólogo, algumas páginas para mostrar quantas o público evitou porque as circunstâncias da vida me negaram por trinta anos papel e tinta, a possibilidade. É uma página bem empregada aquela que procura ao público uma consciência concreta; portanto, parece-me que esta página quase se iguala em genialidade às 300 de Maeterlinck, escritas em louvor ao silêncio; é um prazer ler qualquer número de páginas, desde que sejam dedicadas a um elogio suficiente do precioso Silêncio. Poucas virtudes podem merecer mais do que esta que a belarte da Palavra, a Prosa, se aplique a lembrá-la e explicá-la ao público.

Esses livros foram: *A saúde de um advogado; O violão de um advogado; Teoria do Ser; Doutrina da Ciência; Teoria da Beldade ou Estética; O Compasso, o Ritmo e a Rima, falsificações da Arte; Teoria do Esforço em sua influência hedônica pessoal; Teo-*

ria da Tragédia-Idílio; Poema de Tragédia; Individualismo: Teoria do Estado; Crítica da Dor; Música como um mero caso de prazer respiratório.

Quem quer que aprecie o sofrimento evitado tanto quanto um prazer conquistado, o leitor que fizer parte do público e tiver a perícia psicológica de reconhecer essa verdade hedônica, não se apressará em dissimular discretamente algum incômodo que lhe cause a necessidade de ler meu presente livro, que dou modestamente por todos aqueles não escritos, ao considerar a quantidade de leituras que eu poderia ter causado a ele nesses 35 anos?

Assim, pois, caro leitor, um desconhecido tão notório que nele todos os desconhecidos do mundo podem se identificar, ele vos falou em páginas que em autores encadernados da maneira usual ficam em branco e, em mim, pela primeira vez param o leitor, já falou convosco:

Das pessoas que nada escreveram.

Romance das coisas enclausuradas, das mudezas, dos segredos, das fragrâncias guardadas, das palavras que não penalizam porque confiam a um trejeito ou sorriso dos lábios que falem, e esse sorriso tampouco se dá

Oculta pela luz suspensa do dia da sesta, há diante da casinha da Estância a única coisa que a luz pode ocultar: outra luz; há uma pequena chama que ninguém dos que moram lá viu, que quer existir e não ser vista.

Aquela pequena chama — talvez o olhar da Eterna quando pensa em seu sonho do todo-amor tão deslumbrante que aquele olhar nesse sonho transbordante e reverberante se desvanece: não sabe que o Dia e a Chamazinha nele perpétuos em volta da casa são o todo-amor pensado pela Eterna e o olhar com que ela o olha.

Porém, ao se despedir, De-um-Amor disse à Eterna: eu conheço a pequena chama do olhar que fixas em teu sonho de amor em pleno dia de cada dia da Estância e do romance. Não tenho poder, Eterna, para que teu desejo se torne realidade: e ainda é muito ter falado contigo e agora nunca mais voltarás a estar em minha mente. Minha dor por ti neste momento ocupou minha alma por um minuto; só tu poderias alcançá-la: nada fora Dela, nem tu mesma, nunca mais entrará em meu espírito.

Eterna e Doce-Pessoa
(Tempo para esta cena: o do desabrochar de uma flor)

Em todo o tempo deste romance, único tempo de existência artística e única existência esta, de Eterna e Doce-Pessoa, a Eterna só pôde conhecer de Doce-Pessoa o rosado de suas bochechas, e Doce-Pessoa de Eterna — de janela em janela e com a luz da tarde — os olhos e os cabelos pretos e a face pálida; e no silêncio campestre e à noite, suas vozes, ambas preciosas e muito diferentes, falando a Eterna ao Presidente não visível, falando Doce-Pessoa a Quiçá-Gênio, postos na janela.

Depois disso, e foi *tudo* que conheceram uma da outra, esteve certo dia, uma só vez e um único momento, a Eterna contemplando em suas mãos duas rosas, de tamanhos desiguais, uma branca, a outra vermelha, que ela havia colhido de um grande cesto de flores, passando o olhar de uma para a outra, comparando; em seguida, ela lhes deu um nó e as dispôs num copo para o Presidente; mas depois as desamarrou e deixou apenas a branca para ele.

Ciúmes? Que amasse as duas? E, enfim, só a Eterna?

Assim também certa manhã Doce-Pessoa experimentou o penteado de tranças, que nunca usava, como o da Eterna, e por fim o desfez e voltou ao seu, dizendo com generosa admiração: "Só fica bem nela, embora ela tenha 39 anos e eu,

19. Que a ame, e a mim só acaricie a cabeça, mas sempre".

Nunca se viram uma segunda vez nem tomaram conhecimento disso que acaba de ser lembrado.

Prólogo do Personagem Emprestado

Os romancistas que compreenderam com lucidez que adotar a prática literária que propus do uso de personagens emprestados não os diminui escaparão do ridículo da fanfarrice de autogenializar-se comprometendo-se a desenvolver de forma brilhante e plena um personagem-gênio, empenho que, como já provei, implica que o autor se declare gênio, limitando-se modestamente a tomar-me o personagem. Quiçá--Gênio? Pobre Quiçá-Gênio, os romances que te espera viver!

Os Quiçá-Gênios me deram (genialidade duvidosa, que é a melhor) um descanso de autor em minhas noites de grande programa inicial, podado a programa menor quando, já não podendo mais, reduzi quiçá-gênio a meu personagem gênio do atrevimento inicial romanesco.

Com o autor (do romance) não acontece nada?

Vou te contar, Doce-Pessoa, o "acidente de leitor". Tudo que chega de forma inesperada e impetuosa a uma borda cai violentamente no vazio; um autor deve ter o cuidado de não despertar muito interesse do leitor quando já escolheu o ponto em que situará o fim de seu relato e esse ponto está próximo. Num romance de interesse narrativo tão frequente e agudo como o nosso, o autor foi tão cuidadoso para que o leitor não se destruísse numa queda e até prefere desacelerar a narração tão perto do final que, temo que verás, o leitor concluirá a leitura suave e sonolentamente.

Nem todo autor tem esse cuidado. Não acontecerá que o leitor, surpreso com o limite-fim do romance quando mais disparado estava seu apaixonado interesse pela meada diabólica da obra, caia descontroladamente de um *cheio* de romance a um *vazio* de atenção.

Como nada acontece ao autor do romance, parece-me bom, Doce-Pessoa, que nada aconteça ao leitor, exceto a violenta acomodação mental que ele deve apresentar para entrar num romance tão grande, de intensidade única, desbordando-se desse tanto de prólogos incruentos.

Prólogo de desesperança do autor

A desordem de meu livro é a de todas as vidas e obras aparentemente ordenadas.

A congruência, um plano que se executa, num romance, numa obra de psicologia ou biologia, numa metafísica, é um engano do mundo literário e talvez de todo o mundo artístico e científico.

É mistificação de Kant, de Schopenhauer, de Wagner quase sempre, de Cervantes, de Goethe, aparentar uma congruência, um plano em suas obras.

É tão fantástico que haja, fora de algum texto ou tratado, uma continuidade, congruência, execução efetiva do plano, como uma continuidade no leitor ou estudioso dessas obras.

Devo proclamar imediatamente que não há nada mais delicioso, enlouquecedor, que uma obra inteiramente congruente. Unidade, continuidade não por repetições, mas por desenvolvimento, por variação incessante na permanência (de um pensamento, um sentimento). O espécime supremo, em minha opinião, do desenvolvimento na unidade é a Quinta Sinfonia de Beethoven.

Cheio de mistificação de unidade, Schopenhauer nos apresenta *O mundo como vontade e representação* em três volumes, com capítulos numerosos, numerados, em aparente simetria. Esse pensador, talvez o maior metafísico, publica um rascunho de pesquisador como um grande livro solidário e definitivo. A distribuição de Kant na complexa *Crítica da razão pura* é como uma agitação de números dentro de um saco. Talvez Spencer tenha feito livros de verdade sem um raciocínio interrompido, sem uma palavra inútil. Husserl é hoje mais metódico?

Pelo que digo no cabeçalho, não tenho nada de que me desculpar.

Quiçá-Gênio se lamenta por seu nome

— Quiçá-Gênio: Como o autor pensou em dar ao meu nome a forma extravagante de ser interrogativo: Quiçá-Gênio? Eu devia figurar nos diálogos assim:

"— Doce-Pessoa: O que temos, Quiçá-Gênio?, novamente hoje no Romance?

"— Quiçá-Gênio?: Hoje é o aniversário...

"— Doce-Pessoa: Isso de aniversários num romance tão inovador é uma rotina que o embaça; celebrá-los é viver contando, é manusear a vida, marcá-la com um rumo ao Fim.

"— Quiçá-Gênio?: Pensarei no que me disseste e seguirei com o que não me deixaste dizer. Hoje é o aniversário da Inexistência.

Mas volto ao assunto do meu nome. Depois o autor pensou que, como eu estava destinado a falar muito e apenas contigo, Doce-Pessoa, seria desagradável para ti forçar a pronúncia interrogativa do meu nome. Concordo, mas eu devia ser chamado de Plena-Pessoa...

— Doce-Pessoa: Isso sim que está bem e não pode mais ser alterado.

— Quiçá-Gênio: Será o único defeito do romance. Mas a verdade é que o autor se preocupou com sua comodidade, dando-me um nome curto que não diz nada. Não dizer nada pela primeira vez será conciso; até agora, sempre precisou de volumes.

Aos personagens de meu romance

Eles sabem que estou contentíssimo com seu desempenho, mas imploram que eu diga isso antes do romance, e não que espere por sua conclusão. É, embora não o expressem, porque sabem que sou competente para concluir prólogos e pouco acreditam em mim para terminar o romance. Vendo-me no último prólogo sem cumprir o que foi prometido, eles me cercaram sem saída, todos unidos. O romance já teria sido iniciado se não fosse por essa exigência, que origina um novo prólogo.

Mas, se reconheço que se comportaram de maneira admirável, por exemplo o Viajante, que sempre tive comigo e no romance não parou de viajar, espalhando seu cheiro de mala de couro por todos os capítulos, deve-se reconhecer que eu, de minha parte, retribuí lealmente seu caráter dócil; assim, embora minha escassez fosse impressionante enquanto escrevia meu grande romance, não vendi nem penhorei nenhum personagem. Quanto teriam me dado pelo Presidente? Ou por aquele que se finge de milionário com Rolls-Royce? Pela vida e felicidade de Doce-Pessoa todos se ofereceram para se doar no esforço, mas entre todos nós descobrimos como evitar um e outro mal, e, embora eu tenha sofrido desconforto por não ter largado deles por algumas semanas, o romance não se frustrou por essa causa.

Personagens e autor estão mutuamente contentes e se planeja um banquete para todos.

Prólogo ao qual se deve leitura, recompensando um autor que não deixa o Garoto entrar no romance

Todos os personagens — e os leitores que se anunciaram — me preveniram que a irrupção do Garoto do Longo Bastão no romance seria julgada por eles como um "calombo de leitura" na testa do ler; singular metáfora que eu acredito ser uma intenção irritante; é como se uma bengala ou um pedaço de pau pudesse causar "calombos" na operação de leitura, ou como se uma leitura sobre bananas causasse escorregões. Compreendo a advertência se ela vier de pais de família incapazes de conseguir em sua casa o que consigo no romance: que não seja percorrido por crianças, livrar-se das crianças, mantê-las fora, e acodem por descanso a quem lhes proporcionou uma leitura não percorrida pelos rapazinhos; querem me dizer que, quando pegam um livro nas mãos, deve ser um romance que as crianças não tomem como escada, paredinha, cornija ou galho de figueira, que as ajude a escalá-los até desabar, conservar-se maltratados e renovar inchaços e calombos; e tomar altura para cair e autenticar diferenças de nível deliciosamente previstas pela natureza que permitem aos jovens estar sempre abaixo quando os veem e para cima ou caindo em qualquer outra circunstância, e não decair de repente aos tropeços, pois negligenciando de renová-los começa a velhice.

O que quereis?: devo continuar prólogos; e enquanto eu não abuse até pretender prologá-los; e enquanto cumpra fazer prólogos de algo, de ser seguidos (por um romance); e enquanto eu não permitir a meu romance a veleidade de prologar-se a si mesmo (que é ao que equivale fazer alusões biográficas a histórias e afirmações doutrinárias no texto de um romance em andamento); e, embora eu vos assegure, como faço agora, que estou no caminho do autoprólogo, o que definitivamente acalmaria a aspiração de prólogos (eles reclamaram uma vez) a autoexistentes (a autoexistência é a resposta total para o mistério do mundo, implicante de eternidade) não subordinado seu ser algo a que algo os siga; o autoprólogo será a trêmula literatura antecipatória de prologar as duas formas mais usuais de relato: a autorreportagem (sem repórter) e a reportagem sem entrevistado, a antiquada reportagem efetiva (que exige duas pessoas e um encontro específico), que a velocidade e expeditividade de nosso tempo extirparam por ser muito complicada, pouco lucrativa e até informal com nosso atarefado viver; — o que quereis?, até então deveis continuar conciliando vosso interesse ao que eu digo antes do romance.

O que me acontece

Eu, que um dia me imaginei o homem da plena ventura, que, abrindo caminho a cotoveladas no meio da multidão, gritasse: Por favor, deixem passar um homem feliz!, tenho, ao contrário, que sair para que me favoreçam com uma coleta de compaixão por tudo o que me acontece, porque me acontece tudo. Veja se não:

Anseio pela destruição das cidades e me sai um primo que com extraordinário talento e veemente determinação luta pelas cidades, sua prosperidade e crescimento, resolvendo para o urbanismo todos os problemas de trânsito.

Descubro os melhores títulos de romances e ensaios, e depois de um tempo minha meditação me mostra que o mais ridículo e injustificado de uma obra de arte é dar-lhe um título.

Descubro o mais doloroso e intenso dos assuntos de romance, poema ou teatro, e tempos depois minhas meditações sobre estética me impõem a verdade de que a matéria na arte carece de valor artístico, é extra-artística e, além disso, a invenção de matérias de arte é uma das maiores ociosidades, porque a vida é cheia de assuntos.

Concebo e faço alguns poemas arrebatados e eloquentes, e depois, sempre querendo saber a verdade, descubro a nulidade artística dos poemas, em prosa e ainda mais em verso, enquanto relatos e personificações.

Nego a morte e passo meu tempo estudando a maneira de prolongar a vida, para a qual só descobri até agora não usar terapêutica.

Eu me esmero na elegância e no talento da redação literária, e me sai um personagem, o Presidente, que me ofusca com o desespero grandiloquente e lacrimoso de suas cartas, e outro, Quiçá-Gênio, que tenta cortejar uma protagonista através do sistema mais contraproducente e enfadonho: a literatura de contos.

Espero a volta de uma história na esquina de voltarem apenas as piadas.

Faço amizade com o Leitor que torna a escrita melhor e ele confessa que encontrou o autor que dá mais reputação aos seus leitores.

Em suma, quando tinha pronto o elenco completo dos assessores estéticos, científicos e filosóficos deste romance (três gramáticos, um químico, um historiógrafo, dois descobridores, dois biólogos, um homem de gênio, um pintor talentoso, três poetas, um astrônomo, dois músicos, um matemático, um psiquiatra); quando já amadurecia o plano de invenções, teorias embriológicas, palimpsestos decifrados e diálogos cintilantes de arte e filosofia a cargo dos personagens, eis que sou cativado pela conversa simples e generosa da amizade; e toda a minha descoberta de apresentar um romance com laboratório e técnicos adscritos tristemente desmorona.

Resta-me apenas proverbializar meu infortúnio, dizendo:

O mau é ter pensado
Depois de ter feito o mal.

Prólogo que se acha romance

Não o inicio, leitor, porque ao estudá-lo brevemente compreendi que já tinha meu pórtico para o Romance. Sinto-me intimidado: é a primeira vez que, enquanto me entretinha facilmente em fazer prólogos, percebo que estou comprometido com um romance, que chegaria o momento em que eu teria de concebê-lo completo e dar-lhe forma. A ideia de chegar a ser autor de um romance — o que para mim significa tentar a Tragédia, sem a qual, pelo menos como aspiração, não explico o assunto e o romance e toda a arte — não me lembro como começou e se tramitou em mim; e a composição dos prólogos tem me ocultado o árduo compromisso a que eles precediam.

Eu me propunha a dedicar um prólogo para resenhar os resultados de algo que eu teria efetuado previamente como ensaio geral da psicologia dos personagens, não da trama; uma manobra de teste dos personagens, ou melhor, do "bom caráter", a resistência de bom humor e a abnegação de cada um à adversidade; um "exercício" da consistência altruísta, da camaradagem que deveria reinar entre eles; talvez seja necessário que alguns alterquem e até se tornem inimigos, o companheirismo de viver num mesmo romance deve ser notado: rivais por destino permanente, ou só momentâneos, devem se conduzir sempre como pessoas que têm um lugar e instante de morrer coletivo: o término da obra.

Já tenho o pórtico de meu Romance, é a primeira coisa que se transpõe; entra-se por ele como o primeiro capítulo de romance. Já me parecia que estávamos na vizinhança fascinante (estou fascinado pela Tragédia — que devo conceber — e não tenho as palavras, assim como num sonho recente que tive havia uma pessoa que eu sabia quem era, que governava todos os fatos do sonho, e não conseguia vê-la ou nomeá-la; de certa forma, embora isso pareça um tanto vago, eu tinha a emoção daquela pessoa, mas não sua figura ou seu nome) do Romance, que cairíamos em seu férvido interior, que toda vez era mais difícil para todo tópico ou assunto ser prólogo dele.

O romance do presente prólogo, do que lhe aconteceu quando, apaixonado pelo Romance, aspirava a ser um prólogo dele, é que o prendi e o enfiei no romance, destituindo-o de prólogo para promovê-lo a capítulo. (Devo dizer que todos os prólogos e todos os personagens estão apaixonados por ele, e que não apenas todos, mas todos os temas possíveis de prologação o assediaram de amores; nada haverá dentro dele além de todo-amor, nem há pena, palavra ou assunto que fora dele não o procure, cativado; as Vozes, os Olhares, os Risos, os Suspiros, os Soluços, o Extravio gostariam de ver a tragédia acontecer e estar com ela. Todos os acontecimentos possíveis também; e assim se notou que escasseiam os sucessos efetivos para os diários, desde que comecei a acumulá-los em meu romance.)

É a proximidade de Tragédia, fascinação que eu mesmo experimento agora e me *extravio em direção a ela*, é a própria Vida que toda ela é ante ou pós-tragédia, pois esta já não é a Vida, mas sua Mística, que trouxe até mim este humilde "Prólogo", ansioso por estar onde exista uma ocorrência trágica.

Não vá querer acreditar, leitor, que os prólogos cheguem, e ponto final; mas eu sei que sim (sem ostentação), e devo servi-lo, já que chegou; devo servir-lhe tópico. Para que de alguma forma um prólogo não iniciado tenha um assunto e possa ficar onde for no Romance, como ele anseia, direi nele o que seria uma falsa minúcia dito no Romance e deveria ser dito em algum lugar, mas não nele. Há algo, correspondente ao seu Capítulo I, que deve ser declarado, mas seria uma confissão grosseira, gratuita e antiartística, como manifestar no próprio romance que se trata de um romance.

Eu digo isso, então, neste prólogo, e é o seguinte: 1) Que o que é detalhado no Capítulo I, "As treze difíceis chegadas de volta para casa, do pessoal do Romance", é uma manobra para exercitar e examinar meus personagens, e nunca aconteceu. 2) Que todos se comportaram de maneira excelente, como se soubessem que a própria arte os observava chegar e se comportar; mas posso assegurar, com todas as informações que um autor tem, que nenhum deles pensou nisso, mas apenas que não queriam descontentar-se uns aos outros nem contrariar o romance com uma falta, ausência, incumprimento. Eles consideravam que estavam voltando não para casa, mas para o Romance, e sabiam que este tem uma ansiosa promessa de realizar Tragédia, que é o que todos os personagens da Arte em todos os tempos desejaram executar e presenciar, sofrer.

Como foi, como surgiu a inspiração no *Dom Quixote*, na *Quinta Sinfonia*, em *Tristão e Isolda*? (Ah, desculpe-me, leitor, estou estudando, examino com avidez o problema da Tragédia, procuro exemplos, meu compromisso me assusta e me esqueço, nas últimas resenhas febris, de que não é mais hora de estudar e sim de trabalhar.)

Bem, restam duas advertências úteis a acrescentar aqui, que irão se somar aos pretextos de existência que estávamos procurando para este prólogo.

1º) Conste que pôr à prova meus personagens não implica duvidar dos fundamentos com que cada um deles veio recomendado nos respectivos cartões e foi tomado por mim. É uma nervosidade irreprimível minha, nada mais.

2º) Conste que o se portar bem que todos os personagens queriam e faziam não era voltar no horário para casa, mas voltar naquele dia a todo custo para que não ficasse sozinha, na Estância, Doce-Pessoa, que, devido à brevidade de sua tarefa, todos sabiam que seria a primeira a voltar. Não começo a contar nada do Romance com isso; quero estabelecer que não há horários nem exames de conduta em meu romance.

E conste também que, como há um Viajante contínuo entre os personagens, a reunião de todos na mesma casa não pode ter acontecido, para que o romance seja totalmente verdadeiro.

Prólogo da chaleirinha e do guarda-roupinha

O autor deste romance se renova em frescor toda vez que pega a pluma; a Eterna o ensinou assim. Age como as chaleirinhas de água postas para esquentar que aprendem a assobiar cada vez que as põem no fogo; notas diminutas saltam com grande intervalo depois de um longo silêncio e um longo chiado tímido e, finalmente, o tema de novo.

Então eu acabo de me lembrar de falar do "guarda-roupinha" do Presidente e de suas corridas para se esconder nele toda vez que ele não gosta de alguma coisa, mas apenas em seus colóquios e relações com a Eterna, quando humilde e triste, mas sem raiva, até com mais amor, ele vai para o seu canto. É sempre absolutamente uma criança, seguindo a Eterna pendurado em sua saia, ou se afastando dela e se fechando no guarda-roupinha.

Carta genial que eu gostaria que um de meus personagens, o Presidente, escrevesse a Ricardo Nardal[3]

O contratempo mais ridículo, para o romancista, é encarregar-se de um personagem com gênio, que o autor deve saber fazer desempenhar-se em conduta e poderes intelectuais. Que ideias, pensamentos profundos, doutrinas ousadas e descobertas lhe atribuirá e descreverá como exemplos concretos de "ideias geniais", se o autor não o for? E se for e acreditar em si, o fato de se encarregar de um personagem que é e se diz que é gênio ao apresentá-lo (e no mesmo compasso que se diz loiro, alto, variável, filho de ricos, muito cuidadoso com a gravata, o penteado e o bico do sapato, esquecendo-se de engraxá-lo no calcanhar como fazem os soldados chamados para uma revista repentina — aqui se acrescenta uma exceção brilhante, que é esta: "Ocorre-nos que existe uma 'Moral de Biqueira Engraxada', rigor ético apenas para o ostensivo, mas que não era a do Presidente, asseguramos, apesar de ter infantilidade presunçosa e, quando dá pela correspondência, se inutiliza totalmente, e o estado bobo de 'esperar uma resposta' dá-lhe uma determinação que não parece genial. Por que a correspondência, uma oportunidade tão divertida de exibir sagacidade ou jurar paixão, deveria ter aquela 'espera pela resposta' que tende a uma insipidez men-

3 Amontoado de leitores na expectativa.

tal? O 'Divino Carteiro' de nosso romance deve ter sabido que as 30 000 cartas que incinerou para seu descanso eram correspondências de ida, cuja destruição deixaria 30 000 entes queridos perto da perplexidade de 'o que lhe respondo?')". E o que vem a seguir aqui? Pois bem, interrompemos dizendo que se encarregar de configurar um gênio é declarar-se carente de quase-gênios.

Pois bem, gostaria que o Presidente fosse capaz de escrever uma "carta genial" e que, uma vez escrita, resolvesse que era para Ricardo Nardal. Se depois eu vejo que não é e que o Presidente não manifestou nada de genial em todo o romance, vou recorrer no final a uma nota que diga: "Que o leitor perceba que meu protagonista de gênio, o Presidente, é tomado no romance num momento pessoal breve e que por azar foi justamente uma eclipsiva de sua inteligência, um período em que prevalecia um certo esgotamento psíquico; mas sua vida já foi muito mais longa e não há dúvida de que antes e depois ele se mostrou, como eu digo, genial". Portanto, não está provado, com a ausência de todos os traços de gênio no Presidente, que o autor seja incapaz, por não ser ele próprio pessoalmente um gênio, de executar romanescamente o desempenho de um personagem daquela categoria, com a qual passo à carta que eu gostaria que o Presidente pudesse escrever para demonstrar genialidade.

"Querido Ricardo Nardal:

Ratifico antigas manifestações minhas de que, em nossa América, o senhor é o máximo vocacional da metáfora. Nem antes nem depois vejo quem se iguale ao senhor. E com isso passo ao assunto de minha carta.

Antes de ser o protagonista deste romance, o senhor deve se lembrar de que participei do *seu* banquete e que lhe dediquei minha tripla descoberta dos modos de aplaudir: para chamar o 'garçom', para espantar as galinhas de um jardim e para caçar uma mariposa no voo; — mas acontece que, dez anos depois, descobri duas outras formas não omitíveis de aplauso, e que por um não sei quê — que choque de mistério tem esta frase — me parece que, antes de oferecê-las a um público provavelmente ávido por conhecê-las, eu deveria adicioná-las ao seu nome por uma certa prelação ou impulso de prelação que não posso definir, indefinível!

As formas de aplaudir devem ser valiosas porque são escassas: duas são descobertas em dez anos. Aqui estão: a primeira é a do autor ou palestrante que se autoaplaude usando frases como estas, depois de um parágrafo terminado: "*Muito bem*, senhores, como veem..."; "*Perfeitamente*, então"; "Vocês estão *convencidos* do que precede" etc.; a segunda é constituída pelos longos finais musicais de óperas que têm início, meio e fim, que só podem ser interpretados como os aplausos que a ópera dedica a si mesma. São os aplausos que há. Diz-se que existe o de aprovação, admiração. Mas suporta dois mal-entendidos: eles o executam no final e pode ser que signifique que finalmente! isso acabou; e também se um é o suposto aplaudido, sempre duvidará se aplaudem onde estamos ou se estamos onde aplaudem.

Portanto, receba a lista completa dos cinco modos de aplauso, dos quais três para os outros e dois egoístas; não é um mau sinal para a humanidade que em algo existam mais gêneros do altruísta que do egoísta.

Bom trabalho, caro Nardal.

Seu afetuosíssimo

O Presidente."

O prólogo-modelo

É o melhor, e só o abandono para que minha originalidade não se assemelhe a ele, pois já é muito utilizado. Até Cervantes, Dante e Manzoni imploraram à indulgência para considerar suas obras perfeitas, como teriam sido se não fosse "pelas misérias e desamparo da prisão", ou porque com *"lungo studio e grande amore"* haviam sido malfeitas, ou porque os grandes contemporâneos não sabem julgar: *"ai posteri l'ardua sentenza"*.

Sob todas as reticências e disfarces, pois é necessário alegar num prólogo perfeito, isto é, prototípico do mal:

1) Falta de estímulo, tempo e conforto para escrever bem.

2) Recomendar-se à indulgência do leitor de maus trabalhos como o carpinteiro que traz uma cadeira que não para em pé e confia que ela seja usada apenas pelos equilibristas da família.

3) Que em minha infância ninguém sabia me dizer que eu tinha talento e mesmo assim, depois de tentar de tudo com o sistema literário atual, aqui está meu livro. Como dizem os anúncios de remédios e sistemas de longevidade: "Eu era delicado, inapetente, irascível, pálido, ninguém confiava que eu viveria", mas usei o sistema Kühne (ou o vegetarianismo) e hoje resisto a tarefas notáveis: "Leio o *Paraíso* de Dante, as

sabedorias de Baltasar Gracián, sem pensar em nada, sem nenhum cansaço".

O que me entristece é ver Cervantes dar desculpas com a profunda velhacaria de saber que fez uma obra imortal. Portanto estava recomendando a todos que, se quisessem fazer uma obra perfeita, deveriam matar ou roubar para ficar numa prisão escura com ratos, umidade, fome e frio, momentos antes de começar a escrevê-la.

Agora, àquele que quiser escrever uma obra perfeitamente ruim, eu, de minha parte, recomendo um longo tratamento, se puder resistir, de leitura de Gracián, e lembrar com frequência enquanto escreve, todo o poema que começa (é o único que eu sei) por "*¡Estos, Fabio, ay, dolor, que veis ahora!*". Mas seria ainda melhor, seguindo o contraexemplo de Cervantes, viver uma longa vida de conforto, luxo, liberdade, passeios, preguiça, e então se sentar um belo dia para escrever. Se Cervantes na situação mais incômoda escreveu o melhor, quem escrever com todo o conforto fará um livro assombroso.

Espero que meus numerosos prólogos, uma espécie de *Obras completas do prologar*, e meu romance sejam considerados tão bons como se a Posteridade, que declara o bem, os tivesse encomendado.

E acredito seriamente que a Literatura é precisamente a belarte de: executar artisticamente um assunto descoberto por outros. Esta é a lei para toda belarte e significa que o "assunto" da arte carece de valor artístico ou a execução é todo o valor da arte. Classificar assuntos como uns melhores, mais interessantes que outros, é falar de ética: fazer estética é executar artisticamente bem qualquer assunto. Os assuntos são encontrados por todos facilmente, são abundantes: as páginas de arte são muito escassas e trabalhadas com desespero, com lágrimas e iras de Labuta.

Talvez esse sofrimento e tanto fracasso apegado ao desejo artístico seja o castigo de quem prefere sonhar a viver, arte à vida, quando a vida nos tem uma Eterna em quem toda beleza encontrou figura, pulsação, respiro; então, olhar para a arte é como ser guiado por pequenas luzes domésticas para caminhar entre o Dia.

E se, tendo a Eterna, buscamos a arte inventiva, mais cegos ficamos e caminhamos guiados contra nós mesmos, a baixeza nos leva, pois subsistir a invenção diante da Eterna encontrada, respirante, é uma opção horrível contra nós.

Perto da Eterna, a invenção é insensatez.

Observe-se que meu romance é muito encorpado; embora não seja vinho, é muito adocicado; contém três ponchaços de dispersão (a saída para manobra dos personagens, a conquista de Buenos Aires e a separação final), duas retomadas do cotidiano dileto: morar em "O Romance" (depois da Manobra, depois da Conquista): uma presença do Viajante no final de cada capítulo; um começo sempre a cargo de Quiçá-Gênio e Doce-Pessoa para cada capítulo, e para cada romance toda uma preexistência anterior a seu ser de duas maneiras muito diferentes: em dez anos de prometer-se reiteradas vezes sua futura publicação e em sessenta prólogos todos pensados para ele; também contém páginas soltas de romance que são toda uma novidade romanesca, além de uma página-modelo e de uma mostra de um dia em "O Romance"; um elenco de personagens descartados e um tipo de meritório a personagem e um personagem por ausência; de tudo isso pode encarecer-se o mérito de nunca ter sido usado antes.

E toda essa robustez de corpo, de substância, da qual este romance se orgulha, não se torna sufocante por excesso de atmosfera, para o magro ser De-um-Amor, que não quer existir, graças a uma certa leveza quase beirando a inexistência que reveste o tom do romance.

Como pensei que há uma boa Literatura por vir e uma Literatura, uma novelística ruim até hoje, com toda a propaganda que fiz graças aos amigos dos jornais, instando-os a anunciar repetidamente meu grande romance genuíno projetado, *A Eterna e a Menina de Dor, a Doce-Pessoa de-um-amor que não foi conhecido*, início da Literatura Boa, me propus a entreter o ânimo da gente leitora, e que continuassem a ler indulgentes a má literatura, aliviados pela consciência de que a boa já vinha, pois sei que é uma virtude de leitores determinados aguardar lendo; mas sem leitura podem abdicar de leitores para sempre, isto é, para o meu romance também.

Assim chegou aquele período de prometer meu romance, e eu notava tranquilizado que as pessoas continuavam a ler mal — o que devo agradecer a seus maus autores — e esperando o bom — pelo que estes deveriam ser gratos a mim. Cooperamos, pode-se dizer, mas vamos nos separar terrivelmente quando eu começar. A única coisa sensível é que, como a nova novelística é muito boa, ainda não se sabe quando haverá uma.

Essa é a justificativa para minhas promessas do Romance Bom e também da confecção do Romance Ruim, mas último: manter o leitor em espera e em exercício.

Ao leitor salteado

Confio em que não terei um leitor seguido. Seria o único que pode causar meu fracasso e despojar-me da celebridade que mais ou menos canhestramente procuro escamotear para alguns de meus personagens. E isso de fracassar é um luzimento que não assenta com a idade.

Acolho-me ao leitor salteado. Eis que leste todo o meu romance sem saber, te tornaste um leitor seguido e ignorado ao te contar tudo esparramado e anterior ao romance. O leitor salteado é o que mais se expõe comigo a ler seguido.

Queria te distrair, e não te corrigir, porque ao contrário és o leitor sábio, pois praticas o entreler, que é o que causa mais forte impressão, segundo minha teoria de que personagens e acontecimentos apenas insinuados, habilmente truncados, são os que mais permanecem na emoção e na memória.

Dedico meu romance a ti, Leitor Salteado; tu me agradecerás por um novo sentimento: ler seguido. Ao contrário, o leitor seguido terá a sensação de uma nova forma de saltear: mas tento não pensar no que ocorrerá ao inverossímil leitor seguido.

Imprecação para o leitor seguido

Eu que nunca acreditei na existência do Leitor Seguido e que acertei mais quando não acreditei que quando acreditei, havia de topar para o meu romance com o único leitor seguido existente, aquele que arruinaria e delataria todo o meu escamotear de autor fraco e recursista confiado em que todas as suas incompletudes, inadvertidas, seriam salvas. Se de fato andas pelo meu livro, já sei que nada tenho a esperar.

Quanto te custaria calar-te, homem! Não te entristece maltratar a serena e dolorosa fisionomia da Eterna? O destino cruel e a mansidão da terna Doce-Pessoa não te conquistam? Não te infunde pavor e entristece tua orientação na arte que praticas de enfiar um dia após o outro de tua sólida cotidianidade que te faz jantar placidamente toda noite pensando no almoço do dia seguinte, sem dúvida alguma de acertá-lo, o inextricável enredo de De-um-Amor naquele mistério, não me negarás, de ter a alma em outro lugar e o corpo no romance, onde pousará sua amada regressando da morte? Vais trair Quiçá-Gênio, que te ensinou habilidades nunca descobertas para a conquista das damas, executando as quais talvez pela primeira vez conheças o êxito de chegar à alma de uma mulher, que vai estragar todos os teus cafés da manhã e almoços, e talvez te corrija de tua bile de publicador de defeitos?

Não, não tenho esperança. Nunca um livro te deixou tão feliz.[4]

4 68 baixas de leitores.

Prólogo que, entre prólogos, se eleva para ver onde, lá longe, começa o romance

Amanhece na quietude da estância "O Romance". Uma primeira janela é aberta. Um friozinho matinal.[5*] E frio também para o autor diante do começado, do irreparável e mais incerto que houve para ele.

Tenho ao meu lado o amigo que quer me dizer, animador:

— Vai dar tudo certo, o êxito é inquestionável. Não se faça mais esperar pelos personagens! Isso os deixará felizes? Bem, eles merecem.

— É que vou deixá-los infelizes.

— Não, "personagens" nunca são infelizes. Tive inveja de todos eles, mesmo nos momentos em que clamavam pela morte.

— É que os meus clamam pela vida.

— Não posso supor que personagens inventados pelo senhor mostrem um gosto tão equivocado.

— Parece-me que os personagens ainda são felizes no romance, e deve ser mais tarde que comecem a pedir a vida; mas eles vão pedir por isso. Este romance é muito triste. Não vou mais espreitar... Sim, e o que eu quero espiar elevando-me é ver se Doce-Pessoa, com gesto e tom apropriados, já

5 * Às vezes me confundo pelo trabalho simultâneo de ambos e neste, que é o romance bom, redijo algo do gênero ruim.

viu tão de perto a felicidade, que começa a implorar para ganhar vida e chamar outro para o desempenho subsequente de seu papel.

Mas esse prólogo-personagem não voltará a querer saber nada de antemão.

1° Nota de pós-prólogo; e 2° Observações de antelivro

Pós-prenotados úteis ocuparão aqui quatro ou cinco páginas em substituição às mesmas que, em branco, nada dizem no tomo comum da "bem estabelecida-tradicional-estrutura-da-encadernação-do-literário" que os Editores impuseram. Espero que o meu, meu Editor, não me ofereça ao escárnio de todos inserindo as cinco páginas em branco — que dou aqui por substituídas — e, depois, a presente crítica a essa prática. Se há Crítica ao que está escrito, faço a crítica ao que está em branco; deste modo recebe publicidade dos editores e críticas de mim, todas elas homenagens ao que foi escrito. Essas folhas brancas, textos de desdém ao literário, são as páginas de autor com que se vestem, figuração de polígrafos em cada livro, os nunca autores, os sempre inéditos.

Rejeito como falsificadas todas as páginas em branco aqui publicadas, como originais de minha assinatura; eu realmente não as reconheço autênticas, embora parcialmente contivessem alguma engenhosidade ou pensamento, e mesmo às vezes alguma delas fosse filha de minha pena em correlação com certos momentos de "branco" em minha mente, como algum editor gostaria de fazê-lo pensar. Considere-se que são: quatro ou cinco no início do livro — o Editor começa com o seu —; mais quatro ou cinco depois do Fim, como se fosse necessário que o Romance continuasse pelo menos em branco; várias entre os capítulos; outra com o título da obra; outra de repetição da capa; e tudo cheio de margens — uma pontuação, então, de páginas nas quais o autor não está publicando nada e o leitor contínuo não comprou nada na livraria.

Observação do Editor: Permitam-me a respeitosa afirmação de que, de fato, o grande romancista que estou aqui editando e cujos dons de sagacidade e fácil extensão de parágrafos todo o público conhece de longe (com nossa propaganda, ele vai se aproximar) precisou (não falemos de dinheiro) às vezes, quando já não podia mais com sua literatura, enviar-nos entre seus manuscritos algumas páginas em branco, numeradas seguidamente, de algum relato truncado, e entendemos que tínhamos de fazer algo fora do contrato.

ESTES FORAM PRÓLOGOS? E ESTE SERÁ O ROMANCE?

Esta página é para que o leitor caminhe nela de antes de ler em sua mui digna indecisão e gravidade.

Desperta,
Começa o Tempo de Romance,
Move-se.

Primeiro Minuto: Evocação do Rosto da Eterna

Os beijos que me negas mordem teus lábios
Por isso com lábios um no outro encarniçados
Mordendo-se
Escreves o manuscrito deste teu romance em
que te dou meu espírito como me deste o teu.
E para o que não me deste tenho teu gesto
da divina dor de teu Não Posso, por cujo
negar teu se inteirou meu ser em plena *persona*,
me educaste no não Viver e tanto mais Amar.

entrou
a branca,
que sua
portas e
murmura
espírito o pó
agora,
qual oscila o
a alegria

ele
sua
vagão
todos
esta narrativa –

que
senhora tinha
A senhora
49

C WORKS
ISION
calado;
nge, o eter
ca, que todo
dando
o ao horizon
toca o ce
Últim
s, calmos,
a tarde; raios
go do
"O Romance" são recolhidos
nora fina
em cujo amanhecer vagou uma
sobre s
verdo
. No entanto, ainda se divisam as
pilare
ada da estância: "Deixai aqui
passado não vos segui
parece ser, o sutil
delicada (um
com a trave da
um n
pontual (excet
meditou e anot
romance acabado,
rabalhosa e g
preocupação pela verdade
rtística), um
além da entrada para o jard
ua perpétua i
ade faria crer, e alguém
um p
tezinh
mado, mas quem quiser a
le vigi
olhe
quando se detém em sua
nal do
ia e a
dade adicional do canto da
ousa
orujão
mudo, mas significativo, o
Fantasi
unta a
mance e na estância, com
que o
so re
m vagão que corre, todos
dos
tiva — exceto a Etern
dida de todos eles, co

CAPÍTULOS

CAPÍTULO I
(Flui o tempo, que faz chorar)

Os "personagens" tirados para manobras: ensaia-se a firmeza de sua afeição ao artístico não ser
Dez regressos de bom humor sob tempestade e fadiga

Momentos antes do instante presente, deste presente em que o senhor está lendo, leitor, o Presidente deixou a cadeira reclinada na parede dos fundos do edifício da Estância "O Romance", que costuma ocupar afastado de todos, para meditar tristeza ou ação, e entrou naquele.

Parece silenciosa a casa branca, antiga e modesta da estância. Disseram que sua fachada, portas e janelas, balbuciavam algo do que murmura ao espírito o pó da larga estrada, sem transeunte agora, sobre a qual oscila o rumor de um passo opaco ou a alegria de uma buzina do veículo que se afastava. O que diz a casa, a estrada?

— Por mim passam os homens, os imortais homens passam, mas imortais.

Quatro são as janelas da Casa do Romance: o Tempo nas rugas de seus rebocos; a palavrinha do vento na chaminé da cozinha; o palpitar sempre presente das águas costeiras do mar do rio Prata, a viborazinha da água trabalhando seus arcos de lombo e a amplitude de cendal aquático e do horizonte do Prata com seu barco calado; e a chaminha do triângulo de uma vela ereta, ao longe, o eterno barquinho do frágil trabalhinho humano de busca, que todo olhar encontra em cada mar, trasladando-se junto ao horizonte onde qualquer breve velame toca o céu.

Últimos minutos, calmos, daquela tarde; raios de luz ao longo do valezinho de "O Romance" são recolhidos um a um na hora final do dia, em cujo amanhecer vagou uma névoa sobre seu verdor vivo. No entanto, ainda se divisam as lendas de ambos os pilares da entrada da estância: "Deixai aqui vosso passado"; "Atravessai-me e vosso passado não vos seguirá".

Está em seu posto e olha, e parece ser, o sutil vigilante do romance; sua silhueta esguia e delicada (um verdadeiro vigiazinho) que podia se confundir com a trave da cerca coroada por um ninho imóvel, sempre pontual (exceto quando meditou e anotou a "parte" do romance acabado, que lhe foi trabalhosa e grave de preocupação pela verdade histórica e artística), um pouco além da entrada para o jardim da casa; sua perpétua imobilidade faria crer, e alguém vai acreditar, num postezinho inanimado, mas quem quiser acreditar que ele vigia, olhe para ele quando se detém em sua nuca a cor final do dia e a luminosidade adicional do canto da cotovia ou pousa o corujão escuro, mudo, mas significativo, ou quando a Fantasia junta aqui no romance e na estância, como viajantes que o acaso reúne num vagão que corre, todos os personagens trazidos para esta narrativa — exceto a Eterna que acabou de chegar à noite, escondida de todos eles, companheira ignorada deles no romance.

A Eterna responde "Ainda não" e o Presidente aprende a amar

— Como o senhor me avisou que amanhã testaria seu

ânimo com todos os personagens, vim não só para vê-lo e para me assegurar da lucidez e da força que devem acompanhá-lo na agitação em que se lança, mas para convencê-lo de que devo me associar a todas as alternativas de sua empresa e estar por perto para cuidar do seu espírito.

— Era assim que a senhora tinha de pensar e deveria ser; ao vê-la chegar, eu entendi. A senhora sempre faz e sempre pensa o que a cada momento se deve. Mas, ao mesmo tempo, ao vê-la e ouvi-la perto de mim, de repente perdi a confiança nos propósitos, e até mesmo a memória de quais são, que me levaram a idealizar a ação que deve me absorver, porque me falta o dom de me absorver por completo numa paixão que só da senhora poderia vir a mim. De repente, esqueci por que não obtive seu amor nem o de mim mesmo. Como não pude obter de mim mesmo a paixão absoluta pela senhora, que teria sido uma bênção absoluta, enquanto tudo o que penso e realizo nada mais é que um mísero "tratamento" da incapacidade da paixão, com remedos de empresa e pensamentos?

— Que o senhor não me comova nem se machuque. Deixe o assunto que com minha presença o possui, então será pensado, não vacile; talvez depois da ação queira falar comigo outra vez e possivelmente sob outro sentimento que fale mais pulcramente à nossa amizade.

— Sim, decidamos o mais triste: a ação sem propósito, sem amor; pressinto nela a salvação, ou seja, saber amar a senhora.

— Não vamos nos precipitar a pensar em nós, e me diga o que devo fazer.

— Amanhã, ao amanhecer, sairemos todos com destino separado para voltarmos ao longo do dia, e a Eterna trará o trocador do Pensamento em Amor e eu trarei a pausa ou espera durante a qual o tempo não muda as coisas.

— Até amanhã.

— Até amanhã. Vou distribuir as tarefas a cada um dos outros.

O que o Presidente mandou ordenar a cada um, chamando-os separadamente, enquanto um vento repentino movia todo o arvoredo ao redor da Estância, enchendo o interior da casa com o barulho da folhagem, e a chuva começava com força, foi:

A Doce-Pessoa, chamada primeiro e que, chegando, olhou para ele com tristeza e interesse: que buscasse e trouxesse o "tão bom", que depois disso só é otimista e feliz quem extingue sua vida e esteve determinado a fazer isso desde antes pelo mesmo motivo que era otimista, seja este "tão bom" coisa da vida ou coisa da arte, seguida, neste caso, pelo silêncio como suicídio.

Ao Pai: buscar e trazer a injúria que mataria o injusto ofensor e cuja falta, no paroxismo de uma raiva justa, nos mata de desespero ou nos deixa infelizes por todo o porvir.

(O Pai se aproxima da mesa do Presidente no momento em que Doce-Pessoa estava se retirando depois de receber seu encargo. Então eles dizem um ao outro:

— Como, aqui também, Pai?

— E tu? É aqui que estavas te escondendo? Sou amigo do Presidente.

— Não deveria ter vindo. Desde que eu soube o que o senhor estava pensando em fazer comigo, deveríamos viver um para o outro na morte, mesmo que vivamos para os outros.

— Como você soube?

— Para que falar sobre isso?

— Falar é o que eu queria.

— Não.

Doce-Pessoa se afastou, e Pai foi receber seu encargo.)

A Quiçá-Gênio: recolher o segredo que se diz, mas "em segredo".

A De-um-Amor: trazer a espera imperturbável, na memória imarcescível.

A Simples: encontrar o leitor de romances que ainda reste e que se enfada quando o romancista consente que se duvide de sua veracidade ou admite que algo do que é narrado pode não ser possível.

É assim que os moradores da Estância descobrem, na saída das manobras, que o Presidente os arranja ou os convida a dar vida a "personagens" do romance, como se lhes dissesse: "Viveis e ainda sois felizes: convido-vos a uma manobra de personagens para que os sejais num romance".

Na manhã seguinte, muito escura, com o vento e a chuva batendo na casinha, todos partiram quase sem se ver, e antes de todos, a Eterna. Aqueles que teriam se sentido tão abrigados e felizes na Casa rodeada de eucaliptos que lhes davam paz e cuja música tempestuosa era tão prazerosa de ouvir naquela paz, deviam todos se afastar dela, ir separadamente, mesmo o casal que tinha um caminho comum, nem deveriam ficar protegidos onde encontrassem amparo. A ordem crua era: separar-se ao partir, embora para as coisas espirituais que lhes haviam sido confiadas nenhum rumo ou partida fosse necessário.

Na penumbra, Doce-Pessoa e Quiçá-Gênio se olharam, caminharam juntos até o portão e lá cada um seguiu seu rumo.

O Presidente também partiu sem olhar e sem procurar ninguém, pensativo. De-um-Amor caminhou extasiado, o passo tranquilo.

Pai, com um andar desanimado. Simples foi quem apenas comentou sobre a chuva, mas o fez com desprezo verbal: "Água, sempre fostes barata".

O valezinho encheu-se de rio. O vigia viu todos saírem e ficou esfregando os olhos, e com isso não pôde e nunca poderá saber se estava sonhando ou se era verdade.

Voltando cada um naquela tarde, ofegantes de cansaço e pressa (pois tinham de tentar voltar antes de Doce-Pessoa, para que ela não ficasse sozinha), encharcados de chuva, salpicados de lama, a Eterna por ninguém vista chegou primeiro e disse:

— Está feito. Será para o bem?

Então o Presidente chegou:

— Está feito. Servirá? Não sei; seja pelo bom humor.

Doce-Pessoa e Quiçá-Gênio encontraram-se no portão onde se separaram pela manhã e, chegando juntos, exclamaram:

— Que bom! Só nos vimos nos momentos das duas trevas do dia.

— Hoje nos olharemos de hora em hora — acrescentou Quiçá-Gênio.

— Depois que o Presidente falar. Mas vou lhe dizer que bem à minha frente vislumbrei uma pessoa que deve estar na estância agora, uma mulher.

— Não sei.

De-um-Amor chegou e disse:

— Que linda está, toda empoçada, a estância! Como quero que ela seja lembrada!

Pai entrou e disse:

— Concluído o dia. Por mim, podia ser sempre assim, contanto que eu esquecesse.

Simples chegou e disse:

—Se o Presidente mandar que eu traga argila, vou e volto em cinco minutos, mas, de qualquer forma, já estou outra vez no romance, onde está quentinho.

— Adeus, então. Aguardo suas cartas. Parece que estou vendo-o melhor agora.

— Sim, entendo mais que na noite passada. Se a senhora não puder ficar, a alegria de hoje acabou. Escreverei muitas vezes, tenho mais esperança agora. Adeus, Eterna.

Pai e Doce-Pessoa se encontram novamente:

— Estou indo embora. Então, como soubeste?

— Quando o Presidente morava conosco, escreveu algo que encontrei mais tarde, inesperadamente, com o título de "Diário de Doce-Pessoa, que escreve ao Presidente durante sua permanência na casa dela", no qual li o que aconteceu em nossa mesa no dia em que ficaste com tanta raiva de mim pelo terrível transtorno que, depois de tantos, eu te causei naquela manhã com meu descuido. Ele disse à mesa, para apaziguar-te e me desculpar, que eu não era apta para coisas de vigilância e memória. Eu disse: "Sim, não sirvo para encargos que exigem memória, mas para um estudo ou trabalho contínuo". E tu me olhaste de uma forma horrível, com uma ameaça que não entendi, e me disseste furiosamente algumas palavras, olhando-me de cima a baixo. (Pai lembra bem que lhe disse: "Sim, já sei para que serves".)

"No espantoso momento que dias depois passamos contigo, entendi que, oprimido pela extrema miséria e desespero eterno a que te levaram, com toda a nossa família, meus incríveis descuidos, e convencido de que todos os teus castigos, injúrias e golpes de que tanto te arrependeste depois nada fizeram em mim, nem mesmo me lembrava deles, e também com a triste suspeita, que nunca mereci, de que certas paixões me dominaram, por isso que tu propuseste uma correção exemplar. (Pai relembra com horror o momento em que, é verdade, pensou em deixar na filha uma mácula que nada poderia apagar. E pensa: 'Felizmente não pude consumar o que só o desejo, e nunca o ódio, pode fazer'.) E disso eu já estava prevenida pelo Presidente, que pensa que sou neurótica e que, quando adivinhou teu propósito naquela tarde, me avisou que, se não nos separássemos, ou eu te mataria ou tu me enlouquecerias de raiva pelas calamidades que eu causava em casa; disse-me ainda mais: 'Seu pai é um homem muito bom que ama sua família de forma abnegada; ninguém mais compassivo e generoso que ele. Mas, ao fardo crescente de sua falência se acrescenta um traço de histerismo que se acentuou na senhora. Evite-o até eu voltar'."

— É mesmo, foi isso que pensei; pobre Presidente!

E, na verdade, era a pobre Doce-Pessoa, "infelizmente, talvez", ao mesmo tempo de formas provocantes e inocente de sensualidade, rosto agradável, mas não significativo; com uma voz belíssima e desprovida de sensibilidade musical, desairosa talvez no andar, cabelos louros; muito dócil ao afeto e muito intrépida ao combate pessoal, a ponto de que o Pai, quando a admoestava, devia estar atento à sua reação combativa, mas não de ódio.

Nas formas tão sensuais e inocentes de Doce-Pessoa olhava-se o esplendor de Buenos Aires, a cidade suprema rodeada pelas sombras de campos sem limites, vivendo sem saber seu destino, como o transatlântico, iluminado, na imensa escuridão do mar em cujo seio avança; em ambos, vive-se sem noção de direção, portanto com pleno sentido do presente; por outro lado, quando se vive historicamente, não há mais parte aonde a Paixão possa ir, há aquela *marcha* da humanidade, que é a ênfase da História; um presente de paixão, uma vez ali, torna a marcha ociosa, o porvir; a noção viciosa de marcha está apenas na escrita histórica, não no coração de ninguém.

A Paixão não tem pensamento de situação, de tempo, de comparações; existe para todos um presente igual, um presente contínuo; o sempre vazio e sempre nada é a noção de Progresso que nunca é preenchida; há para todos a oportunidade do "lançamento" e das duas saídas do Quixote para a Paixão. Buenos Aires, a Paixão, Doce-Pessoa...

Pai terminou de se despedir dizendo:

— Quem sabe se nos veremos outra vez, ou quando. Gosto que fiques com o Presidente. Adeus, Doce-Pessoa, e acho que não vais te lembrar mais de mim. Não imaginei que estivesses doente e ainda fiquei chateado com o Presidente quando ele me comunicou seu parecer, para que eu não te punisse. Agora estou convencido. Adeus.

— Não sei como tive coragem de lembrar e explicar, ou como resististe a me ouvir. Adeus.

Quanto a Nicolasa, Federico e Pasamontes, com quem o leitor não conta — não aparecem, mas pediram para se submeter à manobra dos personagens para ser dignos de outro romance —, eles concordaram em trazer o que lhes parecesse bom; e entre os três tentaram apenas uma coisa, que entregaram triunfantes:

— Aqui está o que vale deste dia (ninguém acreditou nisso).

Era: a explicação de por que os enterros dos valentões são tão concorridos; eles descobriram, dedicando o tempestuoso dia a ir bisbilhotar com alguns, que, mesmo com a chuva, assistiam infaltáveis todos os ameaçados de morte pelo valentão, em agradecimento pela longevidade que tal ameaça tem a particularidade de conferir.

Mas Federico, que estava entediado porque chovia muito pouco e a lama parecia escassa, adormeceu e sonhou que o Presidente lhe dizia: "Tu que tens os pés ligeiros, vai por todo o mundo e volta hoje mesmo; a humanidade perdoará teu longo bastão se reservares um tempo esta tarde para pôr em todos os caminhos do homem sobre a terra, diante de cada desnível, poço ou monte, a casquinha de banana que todo homem que tropeça desajeitado gostaria que tivesse estado lá e vira a cabeça fingindo procurá-la e encontrá-la, e deseja que todos que o viram cambalear vissem: a casquinha que deve ter sido a culpada pela queda". E ele sonhou que abundou em *seu desempenho*, trazendo também a casquinha de espírito que gostaríamos que todos vissem como a causa de nosso tropeço moral quando fizemos, sob a excitação da polêmica, do amor-próprio, uma afirmação irrefletida e olhamos ao nosso redor em busca dos argumentos que nos faltaram ao fazê-lo.

Engrandecido com seu sonho de duplo êxito numa missão que lhe foi confiada, ele sonhou que lhe era concedido entrar no romance, ser real nele. Mas ele apenas sonhou; e é por isso que uma vez se aproximou da Eterna para pedir-lhe que, por sua magia de mudar nosso passado, lhe banisse a noção de alguma vez ter olhado para o romance, já que nunca lhe foi permitido ter vida nele.

"Diário da infeliz menina Doce-Pessoa que lhe compõe secretamente seu amigo, tampouco feliz, o Presidente, enquanto vive na casa dela por dois anos"

Doce-Pessoa inesperadamente lê "seu" diário, que encontra na escrivaninha do Presidente, e acredita que ele o deixou visível para incitá-la a refletir sobre sua paixão por ele e a deixar de amá-lo. Mas houve apenas descuido do Presidente.

O capítulo de principal interesse de tal Diário é a interrupção que ocorre nos momentos em que o infortúnio incomparável de Doce-Pessoa se abatia sobre ela, e então é retomado sem que o autor saiba que o estava lendo, até que um dia ele encontra linhas de Doce-Pessoa agradecendo o interesse por ela que aquele manuscrito significava.

Três são os reflexos do Presidente na mente da Doce-Pessoa:

Apaixonada por ele, desde que o conheceu, quando numa das andanças de sua incerta vida o Presidente estabelece por alguns anos seu destino na casa dela, Doce-Pessoa pensa que seu amor não é conhecido.

Um dia, ao ler o Diário escrito pelo Presidente fingindo ser escrito por ela, soube que ele havia percebido ser a pessoa de amor da doce menina de dor de um amor que, embora impossível, agora pelo menos era conhecido. E também sabe agora que o Presidente é seu "amigo".

CAPÍTULO II

(Move-se o tempo do romance e resta menos)

— Doce-Pessoa: O que há hoje no romance? Ao longo da semana, os acontecimentos daquele dia foram discutidos e apreciados com o ânimo alegre do descanso.

Eles se reuniam com o Presidente todas as tardes, depois de se separarem cedo com a mente dirigida aos prazeres daquela noitada final de cada dia, cada um se entregando a trabalhos e preocupações diferentes. Em seguida, contavam a ele — cujo prazer favorito era ouvi-los todas as noites — o que havia acontecido com eles ou o que haviam pensado na ausência.

(E era então, quando todos se juntavam em amizade, as vozes animadas, sem mau humor, que um ser que nada sente gostava de caminhar entre os personagens: a bonequinha que pensa e a quem a Eterna quer dar vida, que uma vez lhe sorriu; e a plantinha tão fraca e dócil que o visitante que a olha sem acariciá-la se denuncia perverso.)

Andando em diversos lugares e ocasiões o Presidente os conhecera, e tirando de todos suas casuais aproximações havia se tornado amigo deles, cada um decidindo-se sucessivamente a viver com ele na Estância. Saíam juntos todas as manhãs — exceto Pai que ali se apresentava de modo irregular — num carro velho para Buenos Aires, para seus estudos ou encargos. A Estância ficava a vinte quarteirões da estação, sobre a ribeira do Prata; depois, havia os minutos de trem para Constitución.

A Estância era um campo de cerca de cem hectares, em eterno litígio, ao qual o Presidente tinha direito primordial, existindo outros interessados por ele reconhecidos e dos quais obtivera aquiescência dois anos antes para se instalarem na mencionada fazenda, em troca de monitorar a propriedade e atender aos seus encargos. Assim congregados ao acaso como personagens postos juntos a critério do artista em páginas de fantasia, eles acompanhavam o Presidente há quase dois anos naquela estância velha, terreno ribeirinho à espera de frequentes decisões judiciais.

Todos os habitantes tinham o sonho de se encontrar ali reunidos, e ao instável assentamento deles, pela chance de um encontro com o Presidente, naquele terreno passageiro como eles, que podia ser-lhes tirado num instante, associavam o sentimento dos grandes sonhadores, como eles, que se viam naquele grato viver livre, fino, afetuoso, mutante, múltiplo de novas simpatias, vivendo o que haviam sonhado, não se convencendo com nenhum muito abrir os olhos que de fato estavam onde por tanto tempo tiveram como sonho estar, como sonho resignadamente aceito, primeiro almejado, real, depois para sofrer menos com ele, renunciada sua realização, aceito como um sonho permanente que não pode ser transferido para a realidade, sem virtualidade, como escolhido apenas para sonho. É por isso que quando andam pelas ruas de Buenos Aires se sentem reais e desejam voltar a pulsar no romance; vão à cidade como à Realidade, voltam à Estância como ao sonho; cada partida é uma saída de personagens para a Realidade.

Já fazia dois anos que o Presidente havia escolhido fazer da amizade o assunto de sua vida vindoura. E cada novo amigo tinha tido sua recepção por todos com disposta curiosidade e simpatia. (Quando cada um chegou à Estância, sentiu-se comovido por uma dupla impressão e disse a si mesmo: "Entrou" em "O Romance" e no romance.) Os últimos amigos conquistados e trazidos para essa convivência foram De-um-Amor e Doce-Pessoa.

De-um-Amor impressionou mais que ninguém à sua chegada. Mas todos se esqueciam de que ele estava com eles — até o Presidente demorou a senti-lo como um verdadeiro habitante — até que voltavam a vê-lo. Só depois de algum tempo eles tiveram certeza de que vivia com eles o Não Existente Cavalheiro, embora o observassem o tempo todo.

Cada um se lembrava do primeiro dia em que chegou ali, e quando avistaram o rosto de todos depois dessa chegada, aquele olhar para a casinha e deixar cair as malas ou as trouxinhas na frente da porta de entrada, sentiam o trazimento obscuro que os transpôs ali. O que fazer a seguir? Como foi o primeiro movimento de caminhar em direção ao romance, as palavras do Presidente quando os conheceu e depois quando os convidou para sua morada, e com essas palavras a imagem que fizeram naquele momento da estância que iriam habitar? E deixar cada um sua família, seu passado, sua dor ou sua solidão?

De quantos estão hoje em "O Romance", todos já estavam quando o inesperado tão prazeroso para todos, a chegada da Doce-Pessoa — assim batizada por eles depois, e a única habitante feminina que houve ali — e a graça de que da cidade trouxesse flores em mãos para o Presidente, caminhando assim pelo jardim. (Que suavidade foi vê-la tão absorta que não percebeu a sensação de encanto de cruzar com flores um jardim. Mas ninguém a viu. Como se soube? Por miragem.) Pai não era um residente regular; ele vinha e ficava de vez em quando, e naquele dia ele não estava lá. Doce-Pessoa só soube que ele era um conhecido da casa, e o viu ali pela primeira vez na noite anterior à manobra.

Quiçá-Gênio foi quem teve a surpresa de lhe abrir a porta. O dia estava um tanto frio, nebuloso; divisavam-se as águas do Prata palpitando sobre a linha da ribeira, e a agitação do arvoredo que as margeia em frente à estância. Doce-Pessoa foi levada para a grande cozinha campestre, quentinha, com um forno abundante que se ama no inverno, caiada, de paredes grossas e com aquele constante assobio do vento nos aposentos camponeses, uma voz que Doce-Pessoa jamais ouvira e que nós escutamos nas primeiras férias na estância, e meio século depois, num retorno inesperado ou desejado aos campos, ouvimos de novo com o mesmo timbre, uma palavra igual que disse eternamente o vento nas fendas e reaparece no ouvido desigual da vida individual que transcorre.

Quiçá-Gênio, que cozinhava regularmente para todos, forneceu-lhe comida quente bem preparada. Antes de se lembrar de alguém da casa, silenciosa, ou de saber que estavam lá, Doce-Pessoa e Quiçá-Gênio tinham conversado por duas horas num colóquio feliz, cada um falando mais que o outro. Essas duas horas foram as únicas verdadeiramente felizes no amor de Quiçá-Gênio, amizade e amor que nasceram daquela viva conversação sem que eles soubessem que haviam nascido. Esse tratamento e diálogo, essa amizade e amor não estavam sempre começados nessas almas? Por que dizer que começaram se não sentiram aquele nascimento ou depois o sentiram como começando em algum momento? Naquela hora, ambas se tornaram absurdas pela composição da dor que é a convivência, o encontro absurdo do amor e da amizade.

O vento sempre esteve na fenda, dizendo uma única palavra: nessas pobres almas sempre houve amizade e amor; mas essas duas palavras, ao trocar o diálogo, faziam nascer a dor.

Um dia dos habitantes de "O Romance"

Tomo ao acaso uma quinta-feira de dezembro de 1927, o segundo inverno que se passava no romance. Todos, menos o Presidente que já não saía mais, partiram juntos cedo no velho carro, passaram entre o vigia, curioso de simpatia por eles, e o valezinho úmido e verde, olharam a viborazinha que se desenha sobre a costa ou a linha da borda descendo da costa, e assim se vê da estância em todos os momentos do dia o balançar das águas sobre a linha da terra que margeia... E eles caminharam na manhã um tanto fria e ventosa conversando e fazendo algumas observações até que foram absorvidos pelo espetáculo de um grande jornal de Buenos Aires que uma rajada arrebatou de alguma das mãos e começou a rodar e voar no chão diante deles, que seguiam na mesma direção do pampeiro reinante. Eles já não puderam se ocupar de mais nada ou tirar os olhos daquele esvoaçar e rolar de largas folhas impressas que descansavam, se levantavam, se agitavam intranquilas ou partiam para o alto do vento forte e se adiantavam ao grupo de viajantes, sonoro de palavras e exclamações na gaiola do carro e, finalmente, transportadas pelas rajadas recorrentes, o acompanharam por quinze quarteirões, talvez, até perto da estação onde a carruagem deveria parar. Entre todos, ninguém ficou mais agitado e intrigado que Doce-Pessoa, entre a jovialidade e a superstição, com o andar caprichoso do jornal diante deles. De-um-Amor ficou completamente satisfeito. Quiçá-Gênio se contentou em contemplar o quanto Doce-Pessoa se interessava pelo acontecimento, e o Andaluz não se preocupou com isso até que chegasse o momento de se apoderar dele; no entanto, ele foi enigmático na exclamação: "Coisas dos jornais! Alguém acredita que o que acontece com este número do jornal é um evento de imprensa?". Ninguém respondeu e eles entraram no trem.

Chegando a Constitución, alguns se separaram; parte do grupo permaneceu unida. No Centro, Quiçá-Gênio acompanhou Doce-Pessoa ao seu escritório e, beijando-a (é certo, embora não explicado), dirigiu-se ao Palácio da Justiça, pois era procurador! (inexplicável e certo). A verdade é que percorria os escritórios e os expedientes tão absorta e docemente como as panelas e frigideiras de sua cozinha campestre, e raramente um juiz tinha coração para lhe trazer más notícias com uma decisão adversa ou uma panela para transbordar ou uma frigideira para queimar. O Andaluz se perdia nos bares, pescava notícias para o Presidente, jogava sinuca, fazia quiromancia em favor de quem o convidava e, quando o anfitrião era muito generoso com ele, adivinhava-lhe um futuro feliz e reservava em seu destino as terças-feiras dos dias 13, o que não sabemos como pesquisava para descobrir.

Enfim todos se reuniam para o trem das nove horas, quase sempre cansados e com bem-estar de alívio de tarefas, no bar de Constitución, bebendo uma xícara de chá com a vontade de aproveitar o dia inteiro adiada porque haviam concordado em tomar chá sempre juntos no fim do trabalho. Vede-os viver esse instante de simpatia e prazer no final de cada dia, pois além de suas tarefas, decepções, injúrias, ordens humilhantes ou indiferença em relação ao seu anonimato entre a multidão, eles têm a dorzinha cotidiana de estar longe da Estância, forçados a privar-se dela por longas horas; vede-lhes essa alegria, essa inocência, e pensar que não sentem nada, que não têm vida!

Esperados pelo Presidente sentado em sua cadeira de balanço sob a coberta do parreiral trançada na glicínia trepadeira, aproximavam-se ruidosamente dele e depois se dispersavam pela casa, enquanto Quiçá-Gênio e Doce-Pessoa, que o ajudava na cozinha, avivavam o fogo sob as panelas que já continham as refeições preparadas pela manhã.

O Presidente para a Eterna

"Profundamente, decididamente: a fórmula para a realização da minha alma com a qual o destino chama nessa hora inesperada, convulsionada pelo desconcerto e pela dor, íntima, desprezível, desajeitada por inferioridade minha humilhação, é esta:

Se há de se ter a sorte de alcançar o glorioso amor — que só ele e só agora daria sentido, explicaria o surgimento de mais uma individualidade, a minha, entre as inúmeras que se desenharam no Ser, que me daria verdadeiramente a individualidade que até hoje não tive, amor que eterniza o presente, ocupa totalmente a memória, faz da eternidade que nos espera apenas um instante, ou apenas a memória de um instante eternizado de sentir, e é o acontecimento supremo do Ser: para todos há eternidade, mas só a Paixão plenamente realizada pode eternizar um instante, isto é, a memória triunfa sobre a Eternidade, substitui-a pelo instante da Paixão, do todo-amor, ocorrido em qualquer etapa da totalidade do tempo, totalidade que é nossa porque nenhuma vida tem começo; a eternização não da vida, mas de um instante, o mais elevado dela em sentimento — será depois de ter me afastado para estudar minha alma e torná-la tão bela quanto a da senhora, ao regressar quando meu sentimento tenha se tornado genial.

Ontem à noite, contemplei seu semblante de alegria de amor — que eu mesmo conheci quando houve um instante, o primeiro e não conhecido pela senhora mesma, de amor por mim — voltado para outra pessoa, aquela mesma alegria de amor, de pura e exaltada simpatia afortunada e seus olhos naquele rosto por longas horas, esquecida de todos os outros humanos, vivi duas horas de seu esquecimento; tive o "Esquecimento da Eterna", a inesquecível que também cura o passado, substitui, pelo operar ilimitado de seu encanto, o passado de quem foi infeliz por outro de dignidade e graça, tanto em pleno instante dela transborda.

Tu, Eterna, costumo te ouvir, dizes que um tropeço, uma queda de um distraído ou desajeitado, não tem remédio; seu ridículo não tem remédio, ao que me oponho que o tropeção é, melhor que o "jogo" e a "mesa", a oportunidade probatória de um caráter belo ou feio; e para uma alma plenamente graciosa (e só é assim aquela que não conhece outro impulso senão o da simpatia) não há o prosaico nem o ridículo.

Aparece a Eterna e lê este início de carta.

Chegando onde se diz que com igual alegria simpática ela

sustentava colóquio com outro visitante, ferida de desalento por tanta incompreensão do ofuscado Presidente, pálida e úmidos os olhos, ela lhe deixa escrito:

— Adeus, Presidente; chega por hoje. Nada na minha vida foi mais cruel que ler suas linhas. Estou indo embora, acho que já sem esperança. Não me detenha. Não posso imaginar que o senhor me compreenda nunca.

Volta aos seus aposentos, agitadíssima, com uma mortificação insuportável, sentada na beira da cama, tirados os agasalhos que a sufocavam, o rosto ruborizado e febril, apoiada em suas mãos enquanto repetia uma prece e verdadeiramente se acolhia com desespero a um Deus que nunca definiu para si mesma (já que ela não dá atenção a nenhuma prática religiosa) e a quem se dirige apenas inundada de lágrimas e desespero... Então, um tanto atenuada, exclamou: "E ele, sem preces, sofre mais que eu. Deixe-o rezar, eu quero que ele reze. Infelizes com esta vida sinistra". Então pegou o telefone e disse apenas: "O senhor reze; reze agora mesmo e depois tente dormir. Eu lhe ordeno: reze". Então, mais dolorida por ele, o causador, voltou e sentou-se na beira da cama, soluçando: "Pobrezinho, pobre de mim, que no passado e alguns meses atrás só líamos a Bovary, com a alma despedaçada a cada passo de sua existência, olhávamo-nos quando a leitura de um triste destino se tornava intolerável, mas sempre com aquela inveja ou emulação infantil pelo ser de personagem de romance. E agora somos nós atropelados pela vida, que é fúria enigmática, e agora talvez a vida faça a ele, e a mim, pobrezinhos, desejar ser apenas personagens lidos, nada sentir, aquele ser de personagem que todo leitor ingênuo acha invejável tanto na ventura quanto no desespero com que seu romance o aflija. Enlouqueceremos suportando isso e ansiaremos por escapar da Vida para um capítulo de Relato. Quem vai me mostrar que ele nunca existiu, que eu apenas o li, que eu mesma sou apenas uma sombra, uma silhueta em páginas!

O Presidente e a Eterna não alcançam o todo-amor porque ele não quer pousar sua cabeça no seio da Eterna, para amparo, e ela não consegue (é sua única imperfeição) libertar-se desse declínio maternal, que no amor é um erro, e não pode viver sem esse sentimento no peito. Por sua vez, o Presidente teve a inépcia de não poder amar a Eterna sem pensar nela, sem representá-la misticamente, isto é, como impossível no ser, porque o ser é inintelectualizável.

— Eterna: não és perfeita — tem de lhe dizer aqui seu romancista.

— Faz-me perfeita, então, se puderes, como Deus fez os homens.

— Não posso: a imagem veio a mim na experiência interior; faz aquele movimento aleatório de procurar a cabeça de uma pessoa amada em seu peito para Amparar; e quando esquivo, em imagem, esse movimento alça um rosto triste, descontente; combato essa expressão e o movimento de inclinar-se e "amparar para si" reaparece. Triunfo disso em meu campo mental e a expressão triste de seu rosto tão suave se renova.

Enquanto isso, o Homem que Fingia Viver cumpre divinamente a Ausência.

CAPÍTULO III

— Doce-Pessoa: O que vai acontecer daqui a pouco no romance, Quiçá-Gênio?

— Quiçá-Gênio: Vou te dizer quando eu for o autor.

— Doce-Pessoa: E então o que virá depois?

O Presidente chega a Quiçá-Gênio e diz:

— Quiçá-Gênio, me escuta, tenho uma tarefa para ti.

— Se for muito difícil, Presidente, por que não a confia a De-um-Amor, que parece que não se desconcerta por nada? Pois tenho estado, faz algumas semanas, com inteligência pouco disposta.

— Mas os olhos bastante ocupados.

— Não entendo, Presidente.

— Vou te explicar em outro momento.

— Acho De-um-Amor muito inteligente e sereno. Ele parece conhecer tudo que faço e penso, e sorri. Não gosto que ele me olhe, embora tenha me salvado dos cachorros daqui, pois o Presidente deve saber que no dia em que cheguei eu estava muito mal, e De-um-Amor veio me acudir o mais rápido possível. Francamente, Presidente, às vezes acho que estou sonhando quando olho para ele.

— Porque ainda não tens fé em sua eternidade, que é como não ter fé em ser. Às vezes, tu hás de saber, me parece real, às vezes não, como todo mundo, quando minhas certezas cochilam.

— Em todo caso, prefiro, se tenho algo para fazer, falar ou informar, que ele não olhe, embora o faça raramente, porque tenho um mau desempenho; se não fosse por isso, eu estaria sempre com ele.

— Ou com outra companhia, não?

Quiçá-Gênio olha para ele; acredita que o Presidente não disse isso, que apenas pensou; não responde.

— Bem: tu vais nos conseguir a aliança ou a discrição de Petrona. Deves conquistar suas simpatias para que ela, por afeto a ti, se abstenha de falar e divulgar em matéria de "O Romance".

— Bem, Presidente, vou pensar nisso.

— Há pouco, Doce-Pessoa perguntou por ti. Ela está deitada.

— Vou vê-la. Também vai me dar uma ideia para conseguir a amizade de Petrona. Quanto tempo temos para iniciar a obra que se propõe com todos nós?

— Dois meses.

— Adeus.

— Adeus. Fecha a janela se estiver entrando luz e ela estiver dormindo; fala com ela mais tarde.

Quiçá-Gênio às vezes pensava em Doce-Pessoa olhando para ela; outras vezes a olhava sem pensar nela; em outras, pensava nela sem olhá-la (isso a Eterna não perdoará ao Presidente). Mas Doce-Pessoa sempre era seu assunto.

Instante das figuras da Eterna e Presidente dançando nas cenas

Dois perdões da Eterna.

A Picardia nos dedos da Eterna não é o próprio perdão da

capitulação de amor?

Hoje o Presidente está nas mãos da picardia da Eterna.

Hoje está nas mãos do seu perdão.

A Eterna é terrenal e sensual em corpo; no entanto, nenhum tremor de desejo atinge seu rosto. Ela é tão requintada como diretora da Matéria, cujo bordado ninguém pode dizer quando o vê e quando só pensa nele.

O Presidente não sabe: sabe que toda vez que chega, a Eterna põe em seus olhos o lencinho de círculos e losangos, ou apenas nas mãos, fingindo que está com o lencinho nos olhos: o Presidente não consegue saber quando o vê ou quando o imagina. Se ele diz que viu, a Eterna pergunta quantos são os círculos e losangos; ele não acerta quase nunca. E ela fica triste, pois quando o Presidente realmente o vê é porque sua alma está mais poderosa.

Hoje o Presidente está mais no momento de ambos: uma poderosa realização intelectual conquistada nos últimos dois dias o torna diretivo e intelectivo, esclarecedor no amor de ambos. Às vezes, o Presidente gasta os dois perdões, o atual e o do passado. Então a tristeza da Eterna é total; os dias fatais do Presidente dão sua hora; depois dos quais novas noites de desalento e, em seguida, uma ternura de delicadeza nova. Hoje o Presidente e a Eterna estão na claridade do destino.

Espaço que ocupa aqui um diálogo sem autor, uma prosa não autorística, em que se concede a Quiçá-Gênio e a Doce-Pessoa que tentem um emergir vivencial

— Quiçá-Gênio: não me perguntes, Doce-Pessoa, o que há em "O Romance" hoje. Dessa vez não estamos em personagem, vamos falar por nós e para nós mesmos. Dessa vez *somos*, não somos personagens; para entender isso, olha para cima, Doce-Pessoa, a marcação dessa cena.

"— Mas estás dormindo, Doce-Pessoa?

— Eu estava, mas te ouvi chegar.

— Então não adianta andar na ponta dos pés?

— Ou deves ter feito barulho para me acordar e não ficar sem nossa conversa.

— É verdade que tenho uma ótima conversa agora, mas sei andar na ponta dos pés e é assim que sempre ando no mundo, pois quem tem amor não busca os ouvidos do mundo.

— Tens amor?

— Vês como tu também não percebeste; ando na ponta dos pés com meu amor.

— Estás me provocando grande desejo de conversar. Vou me levantar.

— Devo ir embora, então?

— Não olhes e fica, assim manténs a conversa comigo e não a dá para De-um-Amor. E também não olhes para o leitor, nesta e em todas as vezes que eu me despir. Lê, mas por cima do ombro.

— É verdade, eles estão nos bisbilhotando.

— Eu não consigo nem te ouvir respirar, estás pensando?

— É estranho, eu não penso. Estou esperando te ver, que me deixes virar a cabeça.

— Podes virar, eu estava preparando o mate para ti e havia esquecido que estavas de costas para não olhar para mim; achei que estavas entretido vendo o campo.

— A planície mostra grande quietude, mas nem por isso eu tiraria os olhos de ti; não podia olhar para ti, lembras? Mas antes de te contar sobre o pedido que trago do Presidente, vou te parabenizar por teu insuperável matezinho.

— Então o Presidente está muito ativo?

— E tanto que agora mesmo, com esse último mate, vou me preparar para me arrumar antes da primeira entrevista com a srta. Petrona.

— Porém, o Presidente também tem suas calmas: às vezes deixa seu cigarro queimar vendo-o virar cinzas.

— É verdade. Que vida mais intensa, sob sua aparente placidez, a do Presidente. Mas agora estou indo embora.

— Como, já te vais?

— Por mim não, certamente. E por ti tampouco, porque se o Presidente encontrar teus aposentos desarrumados, ficará feliz em deduzir que estás dormindo em paz; sempre recomenda que não te acordemos.

— Ele não veio à sua escrivaninha nem hoje nem ontem, mas muito tarde desde que a viajante de traje preto chegou.

— Bem, já faz um tempo que vejo daqui da janela que lhe deram aquele quarto.

— Por quê?

— Porque anda.

— Como?

— Anda pelo aposento; passou pela janela algumas vezes e olhou para fora segurando a cortina.

— Como é ela?

— Não a viste? Eu vou para o pátio; veste-te completamente e eu volto para te contar uma história; nesse ínterim, se quiseres, podes vê-la de onde estou agora, ela é alta e bonita de formas. É melhor que a olhes tu, não vou te dizer mais nada. Não te esqueças de me lembrar de te contar essa história intitulada:

Muito senhora de sua casa
Muito de sua casa sem ela.

Note-se que o hábil e sensitivo Quiçá-Gênio encontrou o método de mudar uma conversa, que deve ser penosa para Doce-Pessoa pois recai na incógnita visitante do Presidente, propondo uma narrativa.

— Prepara tua história. Já olhei, não dava para distinguir a pessoa. Vou dar bom-dia ao Presidente, dou uma olhada no quarto dele e volto.

Quiçá-Gênio, para si mesmo: "Pretextos, curiosidade; está mortificada com a presença inesperada da desconhecida"; então em voz alta:

— Se é por causa da história, fica, eu já a tenho; pensei nisso agorinha; vou te contar como me contaram recentemente.

— Espera cinco minutos, meu amigo.

— É para que vejas que ando rápido quando me pedes alguma coisa.

— O Presidente não está.

— E daí? Ficas impaciente por ele não estar lá? Tantas vezes ele não está. Aqui estou eu. Mas agora sim vou embora.

Doce-Pessoa, só para si: "Eu sei que estás, bom Quiçá-Gênio, mas motivo há para que sofras por alusões tolas ao Presidente". E seguindo a conversa:

— O que estás fazendo aqui, Quiçá-Gênio, neste capítulo em que te encontrei, ao sair à tua procura?

— Eu procurava no romance o lugar onde possa haver vida; eu acreditava que era aqui na janela de "O Romance" onde se respiraria e viria vida para nós dois.

— Para quê, Quiçá-Gênio? Já vês que o Presidente não busca a vida.

— É possível que perguntes a ele, agora que me disseste que tenho teu amor? O Presidente, não sabemos que ame; parece miserável. Por que ele viveria sua miséria? Mas é agora para mim, para nós, encontrados nesse carinho, que pedimos a vida. Só contigo eu a amaria. Para o Presidente, ter apenas o "ser de personagem", agora que é desafortunado, é uma maravilha de sorte; para nós, felizes com teu amor, agora é a vida que nos deve ser dada.

— Vou te dizer... não sei como te dizer, Quiçá-Gênio, que te deténs muito num amor de um instante que palpitou em mim por ti; o que sinto agora é amizade; aquele momento foi real, embora fugaz.

É certo; na comunidade de ação de um dia ou na primeira hora de se ver, Doce-Pessoa se apaixonou por Quiçá-Gênio, por um dia; Quiçá-Gênio percebe isso e nota que no dia seguinte esse amor terá se apagado. De-um-Amor o consolará com um consolo que Quiçá-Gênio aceita para sempre: "Guarda este dia de amor de Doce-Pessoa, por tua eternidade".

— Não gosto da conversa; quase te convidaria a recomeçar este diálogo. Por exemplo, eu chegaria à tua porta e, entreabrindo-a, começaria com voz e passo refreado como o Presidente me recomendou:

"— Doce-Pessoa, estás acordada? Porque, se não estiver, fecharei aquela janela que está te iluminando.

"— Sim, Quiçá-Gênio, estou.

"— Quanto tempo dormiste?

"— Desde as sete.

"— São duas horas.

"— Muito bem; vou me levantar. O que Quiçá-Gênio fará? (isso é o que deverias ter dito).

— Doce-Pessoa: Não entendo o que estás dizendo; pobre leitor!

— Digo que me dizes: "Vou me levantar". Tens razão: sem perceber minha presença? É que é difícil pensar pelo outro. Além disso, lembra-te: estou fazendo todo o diálogo, mas quando acontecer como agora que vais sair da cama, cabe a ti me dizer o que fazer.

— Bem, que fiques e olhes para o outro lado.

— Bem, estou indo embora. Dá-me um conselho: tenho de conquistar dona Petrona, o que eu faço, Doce-Pessoa?

— Arruma-te bem e conta a ela histórias de cinema; não consigo pensar em mais nada. A ajuda dela é necessária?

— Isso mesmo, para que não divulgue segredos de "O Romance". Mas vou me arrumar mal, ao contrário do que me recomendas.

— Sim, também acredito nisso; eu me expressei mal. Como vais fazer? Estás com boa aparência.

— Agora seria o momento do diálogo em que poderias me dizer novamente: "*Hoje te amo, Quiçá-Gênio*, personagem do Romance da Eterna e Doce-Pessoa". Mas vejo que ficas calada.

— Fico calada para não te dizer: um grande personagem, um personagem digno da Arte nunca diz como tal personagem: "Te amo"; nunca ocorre a quem realmente ama dizer "Eu te amo".

— Oh, bem gostaria eu que fossem outras as palavras. Mas não as tens… Vou continuar com os preparativos para a comissão do Presidente. Esta noite vou ensaiar algo e, se eu vir que funciona, te direi o que é. O ruim é que ele estava entusiasmado com a leitura de Lombroso; parece que o homem de gênio está mentalmente doente. O Presidente garante que não é assim e que Lombroso tinha muito de gênio e nada de maluco.

— Mas que besteira falar de gênio! Contanto que não tenhamos nenhum aqui.

— No entanto, sou muito saudável.

— Isso é o importante; que sorte! Mas por que estás dizendo isso agora?

— É que eu penso muito.

— E não ficas atordoado assim?

— Não, não é isso. Quando estou atordoado, é por outra coisa.

— Eu não pensaria.

— E como vou resolver tantas coisas que temos com o Presidente, que não se aquieta, se eu não penso? Se não estivesse tão preocupado, com apenas uma visita que ele fizesse a dona Petrona a envaideceria tanto que não precisaria de mais nada para mantê-la quieta e aliada.

— Que vás tu é melhor; não fales mais sobre o assunto com ele. Vais te divertir nessa missão; terás algo que nos contar todas as noites.

— Se me sair mal, não terei vontade de contar. Mas vou pensar muito.

— Parece que sempre pensas.

— Acho que sim, tenho facilidade.

— E o Presidente está realmente tão trabalhador? Se me fizeres um mate doce (ainda não tomei café da manhã), vou te fazer algumas perguntas.

— Bem, onde estão as coisas?

— Ali, não estás vendo?

— Ah, claro; vou te preparar o mate. Pensando bem, também tenho tempo de tomar mate. Já adivinho o que vais me perguntar.

— A carta que ele recebeu e a senhora que veio depois.

— Ah, houve uma carta?

— Nesse momento, eu mudaria o diálogo e te rogaria que repetíssemos aquele que tivemos durante duas horas na cozinha no dia que chegaste.

— Daquela vez não te ocorreu perguntar meu nome nem por que eu vinha. Acreditava que as primeiras palavras que eu pronunciaria aqui seriam: "Me chamo Maria Luisa". Por que não me deixaste dizer este, que eu adoraria pronunciar e em que eu havia pensado durante todo o caminho? Não era meu nome, é claro, e eu tinha esquecido de inventar um sobrenome.

— Teu nome era claríssimo; assim que te vi, soube disso; te chamavas Bem-Vinda.

— Pegaste minha valise e disseste: "Vem comigo". Mas agora tens o que fazer. Vou me vestir, Quiçá-Gênio, mal tenho tempo para arrumar a escrivaninha dele.

— Tens trabalho com todos esses vidros que quer que brilhem cheios de água.

— E os quadros?

— Que quadros?

— Aqueles montinhos e ramalhetes de papel colorido que vês espalhados em seu quarto, ele chama de quadros, porque primeiro ele teve pinturas a óleo e aquarelas, depois as substituiu por oleografias bem escolhidas, mas agora ele substituiu tudo isso por papéis coloridos; é sua sala de pintura. Ele é um grande admirador da pintura.

— É extravagante, e então ele diz que Lombroso, por ser um gênio, deve ser acreditado em tudo, exceto na teoria de que os gênios são loucos.

— Mais uma vez, falaremos de gênio.

— É que sou muito normal de juízo (e porque sou, quando te recebi aliviei tua carga de caixas e pacotes, mas não tirei de tuas mãos o ramo de flores que trazias e, embora me doesse ver-te com ele nas mãos todo o longo tempo que conversamos, não me ofereci para tirá-lo de tuas mãos, não perguntei nem sabia para quem era).

— Ah! É verdade que te preocupas em esclarecer o problema dos gênios.

— A verdade é que sou muito saudável. Faz tempo que não te escuto tocando piano e cantando; o Presidente diz que devias estudar e que, quando chegar um amigo músico, ele vai testar tua voz.

— Então estás indo embora? — Doce-Pessoa diz aqui, como se quisesse deter Quiçá-Gênio, que se mexeu como se fosse sair.

— Eu gostaria de ficar conversando contigo para sempre.

— Pois fica neste "diálogo"; é para isso que serve. Ou vai com De-um-Amor.

— Ele não deve estar lá agora.

— Como gostas dele! É muito delicado; se tivesse tanto em que pensar como o Presidente, seria tão doce quanto ele?

— Acho que sim.

— Bem, se gostas que eu mande em ti, como costumas me dizer, começa tuas visitas a Petrona. Gostas do que te ordeno, que ficas olhando?

— Eu olho para ti, Doce-Pessoa... e vou aonde me dizes.

— Vais conquistá-la, Quiçá-Gênio; tu sabes, eu não sei conquistar; tu és bom, inteligente, livre.

— Livre? Era; nunca mais serei livre porque não serei capaz de esquecer.

— Estás apaixonado, claro, eu vejo isso. Que dor deve ser! Mas e ela, não pode te amar?

— Não pode.

— Então ela ama.

— Sim, e talvez não saiba; e quem ela ama ignora isso também. Só eu sei desse amor, e também a amo, e ela não vai saber.

— Como é a vida! Quanto sofrer!

— É melhor não suspirarmos. Vou embora.

— És bom, Quiçá-Gênio; és educado e elegante; ela vai te receber bem. Mas a gravata...

— Está mal, eu sei.

— Vem aqui, eu arrumo para ti.

— Muito bem, faz isso, põe tuas mãos em mim para isso. Depois eu vou bagunçar tudo.

— Como?!

— Tu a arrumas e eu a descomponho um pouco.

— Não entendo nada.

— Deixa-me fazer: eu irei e te digo que, enquanto eu encontrar algo novo para fazer ao contrário, haverá esperança de que eu ganhe a amizade dela.

— Eu te entendo cada vez menos.

— É um grande pensamento: estou te dizendo, o que preciso para me fazer amar por Petrona é que ela sempre veja na minha pessoa moral, todos os dias, algo para consertar, colocar em ordem.

— Pessoa moral?

— Sim: minha pessoa moral é meu penteado, minha gravata, minha corrente do relógio, a fita do meu chapéu, tudo que tem direito e avesso, conserto e desconserto, vestir bem e vestir torto. Tenho certeza: isso é minha pessoa moral para a Petrona. Não te preocupes em entender; não creias, por isso, que não és inteligente, pois eu tampouco entenderia se outra pessoa dissesse.

— Eu entendo se quiseres, mas já que dizes que não me preocupe, que é uma charada...

— Esta noite, quando ouvir meu informe na sessão comunicando o resultado de minha primeira visita, compreenderás melhor. Adeus, Doce-Pessoa.

—Antes me escuta: estou ansiosa para te dizer e te digo: por que foste tão bom quando eu cheguei aqui?

— Quem sabe... Parecias tão suave e vinhas como assustada.

— Medo eu não tinha; eu o conhecia bem. Mas, em todo caso, se quiser continuar vivendo, não gostaria de encontrar mais gente boa pelo caminho.

— Mas que raro é isso! É mais fácil de não entender do que minha opinião sobre gravatas bagunçadas.

— Explica-me de uma vez por todas o quão incompreensível será teu procedimento de sedutor. Compreendo que tudo aconteça naturalmente. Ela não é linda, a Petrona?

— Ela deve ser, mas não com o rosto que tem.

— E também me explicarás algum dia como não tens remorso por fazer Petrona acreditar no teu falso amor.

— Pois bem: o procedimento (eu espanto as moscas do remorso agora) me encanta tanto que dissolve toda moral em mim, além do fato de que Petrona é doidivanas. Acredito que nenhuma mulher como ela, e mesmo muitas superiores, pode resistir à inquietação que um laço de chapéu virado de cabeça para baixo, virado para a direita, ou uma gravata torta, ou uma mancha de parede na roupa, meias amassadas ou uma botina desamarrada lhe produzem. É um mal-estar que, prolongando-se por repetidas apresentações de um cavalheiro, as leva à ansiedade desesperada de assumir o comando da pessoa total do homem mediante o remédio completo de uma união conjugal para acabar com todas as imperfeições do vestuário do sujeito que cruzou tão irritantemente seu caminho...

— Está muito bem; mas não te parece falta de dignidade imaginar-te encostado a uma parede para ficar com as costas embranquecidas, a caminho de uma visita a tua enamorada? O que o leitor pensará de teu plano? Que descortesia, nunca o consultamos.

— Por que não nos dá sua ideia, distinto leitor, ou se distraiu e nos deixou sozinhos?

— Leitor: estou tão interessado em vossas vidas quanto sou discreto em relação a elas; tende certeza de que só me afasto quando suspeito da fatalidade de um beijo e volto quando acho que um espectador amigável não é indiscreto. Agora vos observava, é claro, e aprovava vosso plano.

— Muito obrigado, assim vale viver.

Quiçá-Gênio se afastou e Doce-Pessoa continuou entoando seu quinteto:

Que bom seria ser bom
E
Apenas entre bons viver.
Lamentar todo luto,
A toda ventura sorrir.

— Simples: Oh, como não embelezar meu tempo conversando com ela, agora que a vejo livre e alegre, Doce-Pessoa.

— Doce-Pessoa: É certo, estou muito feliz. Que sorte pertencer à camaradagem de "O Romance". Quando o Presidente me convidou, eu duvidava, pois minha vida era tão insignificante que qualquer possibilidade de mudança me atemorizava.

— Também recordo emocionado quando ele nos disse: Convido-vos a uma "manobra de personagens" para que sejais felizes no romance.

— Para mim essa mudança foi tudo; esqueci meu passado, estou esperançosa.

— Eu já na vida era um tanto feliz. Tinha começado a entender a felicidade.

Na verdade, Simples é o homem mais fácil para a felicidade: como lanterninha do teatro Colón, sabia ficar em seu quartinho enquanto ressoava a orquestra, o canto do grande tenor e da prima-dona e os alvoroços de assombro de imensa e poderosa audiência, o divino maestro da orquestra ondeante e flamejante de saias e cabeleira, apaziguando e aumentando a fúria de ópera com seus gestos, todo aquele virtuosismo esmagador, até mesmo o virtuosismo de se maravilhar com a opulenta audiência; Simples sabia ficar, enquanto o cantor dava uma légua de "dó", tocando seu violão, dócil e contente e sentindo-se satisfeito de viver, desde que nesses momentos conseguisse ouvir seu instrumentinho.

— Doce-Pessoa: Eu, por outro lado, tive de aprender tudo aqui. Acho que como todos.

— Simples: Mas alguns acham difícil. Por exemplo, Quiçá-Gênio, que não é homem nada fácil de começar a tossir se não lhe for atribuído um maestro de orquestra.

Em resposta a que brincadeira de Quiçá-Gênio, enquanto pintavam juntos as paredes do vestíbulo, Simples tentava essa piada sobre as dificuldades da felicidade do amigo comum? Doce-Pessoa sorriu por um longo tempo, e juntos continuaram tomando sol entre os choupos, enquanto Simples continuava explicando que ele tem uma alminha que procura "o mundo num cone".

Quiçá-Gênio avança assobiando à conquista de Petrona. Existe talvez alguma presunção nele?

Talvez; um indício de presunção de sedutor e dois indícios de inveja quiçá-genializam seu caráter.

Surpreenderá minha afirmação talvez temerária de que há em Quiçá-Gênio ao lado de seu sólido senso moral, isto é, de simpatia geral pelo "outro eu", pela pluralidade de sensibilidades ou indivíduos que se significa nesta sua norma: "Pelo menos nesta vida cada um deve deixar quente seu assento; deixar, ao partir, seu lugar, ou seja, o tempo e região em que viveu um pouco mais confortável para o homem futuro, do que antes (ou talvez signifique: um trabalho e um calor de trabalho desinteressado deve-se deixar feito para os outros, sem recorrer ao grande egoísmo do próprio destino); é preciso ser um homem que fez mais algo de bom que de mal"; pois bem, apesar dessa moral e, o que é mais dissonante, apesar de sua suprema elegância de severa inspiração egocêntrica, Quiçá-Gênio tem duas invejas — e a inveja é a mais dura deselegância de personalidade, falha no egocentrismo (deve-se ser, até a Paixão ser alcançada, fechadamente egocêntrico, e no amor absolutamente sem-eu) —: inveja dos garçons de bar o invejável prazer tátil-muscular de passar o pano no mármore úmido da mesa em que se derrubou algo, e o consumado do efeito secante no qual, no entanto, ninguém acredita ao ver o pano correr com frouxidão; contudo, tem mais inveja dos garçons do armazém e sua delícia de jogar copos, bules, jarras, deslizados na treliça da mesa de bebidas.

Então Petrona replica a Quiçá-Gênio:

— Acho sua apresentação à minha pessoa um tanto insolente, por mais cortês e gentil que seja.

— Sinceramente, srta. Petrona, gostaria de poder contar-lhe aqui, neste momento, o que expressei em circunstância semelhante, em outro romance, a uma jovem muito parecida com a senhorita em seus encantos, embora não os mesmos. Lembro-me de dizer a ela: "É muito dura, srta. Luciana, essa menção de insolência. Na verdade, sinto um verdadeiro impulso de desistir da visita". Esta última frase é o que não posso lhe dizer, srta. Petrona. Por isso vou dizer-lhe, porque hoje não me apetece desistir de uma visita, simplesmente: a sedução e a imponência da sua presença alteram minha linguagem e minha beleza, e consegui parecer-lhe insolente. Mas vou muito bem me livrar de desistir de minha visita, como fiz naquele outro romance com a srta. Luciana. Não poderia me privar de prolongar o colóquio que as circunstâncias me propiciam com a senhorita.

Outros dulçores e alguns versos improvisados fizeram feliz este dia de Quiçá-Gênio (ansioso por contar tudo a Doce-Pessoa), e o segredo de "O Romance" está por enquanto assegurado.

CAPÍTULO IV

Carta à sombra afastando-se do amador da Eterna, jovem sr. Porcio de Larrenave, pelo caminho de seu esquecimento Dela

Evanescente cavalheiro, senhor do Esquecimento. Quando, mais que o som de teus passos — o silêncio que passa por tua figura caminhante —, a indiferença de todos aumenta no vazio tua solidão, e te detenhas para descansar, esta carta pode chegar a ti, e pensarás então ouvir à distância o golpear de outro passo abrumado, começando o caminho que percorreste, começando a lição de tristura que sofreste. Ah, dirás, deve ser aquele que ocupou meu lugar de preferências junto à Eterna, aquele que começou quando eu estava terminando, chegou inocente e causou minha partida no mesmo dia, e ele não saberá que há um lugar apenas uma vez ao lado da catadora de almas. Terás pena de mim então. Tem.

Eu disse a mim mesmo quando a conheci: quando se olha assim, os olhos fechados voltados obliquamente para o chão ou para a tábua da mesa na qual estamos reclinados e em que nosso busto abatido projeta sua sombra insignificante, como vi Porcio de Larrenave há quatro anos, na noite em que conheci a Eterna, o que é que se vê?

Agora, hoje, já sei o que é. Sei que se olha assim: o caminho depois Dela, o caminho traçado pelo Seu Esquecimento, aquele que encerraria os passos dele a partir daquela noite, aquele que também me resta desde aquela noite.

Quanto teve de dor para ti, sr. Larrenave, essa rua? Diz-me como se tira a dor, mesmo que um pouco, desse caminho. Que tua experiência me ajude para não sofrer tanto quanto tu. Em que se pensa ao caminhar? Durante tudo isso, é melhor só pensar Nela, não é? Pensar em sua beleza, na Eterna sempre, dar à Dor nossa vida e nosso corpo como alimento.

O senhor me olhava naquela noite, Larrenave, com piedade e malícia e sempre calava entre todos. O senhor já adivinhou quando viu a primeira preferência dela por mim, que tanto o afligiu, que haveria de chegar o dia em que eu percorresse seu caminho?

Tenha misericórdia de mim: a única compaixão que gostaria para mim neste começo terrível é a sua.

Dolorido pelo senhor também. Seu

O Presidente.

CAPÍTULO V

— Doce-Pessoa: O que temos hoje em "O Romance"?

— Quiçá-Gênio: Tudo o que quiseres.

— Hoje temos a nós.

— Então temos a alegria de Doce-Pessoa.

— E a do Presidente. Que pelo menos um dia seja feliz.

"— Mas olha, Doce-Pessoa, ali está a dama visitante.

— Olhos negros; é bonita; triste; é séria e atraente. Quantos de nós estamos tristes, Quiçá-Gênio! Olhos negros tinham de ser os dela. Inclina-se suavemente.

— Como sabes que eles *tinham* de ser? Nenhum médico pode prever que o futuro recém-nascido terá de ter olhos negros. Prevejo que teus olhos azuis são os melhores e mais negros que quiseres.

— Se mandou uma carta primeiro, é porque eles se conhecem.

— Eles devem se conhecer, mas com certeza, assim como há boas histórias para ser contadas, se perguntares a ele de que cor são esses olhos, ele não sabe.

— Estás completamente errado, pensador; ele está muito interessado nela.

— Como estás te preocupando, Doce-Pessoa! Sofres inutilmente; ele não tem nenhum interesse na pessoa dela: devem ser outros planos os dele.

—E estás errado sobre outra coisa: a primeira coisa que se nota nas pessoas é a cor dos olhos e...

— Então, há mais primeiras coisas?

— E a voz.

— Bem, nessas duas primeiras tu ganhaste dela.

— Não critiques minha gramática, Quiçá-Gênio.

— Tens uns olhos mandados fazer para cuidar de uma boa história.

— Como estás brincalhão, Quiçá-Gênio!

— Estou triste, pelo contrário, Doce-Pessoa: sinto a consternação de ser apenas escrito, quando poderia ser não escrito, e sim real; o aprofundamento que a máquina de cinema imprime nos personagens que projetou dianteiros, em primeiro plano, no momento em que caem no beijo e devem ser afastados da visibilidade. Pede ao senhor autor, Doce-Pessoa, que fiquemos apenas escritos quando ele nos mantiver sofrendo.

— Todos tristes!... mas vou te dizer que é a primeira vez que me elogias.

— Sinto amor e é por isso que gostaria da vida agora, que é quando os personagens são apagados automaticamente nos cinemas, e quando nos romances eles deveriam ganhar vida. Nisso eles seriam sublimemente superiores ao cinema. Sinto amor e gostaria de uma vida agora que esse amor a faria feliz; e então penso com medo que talvez no mesmo instante o romancista tire a pena do papel e pare. Enfim, queres que eu continue nos elogios? Tua boca...

— Tua boca deveria ter dito antes que o primeiro elogio foi o meu, porque há pouco te disse que és uma pessoa agraciada, além de boa.

— Agora sim que eu vou embora: passa ali o carrinho da srta. Petrona com o conteúdo legítimo de sua pessoa.

Os dois se despedem.

O cessar de um tique-taque de relógio

— Doce-Pessoa: Leitor, preciso de tua calidez, de teu alento nesta página de desalento. Inclina-te mais; toda existência é tão triste. Doce-Pessoa está triste hoje.

— Leitor: Como eu trocaria meu peso terreno por um ser de tua leveza, de tua palidez! Por que estás pensativa, Doce-Pessoa?

— Porque todo sentir é triste. Tive um instante de solidão, de frialdade.

— Valesse a vida para emprestar seu hálito a um personagem atribulado!

— Mas já é suficiente que pensemos um no outro.

Uma saudação de cipreste

Esta tarde, enquanto a folhagem e a poeira do solo dão a música inicial de uma garoa estival, o Presidente, sozinho na estância, sente o pedido desesperado de Passado, que irrompe em sua consciência, e sua alma clama por recuperar aquelas noites caseiras que transcorriam para ele na contemplação e nos cuidados da respiração dos cinco seres, esposa e quatro filhos, unidos sob aquele teto. Por volta das onze horas, todos dormiam e, saindo da escrivaninha ou de sua poltrona, ele fazia o trajeto de todas aquelas figuras amadas, os corpos denunciados pelas roupas de cama, as cabeças, as mãos. Esse passado, ele não poderia ter mais?

Uma das cinco "páginas soltas do romance"

A senhora que é lembrada na conversa entre Doce-Pessoa e Quiçá-Gênio era a augusta mulher a quem o Presidente dirigiu seis anos atrás a seguinte carta, tão descuidada na redação — devido à turbulência daqueles dias da sua vida — como ardente no tom:

Buenos Aires, julho de 1922
À Eterna

Não posso passar momentos sem pensar na senhora.

Ainda não consigo captar o total de impulsos que mexeram com seu comportamento em relação a mim desde o telefonema de sexta-feira às duas horas, quer dizer, no sábado de manhã, lembra-se?, até hoje.

Fui castigado com energia e ternura pela coragem e sensatez de uma grande mulher, inigualável no que conheci, discreta, piedosa, ativa, pura, e meu orgulho não sofreu. Pelo contrário, o pavor de perder tudo, inseguro de minha atração e, nestes dias, calmo, extraviado por sua benignidade constante, não por presunção, mas pela insídia da confiança, da fé na felicidade que nos possui e de repente nos entorpece. Todo gozo de sua companhia me tornou humilde; apenas o temor governou minha conduta em face dessa advertência primária que ouço de seus lábios; o orgulho não teve reação alguma. Desde que a conheci, a comparação de valor e graça entre mim e a senhora ficou definida de imediato, e vivi temeroso, submisso, sempre vislumbrando a hora em que, na minha inferioridade, não pudesse retê-la, em que iria perdê-la. Não considerei nada agora, exceto o que poderia perder da senhora, até mesmo vê-la, talvez; injúria ou afago para minha pessoa não significavam nada para o amor-próprio.

Na noite de sábado, uma esquivez, uma atitude atormentada em sua constante clareza de tom e gestos mostraram-na a mim contida em sua espontaneidade indecifrável. Mas eu já tinha minhas esperanças encobertas, meu coração coberto, como dizem os espanhóis, desde o telefonema do sábado de manhã.

Como mudara o semblante de todas as coisas que me falavam com tanta cordialidade nos dias que vínhamos vivendo, na profunda bonança de nosso tratamento de que tanto gostava há tantas semanas e cujos dias já estavam terminando! Talvez eu não tivesse mais nenhum.

Cheguei à sua casa novamente no domingo à noite com um último dia em minha miragem íntima. Pavor da mais imperceptível decepção na atitude que eu ia ver na senhora ao transpor sua porta, era a única coisa que eu tinha comigo agora. E a senhora, esperando por mim, me franqueou àquela e me deu novamente o precioso acolhimento que enganou sempre de sonho o instante de vê-la a cada vez. Soube então que a senhora tinha acabado de me telefonar, esteve sempre agitada, esperou longos momentos perto do vestíbulo para me receber, preparou flores para me dar, muito mais por paixão que por caridade, imerecida abnegação posto que depois dela, a senhora havia dito, um porvir não poderia começar.

Que hora sombria tivemos, e o que eu menos consegui ver foi que a senhora sofria. Injusto fui eu que sou e fui nesse tratamento enobrecedor, que me lembra, o mais feliz e o mais livre dos dois.

Dessa recordação nunca nascerá uma rebeldia, do meu orgulho nada resta e eu nunca o quero onde a senhora ou sua recordação estejam. É uma santidade que desejo sempre que reine em meus pensamentos e no trato com a Eterna. Algum dia vou fingir que meu espírito tome posse de poderes tais que me seja dado trocar por uma sem limites a frase que denomina hoje e por muito tempo o sentido do que agora é apenas um colóquio da simpatia.

Mas vou esperar tanto e tão calmamente, que talvez seja a senhora que se inquiete dolorida com meu sofrer mudo, e generosa como sempre, ou talvez, como eu imploro e anseio, *apaixonada*, humilde de ternura, não compadecida, mas alegre, afortunada por se entregar à realização do imenso sentimento de identificação, de amor, tu, ardorosa mulher, fales primeiro.

Tu a que mais sofre, mais luta, mais és e dás, a que ensina e nada tem a aprender, nada da alma lhe é alheio, a

Eterna.

E na verdade, Eterna, há um mundo de coisas para descobrir em sua alma desses dias. Uma frase sua no último telefonema na madrugada de sábado foi o primeiro anúncio — pelo tom e pelo momento de dizê-lo, não por sua fria acepção — de fuga do nosso bem. Quantos outros desencantos a senhora deve ter tido com meus desencantos e defeitos!

Acho que vejo outros; e me atrai num pesadelo procurar por todos eles.

Tinha de ser assim. Não se pode ser grande à sua frente, nem eu esperava ser grande ao conhecê-la, ao vir até a senhora, mas aprender com a senhora. E ainda: eu queria aprender, não inventar, minha santidade de paixão. Esperando tudo da paixão, vivi até hoje sem ela e sem querer me preparar para ela, querendo aprendê-la sob tormento, desesperos de comparação, com a beldade de espírito que um dia encontrasse. E mesmo agora, conhecendo-a, vivi mais de seus perdões que de martírios de purificação e fé em mim; vivia da felicidade de achar vivente e definida a Beleza que seria o modelo da minha virtude.

Que inquietação compassiva e augusta a sua naqueles dois dias!

Quanta riqueza seu ser demonstrava em seus esforços abnegados para limitar em mim a dor que era ineludível me infligir.

Eu confiava em seu perdão, nada mais, antes. E agora: achava que era o que mais sofria. Que deslumbramento a senhora foi!

Perdão.

As graças de ternura, de energia, de bom-senso, de tato que refletiam em sua ação nestes dias em que, mesmo na complexidade de tal conturbação não a abandonaram, nem sua fantasia nem sua sutil travessura no afeto, excedem a tudo o que eu pressentia quando no poeminha "Foste a Noite, triste e adornada" eu lhe disse que não a adivinhava, que não a alcançaria.

Não acreditava ignorá-la tanto e que alguém me ensinasse e superasse assim.

Embora a senhora acredite, talvez, que estou mortificado de amor-próprio e desesperançado de reciprocidade de afetos, só me assombro e me humilho ao medir o delicado afeto por mim que nasceu tão pronto no frescor de sua sensibilidade. O fato de não ter percebido o crescimento de seu afeto me embaraça: denuncia a esterilidade de meu sentimentalismo, e trai que eu não acreditava que o merecesse.

A senhora entenderá então por que não tive esperança alguma quando soou o primeiro aviso, quando, lutando consigo mesma, dolorosamente decidiu me despertar de minha ilusão.

De tão pouca esperança que tive quando nosso conhecimento começou, tinha passado como um vulgar arrogante a conceber a possibilidade de todo o nosso destino. E não era vaidade, mas encantamento e fé nas fortunas da Paixão.

Algo concreto deve ter mediado não para que a senhora mude, porque sempre tentou me acostumar à mobilidade de seus rumos sentimentais. Mas já me envergonho dessas análises dos acontecimentos que brotam ou se enlaçam às nossas poucas entrevistas e conversas.

Não sofras mais, criatura sensitiva, que com tão grata felicidade por meu reaparecimento e pelo deixar-me daquela vicissitude e o refazer-se do rumo perdido de nossa comunhão de existência, o último dia te apresentava tão alegre e trêmula de reconciliação com a vida. Volto para ti para sempre e aceito apressadamente, intimidado pelo difícil risco salvo, os limites, que se tu os impões são inevitáveis.

Eterna!

O autor: Eis aqui uma carta que nenhum grande autor de grande romance, parecido com este, teria escrito tão deficiente, tão excessiva de palavras e tão piegas, precisamos dizer.

O Presidente, aparentemente muito desocupado, nunca pareceu tão mal escrito, e eis aqui o objetável de que personagens de romances sejam tentados a escrever cartas privadas (já que é notório que se trata de correspondência privada não destinada ao público leitor, pois faltam todos os dados para compreendê-la e adivinhar seu desfecho, e sim a uma pessoa que já sabe tudo o que lhe vão dizer e ainda consegue ler, abstenção muito sensata quando o namorado — não se consegue esconder que o Presidente o é, embora se expresse com o máximo de confusão a esse respeito — deixa que suas cartas cheguem à casa da namorada como se ele não tivesse se entretido o suficiente ao escrevê-las, podendo fazê-lo e depois queimá-las, dizendo à namorada, ao visitá-la: "Eu te escrevi uma carta esplêndida que me agradou muito, mas naturalmente não te enviei porque era apenas para conservar minha agilidade literária".

E assim a Eterna, toda vez que se encontrava com o Presidente, perguntava a ele: "Tu me escreveste alguma carta?").

O Presidente alude pela primeira vez na carta precedente (sem dúvida o faz com frequência em suas conversas às escondidas do romance) às suas conversas telefônicas com a Eterna. (O telefone às escuras, perfeição de falar apenas oralmente, sem espetáculo e sem gestos.)

É certo. Todas as noites eles se falam longamente e a Eterna sempre termina com um cantozinho choroso e rebelde de criança a quem algo é negado, e depois passa à Palavra para dizer: "Eu quero fazer tudo que eu quiser. Que me deixem isso e que também me deem muitos mimos até eu adormecer, e então que eu sonhe o quanto quiser, e quem me ame pense e sonhe em mim".

— Ainda não aprendi; amanhã vou me aproximar mais.

— Mas hoje já não foi; houve outro sem amor perfeito; mais esse dia é irreparável. Não, o passado não é irreversível; sempre me dizes isso.

— Sim, existe toda a Esperança: quando os dias de amor perfeito são mais que os de torpeza, esquecimento, languidez e aprendizado, o passado cai no nada.

— E então mudas de novo?

— Não, o amor perfeito é opção definitiva por uma eternidade.

— Sem piedade, sem piedade, Presidente. Sem piedade.

Instante em que todos, indo para a cama depois de uma conversa interessante, estão preocupados com problemas que talvez o sonho resolva

Presidente: A Alucinação do passado como culminação em Romance; poder de uma situação e cena igual sobre sentimentos que mudaram, como tirania ou confusão.

Eterna: Esquecimento absoluto; esquecimento para um grande presente; esquecimento da pessoa com quem se está falando ou olhando.

Doce-Pessoa: Queremos distintamente, às vezes acendemos, às vezes apagamos a luz; ver e não ver; que sejamos vistos, que não.

Quiçá-Gênio: Prova de arte no romancista; compendiar os estados emocionais de um boxeador a quem se contam os dez segundos.

De-um-Amor: Luta entre paixão atual, amada atual (sua imagem) e memória de pessoa morta.

Mas Simples não se preocupa como seus amigos com problemas, pessoais ou imaginários, mas sempre mais ou menos distantes ou ideais; tem de honrar a confiança depositada nele, deixando sua idoneidade livre para resolver este problema: com a fumaça perfumada que sobra do que fumam, à força, os atores de cinema para dissimular sua má gesticulação, fazer a Ilusão da Eterna: como De-um-Amor há de tecer sua Esperança.

— Autor: Tu, leitor, que agora poderias entrar em minhas páginas, perder-te do ser e livrar-te da realidade e desses problemas, porque tens tanta coragem para te manteres real ou te acreditares real, tu, se fores como eu e como metade da humanidade (toda a outra metade é altruísta, pois é tão fácil ser bom quanto ser mau, por isso deves ter notado que os bons e até os santos não notam ou se preocupam com o que são. (Se Leopardi tivesse sabido disso, quantas lamentações sobre a maldade humana nos teria poupado. (Falarei entre parênteses sobre os parênteses: ordenei que fossem feitos parênteses de primeiro e segundo tamanho (não sei por que a enfadonha literatura enfática, quase toda de gramáticos, desaforados a artistas, repudia os parênteses enfáticos de segundo tamanho e emprega duas ou três centenas de adjetivos; ou seja, organização do instrumento Palavra em léxico e sintaxe, como os ferreiros preparam as paletas sem se considerar por isso pintores), tu, leitor, desejas para todas as figuras humanas os melhores acontecimentos e tremes por suas possíveis dores. É por isso que anseias que cada um resolva seus problemas esta noite e amanhã amanheça com a mente tão tranquila quanto o coração.

— Leitor: É verdade. Oh, se eu pudesse colar-me de noite às vossas conversas e ter ao menos por uma hora o ser de personagem! Vida de "O Romance", quem não a almeja?

— Doce-Pessoa, que parece ouvir este eco da Vida: Respirar; esse alçar-se dos seios; os nossos não se alçam, e aquele empalidecimento e coloração das bochechas daqueles que se amam. Mesmo pensando no nada que tu e eu somos, Presidente, empalideceríamos.

Alguns querem a vida, outros querem a arte. Apenas De-um-Amor está feliz em seu ser. (Empurrões entre autor e leitor para arrastar este último ao desvanecimento de si em personagem. O leitor deseja, mas não se atreve a renunciar à vida para sempre, teme ficar encantado pelo romance. Não sabe que aquele que entra no romance não regressa.)

— Autor: Não devo dizer ao leitor: "Entre em meu romance", mas indiretamente salvá-lo da vida. Procuro que cada leitor entre e se perca a si mesmo em meu romance; este irá abrigando, encantando os leitores, esvaziando-os. O primeiro leitor que se desterrou de si mesmo e caiu no ar delgado de meu romance (isso aconteceu na leitura da página 14) era um estudante de vinte e três anos que suavemente virava as páginas, trabalhando duro com seu pensamento para me seguir e se identificar. Lia enquanto fumava e às vezes caíam em minhas páginas as cinzas mornas que me incomodavam: em certo momento caiu ele, também morno, aliviado, em lânguido esquecimento. Ele gostava muito de uma jovem de coqueteria irritante e vaivéns, mas afetuosa. Estava cansado.

— Leitor: Não sou eu?

— Autor: Talvez. Ouço passos leves e uma sombra travessa nesta página. Também estás aí, Bem-Vindo.

— Simples: Vamos habilitar em "O Romance" um pavilhão dos leitores conquistados por seu encantamento.

— Novo leitor: Aguardo nervoso minha vez de descer às páginas do romance. Já não estou lá?

— Quiçá-Gênio: Realmente, leitor, és tu quem lês, ou agora és lido pelo autor, porque ele fala contigo, fala com a representação que tem de ti e te conhece como se conhece a um personagem?

— Leitor: Não me interessa em nada quem ele é; para mim, basta essa deliciosa tontura que me faz penetrar nos âmbitos sutis do romance.

CAPÍTULO VI

(Para preencher a ausência de seis anos e suas dúvidas)

Chamam?... É meu amor.
Há beleza: para acariciar
O anseio de um mundo,
Para dormir em lassitude de realização
A peregrinação dessa busca desencaminhada e presciente

Que é o sentido da realidade.
Busca sem conhecer caminho nem como é o desejado,
Que será aquilo que lhe tem guardado apaziguamento

E transformará sua dor de sede em deleite
Em todo o sonho do real
Há Beleza: para deter toda a Dor.

Respirantes, Humanos, aqueles que, inumeráveis, incessantemente cozinhais o ar do mundo, pedido sem trégua em vossos seios, e o elevam vossas bocas eternamente abertas a um céu eterno, seres da pulsação e da voz que se alegra ou se sufoca, que pede, talvez todos os dias, o cessar e a eternização alternante, há beleza para nos dar toda a intelecção do Mistério e para acabar com todas as dores. Mas onde está? Na Arte, na Conduta, na Intelecção, na Paixão? Em Cervantes, em Beethoven, em Wagner ou em algo do delírio maior: na entonação adoradora e deslumbrante do Homem de Walt Whitman? Onde está a Beleza, esclarecedora do "ser" e hipnotizadora da Dor? Onde está a Beleza? Onde chama?

Chamam? É verdade que chamam?

É a Eterna, a única em quem o Segredo, nosso amigo, encontrou o seguro, que vem para que escrevamos esta página, contada apenas a nós, na qual nada de nosso segredo se desvanecerá porque nem todas as palavras podem contá-lo, que quando tudo estivesse dito, o segredo não teria se arriscado, ninguém o descobriria, nem como é, nem se é segredo num sonho ou no real.

CAPÍTULO VII

(A Vida quer entrar no romance)

— Doce-Pessoa: O que temos hoje no romance?

— Quiçá-Gênio: Hoje temos Suicídia.

— Doce-Pessoa: Oh, fala-me logo dela.

— Quiçá-Gênio: É uma história de "personagens de romance", não de pessoas que viveram, e eu a imaginei assim porque encontrei nela um método mágico para que tu e eu tenhamos vida, sejamos pessoas: pois me parece que no momento em que um personagem aparece na página de um romance contando outro romance, ele e todos os personagens que aparecem ouvindo-o assumem realidade, e apenas os do romance narrado são sentidos como personagens: quer o leitor goste disso ou não. Há outro recurso que dá "vida" aos "personagens", e vou pedir ao romancista que nos escreve que o use conosco se este que vou tentar não der certo, querida Doce-Pessoa, não nos procurar a vida, que nos amando tanto hoje seria feliz para nós dois. Esse outro método (espero que nosso autor esteja nos ouvindo agora, que o aprenda e o use com compaixão conosco) consiste em que os autores de romances (não devem ser indiferentes aos desejos de seus personagens) apresentem alguém prorrompendo nessa veemente exclamação (só na última linha do romance, pois há "personagens" ingratos que se aproveitariam instantaneamente da vida que lhes é dada e iriam vivê-la sem ficar mais nem uma linha no romance).

— Doce-Pessoa: E eu não sei se não faria o mesmo, embora nosso pobre autor me inspire simpatia...

(O autor: O que está pinicando esses meus personagens, que procurava há pouco e os encontro em diálogo, dando-se um aparte em suas funções?)

— Quiçá-Gênio: Pobre autor!

— Doce-Pessoa: Não sei nada sobre ele, mas vagamente o sinto como uma alma sem rumo, talvez um desgraçado.

— Não ouvi nada de bom ou ruim, e a única coisa que me preocuparia é que houvesse nele algo de invejoso, e eu teria ciúme dessas duas ideias magníficas que estou te comunicando. Percebi que não o faz feliz ver o Presidente disposto a escrever um livro e critica suas cartas apaixonadas e eloquentes. Quem sabe se eu veria com boa disposição a felicidade que teu amor pode me dar na Vida. E de minha parte, a ponto de prorromper a exclamação que elaborei, eu te pegaria pela mão e fugiria daqui para a Vida, porque te asseguro que essa frase dará Vida.

— Sim, iríamos fugir, leva-me agora mesmo, estarei junto a ti quando me falares isso.

— Sim, como digo, nós dois diríamos ao mesmo tempo: "Oh, desafortunado de mim (tu dirias Desafortunada), com esse horror que suportamos tudo contra nós, uma dor e uma nova dor sempre, oh, como ansiamos não ter vida, ser apenas um 'personagem' de qualquer romance que antes líamos embevecidos, acreditando que só no romance havia infortúnio, desespero".

— Oh, é verdade, é magia, cada palavra vai me levantando, me leva daqui, do nada; sinto... sou... Oh, Quiçá-Gênio, será verdade, poderíamos... reter isso que chega até nós. Repete, fala sempre, Quiçá-Gênio.

— Estou confuso, não sei... que pontada horrível... ai! Doce-Pessoa, poderíamos!... Preciso chorar; por favor, Doce-Pessoa, diz-me novamente o que sentes! Como disseste, Doce-Pessoa?

— Fala, por Deus, diz, diz logo outra vez.

— Oh, não, outra vez!

(— O autor:[6] Que calafrio! Eu gostaria de lhes dar todas as palavras que pedem e pedissem. Que pena! Mas as palavras alguma vez foram capazes de dar o que eles esperam? Por sorte, a menos que não seja a Eterna que me implore pela vida! Em sua majestade de pessoa e acento, se esta demanda clamasse como nesses pobres jovens, se pedisse uma vida que até hoje não demonstrou querer, que na frustração do amor de seu destino desdenha! O que eu poderia responder! Se esse amor se cumprisse e na felicidade privilegiada que só a longa dor das almas augustas pode proporcionar, ela me implorasse que a fizesse vivente, pela magia das palavras do artista, quão superior seria aos meus dons agradá-la!)

— Quiçá-Gênio: O que aconteceu conosco, Doce-Pessoa? O que sentias, que tontura?

— Doce-Pessoa: Nada... nada.

— Oh, isso foi uma agonia de nascer, e se frustrou. Deixa-me descansar, que te contarei a história mais tarde.

— É melhor não tentarmos mais; esse sufoco é horrível. Melhor nunca saber o que é a vida!

— Confia em Quiçá-Gênio, não te desesperes tão cedo.

(O autor, apressado e cortante em seu discurso: Como é difícil escrever por conta própria o que se pensou muito.)

— Quiçá-Gênio: Eu sou bom, Doce-Pessoa — e quiçá um gênio —; mas, acima de tudo, para ser bom, hás de ter paciência com minha debilidade, que conheces, por aparecer não como personagem, mas sob as fórmulas do autor. Peço-te,

6 O autor parece assustar-se e acredita ter o ser de personagem, enredado e vencido por sua própria invenção. Vai se recobrar algum dia? Se ficasse enredado para sempre! É a décima vez que lhe acontece: Por dois anos, todos os dias pouco ou muito pensou nesses personagens, e às vezes conheceu o suor e a suspensão de ser ele nada mais que personagem. Tem mais realidade que eles? O que é ter realidade?

pois, que me consintas apresentar a ti a história que te prometi, e que agora vem, como se me dirigisse ao leitor, e com esse parêntese em exórdio, embora a única coisa que importe à minha alma seja estar falando contigo, mesmo quando me escutas distraída.

— Doce-Pessoa: Dessa vez, Quiçá-Gênio, é a primeira vez que suspeito em ti uma pitada de acrimônia.

— Perdoa-me, que eu mesmo não percebi. Considera que aceitei viver sem esperança; às vezes isso me altera.

(Se perdoais um versificador que quer se tornar contista e vai acabar como todos os literatos, conseguindo algum fracasso no teatro — final ruinoso como o dos artistas da música na tonelada musical de uma "ópera", punindo-se com essas denúncias clamorosas de sua pouca fé, de não ter sido eles sempre artistas conscientes em artes tão poderosas em sua pureza instrumental quanto a Prosa e a Sonata, com sua modesta e desbotada letra de imprensa ou com suas parcas oitavas que estão em todas as gargantas — que vos previna que todos os seus relatos se extraviam assim que tocam alguma verdade ou mistério científico, forçado o autor por um primor de ciência que não pode vencer e — que direi! — quando, como aqui, vereis roçar dois problemas como aquele do Automatismo Integral, do atropelamento da Consciência pelo Automatismo Longevístico, único imperativo da vida e cujo propósito é suplantar o pluralismo vital cansativo e anárquico por um único Cosmos-Pessoa, o monosser finalmente libertado da sujeição à pérfida relação da Externalidade, e, finalmente, do contrajogo ao Longevismo que lhe faz eternamente o antieternizador Reflexo de Evasão (de autodestruição) espreitando cada ocorrência dessa falha do plano longevístico que é a Monoconsciência Afetiva Negativa, ou seja, o instante de consciência una, isto é, ocupado por um único estado mental afetivo de dor, sobre cujo instante de monoconsciência o Reflexo de Evasão reina onímodo e instantâneo...

— Se é uma coisa tão tremenda, dirá o leitor, aceito o relato que se desencaminha.

— Muito bem: aqui está.

— Embora a Ciência me pareça cada vez mais pedante e estéril, como mostra o terrível estado da humanidade, nem o Conto me parece muito sério como gênero literário; tem muito de criancice e de receita. Mas que venha o conto; que venha o que vier.

— Me ofendeis tomando-o com resignação.

— Então não vou esperar mais, estou indo.

— Não, não, aí vai tudo em sequência. Um leitor é um leitor. Embora tenha me saído um respondão que certamente não conhece nenhuma das maneiras de aplaudir.)

Suicídia

Todo estado de prazer ou dor que num dado momento ocupe toda a consciência (dito em linguagem ignóbil) tem à sua disposição o automatismo total da ação (também dito com pouco rigor, já que a psique não dispõe casualmente do automatismo, mas está à disposição dele e do periferismo ou centripetismo sensorial).

Esse automatismo é instantâneo e sempre o mesmo: fugaz com uma dor, retentivo com um prazer, conservador com um prazer, destruidor com uma dor.

Se ocorre, então, numa criança que viveu até passar pela experiência[7] de que um organismo é destrutível, e por quais meios, uma dor que ocupe fortemente a psique, o automatismo deve proceder instantaneamente à destruição corporal. Ou se nega que pode haver momentos de um único estado na psique, que creio não ter sido alegado, ou na primeira forte dor de cabeça um ser procederia à sua autodestruição, com a mesma coerção interna com que fugiria de um incêndio. Alguém está surpreso com a fuga ávida e instantânea das chamas? Pois não deveria ser surpreendente que, na primeira dor

7 Corporal: a experiência sentida ou psíquica não tem figuração causal, e portanto nenhuma nas destrezas e fins do desempenhar-se do Corpo Vivente.

de cabeça, um ser humano com uma experiência de destrutibilidade, e os meios corporais adequados a isso, se elimine da existência. Nem é preciso dizer que quem afirma isso não acredita que a vida tenha lei de hedonismo, ou seja, que a vida tem um valor hedônico pelo simples fato de existir, que seja mais hedônica que o não ser. Estas não são páginas para convencionalismos: todos nós conhecemos muitos momentos e longos anos de miséria total e os vivemos por escravidão de um Automatismo longevista, sem que a Consciência tivesse poder algum para avassalar esse automatismo e ordenar o ato de aniquilação. Asperamente deve falar-se aqui, quando hei de contar a morte de Suicídia.

Vejamos. A vida não tem mais-valia sobre o não sentir. Na vida, além do prazer, existe dor. A Consciência ou Sensibilidade não tem nenhum poder sobre seu corpo vivente, mas inevitavelmente sente certas mudanças naquele corpo, embora não todas elas. E a Consciência tem estados simultâneos com os inícios e consecuções de muitos atos. O corpo fisiológico tem um poder inescapável sobre a consciência. O corpo pretende apenas persistir em ser uma organização; que a consciência ligada a ele sofra, não lhe diz respeito. Nas séries complexas de atos, o corpo nunca se encaminharia para sua própria destruição. Procederia à sua autodestruição no primeiro momento de uma eventual série de atos correlativos de uma dor na consciência; ou seja, o reflexo fundamental congênito de fuga da dor seria o único movimento *autodestrutivo* possível, sob o automatismo longevístico? Qual é a resposta para tudo isso? Que se a Consciência é suscetível por um momento de ser total e exclusivamente ocupada pela dor, será porque há um momento nos processos fisiológicos do automatismo em que o propósito longevístico desse automatismo falha. Há, portanto, uma salvação: morrer com oportunismo hedônico, quando a vida não vale a pena, apesar da tirania de fazer viver exercida pelo Automatismo.

Tudo isso penso quando evoco detalhes da morte de Suicídia. Já se suporá que eu sei que as tabelas de mortalidade apontam 10% das mortes por suicídio, sem contar 50% das tentativas de suicídio fracassadas que são, vistas com inteligência, autênticas expressões do desejo de não ser. Mas eu opino, como muitos, que o homem não consegue cometer suicídio exceto num estado demencial, mesmo que seja demência por um momento, mas completamente demência. Esses suicídios que são cometidos não vêm da dor atual, e talvez não de um equilíbrio muito adverso hedônico da vida passada. Eles são, sem dúvida, uma falha no império longevístico que se chama vida. Como o Automatismo permite que a doença mental da mania suicida exista? O Automatismo não pode querer morte alguma, nem por extermínio mútuo entre os seres vivos, nem por doença, nem por caos mental suicida. O rumo longevístico da vida opera com base em apetites certeiros congênitos, que nunca se equivocam, e por meio da ação que é sempre automática, quer a consciência a acompanhe ou não. Se o indivíduo morre, nunca é por engano de seus apetites, mas porque o Cosmos, a Externalidade dá ou não dá o que satisfaz o apetite. Portanto, o Automatismo deve resignar-se a que exista morte, e demências ansiosas por morte. Essas demências e os instantes fulminantes da monoconsciência afetiva negativa são de certa forma triunfos do hedonismo sobre o automatismo, do desejo de felicidade (mesmo que seja a negativa do não sofrer) sobre o longevismo mero, irracional, que é o negócio do automatismo, sem ganhos para a consciência.

Mas o que o automatismo misteriosamente propõe ao nos forçar a viver, mesmo que não nos convenha? Voltando a perguntar: será que o Automatismo não quer desperdiçar uma só vida nos bilhões de exemplares, não quer que nenhuma delas se trunque porque em cada uma delas há esperança de alcançar o Organismo Imortal? É por isso que toda a vida vale para ele.

Volto a Suicídia e me recordo que nela não havia o menor traço de perturbação mental. Portanto, tenho de me perguntar se foi uma "pessoa psíquica" em que a ocupação total da

Consciência por um único estado doloroso, mesmo que breve, foi possível. Essa fenda do Automatismo escamoteou seu destino: foi vítima de uma aptidão de sua consciência para ser totalmente ocupada, pelo menos por um instante, por um estado mental. E no momento em que esse estado mental foi de dor, arteiramente se levantou o gatilho do reflexo de evasão à dor e lhe escamoteou a vida.

O que se deve deplorar é que ela parecia uma pessoa que, além de seus muitos encantos, estava predestinada à possível felicidade do humano. Um poço cego no qual o Automatismo universal da vida, constituído pela combinação do reflexo evasivo à Dor e à capacidade raríssima de uma Consciência de ser ocupada apenas por um estado num instante muito breve, soprou seu ser para fora da vida.

Namorada, esposa, mãe, avó, quatro capítulos de uma vida antiga e regulada não se viveram nela: tinha dezoito anos quando o referido reflexo congênito e a monoconsciência de alguns segundos... É verdade que se chamava Suicídia, embora também seja o caso de que era feliz, que era uma pessoa contente.

Certamente não me fiz entender e não convenci. Mas é que o leitor não se põe no caso psicológico, em conceber, em representar o momento em que, numa consciência, não há nada além de dor. Se essa Consciência apenas com dor é inteligente, se é verdade que somos racionais, ela deve optar no mesmo instante pelo ato da destruição.

Isto é axiomático: alegar que há futuros prazeres é vão não apenas porque não é certo nem próximo muitas vezes, mas porque o império do reflexo de evasão operaria sem raciocínio. E, além disso, nos prazeres futuros deve operar a noção da dor passada, se se pretende que na dor atual há de operar a noção do prazer futuro. Portanto, o suicídio ocorreria então no momento do prazer. Isso sim pode ser um erro, pode ser meu único erro: que, acertando em afirmar que quando o mundo pessoal psicofísico, quando a "pessoa" é apenas duas coisas: uma Dor e o automatismo basal de evasão à dor, as noções do possível Prazer futuro não têm ajuste, prontidão possível para se interpor entre o instante daquela dolorosa monoconsciência e a deflagração do Reflexo de Evasão. Se conseguisse se interpor, já não seria a hipótese; mas como a experiência não é influenciada por hipóteses e minha honestidade e paixão pela clareza me fazem repugnar estabelecer laços de solicitação de princípios — que não enganam ninguém, mas que dão celebridades e alimentam cátedras —, eu me submeto à todo-possibilidade da Experiência e admito essa interposição. Nesse caso, seria no Prazer que ocorreria o suicídio, mas isso não faz diferença: pois o que sustento que triunfa inflexível é o reflexo basal apenas sobre uma consciência num instante de monoconsciência afetiva.

Parece que eu não saio do enredo. Mas sei que estou bem no ponto; só não vou prosseguir porque, por outro lado, outra teoria minha, a do Automatismo Integral, incluindo o automatismo da inteligência, tira todo o interesse dos esclarecimentos sobre o último estado terrenal psíquico de Suicídia. Segundo minha tal sistematização do Automatismo, é muito provável que Suicídia nunca, antes ou naquele momento que comprometeu minha narrativa, de sua autodestruição, tenha *sentido* nada.

Acho que a percepção de Hogdson, sua investigação do automatismo, foi um dos instantes de máxima lucidez da inteligência da humanidade. Mas sob o estímulo daquela lição magna, creio que cheguei a integrar a verdade originada nele afrontando a dificuldade capital de um automatismo dominando por completo e por si só o desempenho da vida; a dificuldade era: como a Atividade poderia ter um *direcionamento* longevístico, sem a percepção, acúmulo mental e seleção das sequências causais, depurando-as da Acidência, ou seja, das sequências imediatas não causais que encobrem na acidentalidade aparencial a fixidez depurada das sequências causais. Que os apetites congênitos não se equivoquem é verdade, mas o quando e o onde se encontra o que os satisfaz é o saber, totalmente experiencial, fenotípico. Como, sem ter visto o gato que nos arranhou, eludiremos, sem tampouco vê-lo agora, o arranhão de outro gato? Bem, não precisamos *vê-lo* nem *ouvi-lo*, estados psíquicos, nem antes nem agora; o que precisamos apenas é que o trajeto nervoso visual ou auditivo esteja saudável para transmitir a vibração da luz ou do som e que antes tenha se associado a dor (isto é, o dano fisiológico, não a dor desse dano, pois supomos abolida ou não iniciada a Consciência, o Sensorium psíquico) à presença, ataque e grunhidos do gato (presença, ataque e grunhidos físicos, não psíquicos). A alteração no campo óptico e fônico devido à presença do novo, mas igual gato provocará a atitude física de evasão, conectando com a impressão cerebral associada ao dano anterior.

A dificuldade, então, era inexistente e o rigor e completude do Automatismo Longevístico são alcançados, e não se pode escapar à alternativa de declarar mero presenciante todo o fenomenismo sentido, toda a Consciência, que além disso é afetável mesmo que não causante em nada, pelo que a vida faça.

Se vos convenci agora, finalmente, não será muito acrescentar que cada um dos bilhões de germes que começam tem o plano de sugar todo o Cosmos, toda a Matéria nele, no molde de individuação que é ele, e todo germe, até constituí-lo no Cosmos-Pessoa, único. Suicídia poderia ser, como eu, como uma semente de uva ou de trigo, o germe que se concretizasse em sua plenitude, que fizesse do cosmos uma pessoa e suprimisse a odiosa pluralidade, a externalidade — e com isso as mortes. O Automatismo — que deseja que Suicídia, eu e a semente não morramos — se serve de nós para dar a si mesmo seu próprio Descanso algum dia.

Mas, pela mesma razão que o Automatismo é a Total Verdade, nunca poderemos saber se a pessoa que estamos olhando viver sente. Eu mirava feliz Suicídia viver, mas não sei se sentia.

Se sentia, não sabemos. E como o leitor não gostará nada que o exponhamos a "empregar-se", a gastar a conhecida "compaixão de leitor" com um personagem insensível, não continuaremos até nos informar e poder garantir a ele que Suicídia sofria tanto que leitor e autor já para sempre viveremos envergonhados de ter concebido a hipótese de sua insensibilidade.

Hogdson, sabendo que todo o saber é fenotípico, foi perturbado seja por uma sobrevivência residual da *impressão* de espiritualidade da Inteligência, que "ficou" em sua mente resistindo à radical "crítica da consciência" que havia elaborado, seja por um momento de confusa sinonímia em sua mente das palavras-acepções "automático" e "inconsciente"; em suma, o querido Hogdson sentiu como se fosse demais afirmar o automatismo total do Conhecimento ou Saber, que, no entanto, é apenas a depuração automática de acidentalidade das sequências invariáveis, depuração que se cumpre por si só porque o que sempre se repete se grava mais que as meras coincidências de contiguidade ou sucessão. Essa depuração sem a necessidade do "raciocínio" milagroso bastava...

Mas Quiçá-Gênio, nada vexado de notar Doce-Pessoa adormecida, acorda-a com cuidado.

— Doce-Pessoa: Parece que tens um mau amigo naquele querido Hogdson que nomeaste. Não te hás de juntar com ele se é o vilão que enganou Suicídia.

— Quiçá-Gênio: Oh, se eu tivesse acreditado que estavas ouvindo, eu teria falado sobre a "ablação consciencial" e teria enfatizado que não importa quão esclarecido é o automatismo integral que eu professo, nada do Mistério essencial do Todo se esclarece; nenhuma explicação em Mecânica ou em Psicologia nunca será adequada para qualquer redução no Mistério.

Mas como nunca se sabe quando o leitor dorme... E que se saiba que Doce-Pessoa não é daquelas que fingem ter adormecido ao ouvir um conto. Ela é tão encantadora em sua inocência que me preparou para autor não irritável que, ao contrário, sabe simpatizar com o leitor que dorme; e isso, portanto, não pensa em se corrigir.

Uma vez que já temos Doce-Pessoa condoída e posta do lado de Suicídia, esta não ficará sem quem a procure, conforte e conclua seu conto, já que Doce-Pessoa se identifica com toda a dor, e um "personagem deixado de contar" é o que mais teme para si mesma e para os outros como infortúnio.

Retificarei (como autor ou como Quiçá-Gênio) que não admito suicídio sob a monoconsciência prazenteira. E esclareço que a monoconsciência afetiva, seja de prazer ou de dor num momento demencial, e a demência suicida diferem: em que esta é um estado crônico e de apetência do suicídio e vai com uma pré-representação constante do prazer do ato destrutivo. Demência igual a antivital, não igual a anti-hedônico.

CAPÍTULO VIII

(Que não)

Mas um dia não foi como todos. Eles encontraram o Presidente, voltando de Buenos Aires, perdido em pensamentos. E tarde da noite, reunidos todos, disse-lhes:

"Com más notícias, vos falo.

Prolonguei por dois anos essa prova de amizade e, embora tenha me dado, por vós, uma vida que vale mais que o não viver, não dei ao meu destino uma consciência de propósito, de dignidade. Só a Paixão pode dá-la. E a cura de minha alma para a paixão que não consegui da amizade, espero, última e nova esperança, da Ação.

Dizei-me se me acompanhareis nela, que terá como tema aquilo que já examinamos: a conquista de Buenos Aires pela Beleza."

É certo; era um velho tema do Presidente resgatar a grande cidade cujo destino ele sentia poderosamente, salvá-la. Ele havia observado como ninguém o significado de sua história, a verdade de sua grandeza. Mas era necessário depurá-la de certas restrições de conduta e de algumas tolices.

Assim os exortara o Presidente, outras vezes, nas que Quiçá-Gênio chamava suas "lúcidas meditações":

"Se a solenidade, a postura douta, as estátuas e as ruas com sobrenomes fossem proporcionadas à virtude e ao profundo pensar, quão pouco desse estofo haveria; este viver não precisaria de tanta paciência nem haveria tanta tentação de uma vileza em troca de celebridade.

Por enquanto, a profusão de estátuas, aniversários, volumes de história, sobrenomes de esquina e escritos de virtude certa tornam essa sociedade muito suspeita dos pobres perdoáveis que todos nós somos; é surpreendente notar tanto trabalho por parte dos homens para parecer bons, numa civilização tão apaixonada pelas fechaduras Yale e pelos 'bons modos', armadilha de adormecer vítimas.

Cidades de melhor gosto teriam ruas chamadas da Chuva, do Despertar, da Mãe, do Irmão, do Chamado, Vive sem Nunca, Voltarás, Despedida, Sempre Espera por Mim, Regresso, Família Amorosa, Beijo, Amigo, Saudação, Sonhos, Outra Vez, Desvelo, Quiçá, Refaz-te, Esquecimento, Empreende, Volta para Mim, Tertúlia, Vive em Fantasia, À Dor Fantasia, Cerco Florido, o Caminho, Orvalho, o Riso, Mesa de Lar, Sorri, Me Chama, e a grande avenida 'O Depois Sonha com o Hoje' cruzada pela avenida do 'Homem Não Idêntico'.

Dar à vida luz e não cinzas."

Como ficou o olhar perplexo, os olhos arregalados buscando rumo e vendo o fantasma do porvir e as vacilações de um caminho, diante do futuro duvidoso e do presente feliz mudado.

Também para vós — concluiu o Presidente — um dia a amizade não será suficiente; — e assim ficaram nas horas do dia antes do amanhecer posto no ar sem sustentação o olhar, olhando o porvir, não querendo olhá-lo, sentindo dor de olhar para o chão, para a casa, para o presente que tanto gostavam de olhar acariciando-o.

Como foi o longo olhar que o Presidente teve naquele amanhecer para a figura de Doce-Pessoa adormecida em sua cama, agitada em sonho sob a angústia da despedida de amizade que ouviu com todos horas antes, da dor de vencido do Presidente, que adivinhou seu afeto nessa decisão. E sonhando ou sofrendo do presente cortado, das quais não haveria mais manhãs de todos alegres na cozinha e no jardim e nas noites de todos animados, acompanhados, despreocupados ou doloridos também com alguma pena de cada um, leve na harmonia da convivência, instante na agradável extensão dos dias.

Com tristeza pelo porvir de Doce-Pessoa, pelo presente da Eterna e dele, com o pensamento de tudo que era e foi e uma borda de abismo diante de si, e essa borda também perto dos pés da Eterna, assim foi o olhar, apoiado o cotovelo no espaldar da modesta cama de Doce-Pessoa e a mão sustentando o alto da testa e fazendo tela ao olhar com o rosto inclinado para a cama e o olhar inclinado para o rosto, dirigido a ela.

A amizade abria os olhos vendo fantasmas; os olhos dos amigos se preencheram de fantasmas; o olhar no vazio diante da proposta do Presidente. "Mas é possível, Presidente, que a amizade não baste?"

Contudo, diante da convicção do Presidente na obra de supressão da fealdade em Buenos Aires, todos estavam ansiosos para ser os conquistadores da beleza e do mistério.

"Eram felizes; puderam ser felizes"

— Quebrou!

— Há outra igual, não choreis!

— Mas a Vida não é assim! A amizade que tivemos límpida e contente não voltará a mesma.

— Presidente: E um amor que uma vez não pôde ser não poderá ser...

— Quiçá-Gênio: Mas em mim foi de primeira vez e vou guardá-lo eterno, sem o dela. O que é o "eu amado"? Uma palavra; terei por meu o amor dela por ele.

— De-um-Amor: Na vida. Mas na eternidade pessoal? O tempo individual eterno é para tudo Possível; só em termos de espaço e tempo existe o impossível. Na verdade, não há impossível e sim o contraditório, isto é, o sem sentido. Amar e não amar é contraditório, não amar hoje e amar amanhã não é.

— Presidente: Vós me dais a eternidade e nela a possibilidade total, e nela minha identidade invariável. Mas não é essa a identidade de alguém que não pode amar uma amante perfeita e amanhã pode. Por acaso não sou outro quando sinto o que não sentia antes?

CAPÍTULO IX
A Conquista de Buenos Aires

(No intervalo entre duas expulsões de Federico, que se aproxima vinte vezes por dia do Romance deserto)

Há muito que o Presidente acompanhava a notícia da encarniçada discórdia que fermentava em Buenos Aires, devido ao antagonismo dos dois lados em que se havia dividido a população: Enternecedores e Hilariantes.

Cada um desses lados procurava dominar; um com a poemática ultraterna e a invenção de relatos apaixonantes, e o outro com uma literatura e multiplicidade de engenhosos dispositivos dispersos pela cidade, provocadores de grotesco.

Entre os recursos do Bando Hilariante, recorda-se o que impuseram *manu militari* de inflar e distorcer os espelhos da cidade, imaginação que foi ordenada e executada em vinte e quatro horas e pela qual eclodiu uma verdadeira crise de histerismo hilariante que acabou com todo o trânsito, o escritorismo, os negócios de Buenos Aires por uma semana. (Recurso que, suspeitou-se equivocadamente, era urdido pelo próprio Presidente e explicaria suas frequentes viagens e detenções na capital.)

A semana seguinte havia sido dominada pelos Enternecedores. Apoderando-se de todos os alto-falantes da cidade, repetiram unanimemente durante todo o dia o poema dilacerante de uma mulher de idade avançada e de feições muito desairadas, que com uma belíssima voz juvenil encantara um jovem cego; cuja mulher, na tarde em que devia esperar a chegada do namorado a quem um brilhante cirurgião acabara de devolver a visão, suicida-se queimando-se numa pira tão poderosamente preparada que em instantes reduziu seu rosto e seu corpo às cinzas, enquanto o jovem noivo, acreditando que, ansiosamente se preparando para recebê-lo em suas melhores roupas, ela morreu num incêndio casual, enlouquecido se joga da varanda. Esse relato versificado foi repetido por toda a população como desjejum, almoço, lanche e jantar, com o resultado de que uma criança poderia ter se apoderado do governo de Buenos Aires ao finalizar a semana enternecedora. E na verdade, duplamente infeliz: uma mulher que não resistiu ver-se contemplada com horror pelo amado que acreditava nela e a imaginava tão bela: tal horror ele nunca teria sentido nem naquele primeiro momento, porque um cego não imagina nada visual e quando vê, talvez nunca distinga beleza e fealdade, fora o habituar-se.

O Presidente meditava sobre essa discórdia cidadã e, sabendo da inclinação à tolerância, da convivência conciliada que singulariza as sociedades argentinas, isentas de birras, havia cavilado por muito tempo e acabara acreditando encontrar que essa insólita exasperação dos portenhos devia ter seu gérmen psicológico, mas irrefletido, em vários erros assinalados por Buenos Aires incorridos no decorrer dos últimos trinta anos, e talvez alguns bem mais além, particularmente descuidos na vigilância dos gostos e práticas da estética da convivência civil.

O Presidente também atribuía parte do desencanto da vida portenha à falta de realização de algum acontecimento histórico que teria decorado seu passado.

Com a Fealdade extirpada de sua história ou de suas ruas,

reparada alguma injustiça histórica ou demasia do entusiasmo cidadão, a luta entre os dois bandos desapareceria e Buenos Aires seria eternamente conquistada para a Beleza e o Mistério.

Foi assim que o Presidente chegou a Buenos Aires com seu pequeno, mas eficiente, séquito, e com o plano de convocar os corifeus de ambos os lados e convencê-los de que sua atuação tão dissonante com o modo de Buenos Aires não podia deixar de constituir o fruto de um impulso ou sugestão ou causa que eles próprios ignoravam.

E Enternecedores e Hilariantes compreenderam a esterilidade de sua disputa e a fecundidade do belo trabalho que o esforço comum esperava.

Como ocorreu? Por um milagre de romance! E por diversos recursos sutis e amenos de desespero ou encantamento da população de Buenos Aires, até torná-la dócil ao séquito presidencial. Assim: fazer passear nas salas dos bares, em meio aos cheiros de álcool e tabaco, uma panela fervendo com um grande cozido múltiplo e saboroso que espalha o perfume caseiro, enternecedor, de seus vapores, operando o desmantelamento do humor de orgia; a rega imperfeita das árvores em praças e calçadas, deixando algumas sem regar, o que desespera quem vê regar; a mulher que pergunta a todos se seu rosto é mais largo que comprido; os espelhos fixos e finos que não atingem mais que a metade lateral da face; máquinas fotográficas automáticas e distribuídas dissimuladamente; a circulação subvencionada de gordos e surdos que estorvam em toda parte; todo mundo gritando para os surdos e vendo gordos brigando com o guarda do ônibus: "Sim senhor, estou com mais de noventa quilos, traga a balança", e se atarefando por causa de um decreto municipal de passagem livre para noventa quilos, após pesagem; o barulho das rolhas esfregadas nas garrafas (o exercício favorito de Quiçá-Gênio); o chapéu virado de cabeça para baixo, a gravata desarrumada...

Entre tantos recursos, exercitados indistintamente por

toda a companhia do Presidente, a Eterna idealizou e executou um singular: fazer percorrer as ruas de Buenos Aires, de ponta a ponta, um mensageiro com uma lâmpada acesa, para levá-la a um artista que na época carecia de luz e estava sentado à sua escrivaninha cheio de inspiração.

E talvez esse mensageiro tenha cruzado com outro que o bromista Quiçá-Gênio lançou pela cidade: um homem que, por um lado, tinha a respiração paralisada e, por outro, numa mão paralítica também, levava acesa e apertada entre os dedos uma vela que ele não podia apagar soprando nem soltá-la; e que com uma súplica gesticulada de que alguém a apagasse para não se queimar, percorreu muitas quadras e terminou chamuscando os dedos, como lhe havia anunciado Quiçá-Gênio, que quis fazê-lo crer no assombroso egoísmo de toda a população, da qual ninguém se ofereceu para apagar a vela; com isso se propôs a fazer uma brincadeira de mau gosto sobre o prestígio da fraternidade ou benevolência da população, quando na realidade essa atitude negativa se devia à desconfiança dos transeuntes de que se tratava de uma piada.

Enfim, competindo com Quiçá-Gênio no desenrolar das piadas conquistadoras, Doce-Pessoa fez averiguar qual era o homem de Buenos Aires mais incapaz de manipular máquinas e ao mesmo tempo mais míope, e lhe enviou de presente um rádio em exaltado funcionamento, dotado de um fecho muito complicado e minúsculo, o que fez do inicialmente *obséquio* uma calamidade final, já que o pobre homem não sabia como se livrar do aparelho para dormir ou descansar, pois embora míope e desajeitado era grato e gentil e não se sentia capaz de silenciá-lo com um golpe de martelo. (E além disso: a rebelião da casa de pensão em que morava.)

Como a população não ia sair à praça pedindo um Presidente Tira-dor de tantas exasperações?

O idealismo da Conquista poderá ser facilmente imaginado pensando nas poucas ações que parece obrigado a lembrar; e assim a cidade de Buenos Aires se tornou acessível a todas as belezas, apagando todos os rostos e vestígios de fealdade do viver portenho.

Vários eventos que ocorreram no passado foram fulminados de inexistência valendo-se do feitiço da Eterna que desencadeia passados e amarra novos passados substitutos. (É por isso que às vezes vedes a Eterna pálida e notais que ela não consegue pronunciar a letra O das palavras terminadas em "ão". Quando ela diz "paixãu", "salãu", ocorreram as únicas manifestações alteradas que se conhecem nela, e essa alteração acontece apenas quando o imenso cansaço mental de anular um passado foi realizado à noite e, ainda mais, de inventar outro contentador para algum ser com uma história dolorosa.)

Dentre esses eventos estão: o fuzilamento de Dorrego; o martírio de Camila O'Gorman; o destino de Irma Avegno;[8] a exibição das penas de certo escritor à adoração do público portenho, do inteligente e modesto público de Buenos Aires; a publicação das cartas de certa imperatriz, que eram de um sentimento tão belo quanto foi torpe violar sua privacidade.

Um fato que não aconteceu, por magia de romance se tornou existente: a presidência argentina exercida pelo dr. Carlos Pellegrini, o tipo de presidente mais interessante.

A beleza da não História foi cumprida; suprimiram-se as homenagens a capitães, generais, advogados, governadores, nas quais não se recorda o nome de nenhuma obra magnífica de mãe, nenhuma graça fantástica de criança, nem suicídio sem luz de jovem atordoado pela vida; a morte deles foi deixada aos mortos e só se falou do vivente: a sopinha, a toalha de mesa, o sofá, o lume, o remédio feio, os sapatinhos, a escadinha, o ninho, a figueira, o pinheiro, o ouro, a nuvem, o cão, Rápido!, as rosas, o chapéu, o riso, as violetas, o quero-quero (o que poderia ser mais bonito que aproveitar o balbuciar dos filhos para falar de Alegria); praças e parques com os nomes

8 Apagado o rastro dos passos dessa mulher — irrevogavelmente desenganada da piedade humana — em busca da morte voluntária pelas ruas de Buenos Aires e caminhos dos subúrbios.

das máximas vivências humanas, sem sobrenomes; ruas da Noiva, da Lembrança, do Infante, do Retiro, da Esperança, do Silêncio, da Paz, da Vida e da Morte, dos Milagres, das Horas, da Noite, do Pensamento, Juventude, Rumor, Seios, Alegria, Sombra, Olhos, Paciência, Amor, Mistério, Maternidade, Alma.

Todas as estátuas que enlutam as praças foram deportadas, e seu lugar ficou ocupado pelas melhores rosas; apenas a de José de San Martín foi substituída por uma simbolização de "Dar e Ir embora". Enfim, na cidade presentista algo fez o tempo não transcorrente, como a história, e sim um Presente fluido, com memória apenas do que volta a ser cotidianamente, não do que não se repete, como os aniversários. É por isso que o almanaque da cidade tem 365 dias com um único nome: "Hoje", e a avenida principal também se chama "Hoje".

E muitas outras pequenas coisas foram cumpridas, cujas pequenas tristezas podem ser o horror da vida, por exemplo o regateado: a tacinha meio cheia, ou a lamparina de luz economizada, ou a gravata virada de cabeça para baixo, ou as flores artificiais nos túmulos.

Vendo a vizinhança de Buenos Aires cumprir esse plano de purificar a cultura de seu passado recente, a saúde civil se restabeleceu por si só. Todos os afiliados à pugna hilariante--enternecedora acordaram certa manhã se perguntando como haviam sido capazes de viver uma vida de ideia fixa e de contenda tão banal e bizarra.

E o Mistério ficou brindado quando o Presidente revelou, concluída a Conquista, o fato mais singular existente em qualquer cidade, de que foi única testemunha conhecida. Pois eis que num dia do ano 193 , e num período de mero viver, de frivolidade, quando o corpo de Alfonsina Storni tocou nas águas da morte, a cidade moveu-se sobre seu eixo, girando alguns centímetros seu perímetro. O Presidente, ainda perplexo por ignorar se aquela entorse urbana foi um clamante "não morras" ou uma, embora dolorida, aprovação a um temido e triste declínio de viver, sabe que graças a esse fato, à sensibilidade da sede de uma cidade no instante da morte de uma alma sonhadora, Buenos Aires entrou no Mistério.

Na mesma hora da manhã seguinte, quando o Presidente e seu anfitrião voltaram à estância de "O Romance", deram-se bom-dia. Mas o Presidente voltou a Buenos Aires à noite, e eu sei por quê. Para atribuir às duas Praças Centrais os nomes de "Cidade sem Morte" e "De Homens Não Idênticos"; essas denominações se completavam no enlace de uma Praça à outra. O não idêntico está isento de morte.[9]

9 Talvez alguém ache pouca lucidez na tão prometida Conquista de Buenos Aires para a Beleza e o Mistério. É que era inevitável: o imperfeito, truncado e talvez insípido de uma obra que só foi pensada como uma cura, pela Ação sem Objeto, de um estado de depressão e desorientação do homem que a idealizou. Se o autor houvesse realizado este capítulo da Conquista com donaire e graça, teria falsificado a psicologia dessa Ação. Além disso, satisfarei meu incrédulo e esperto leitor confessando que o capítulo é simplesmente a obra de um autor esgotado, que não aguenta mais.
Apesar dessa confissão, não posso evitar verificar 63 baixas de leitores que exigem uma estilística impecável.

CAPÍTULO X

Uma sessão de volta a "O Romance"

— Doce-Pessoa: Escuta, Quiçá-Gênio: o que talvez me caberia dizer, num romance tão ordenado, num capítulo mais adiante que ainda não começou, eu te direi agora. Não consigo me conter; agitam-se hoje em minha alma tristezas, aspirações, uma ansiedade, um incômodo em todo o meu ser, descontentamento, um chorar. Já viste o Respirar dos que vivem? Que mistério! Que ânsia será essa que jamais sentiremos, *respirar*! Quanta dignidade, quanta comunhão com o cosmos!

— Quiçá-Gênio: Isso realmente me faz sofrer.

— Te amo, Quiçá-Gênio, triste amigo; nesta hora te amo. Soframos de tudo o que dissermos e diz tu tudo o que quiseres clamar ou me dizer.

— Essa dor que sentimos é de personagem: são lágrimas que não rolam, que não aquecem as bochechas. Respirar!

— Sim, respirar. Como o autor deste romance disse uma vez:

Nem grato, nem queixoso
vou respirando o ar da Vida.

(O autor, corrigindo; com maiúscula também "Ar"! Pois sim, senhor, que meus personagens — tinha de ser Doce-Pessoa! — estão me citando, eles me tornam famoso. E acho bem doloroso ver o quanto ela deseja viver e não há nada em meu poder para dar-lhe uma vida. Só é possível para mim, e com alegria, perdoá-la, que desabafe dizendo aqui o que estava disposto para o capítulo XII. Confesso, pouco a pouco sinto que me apaixono; e se cresce, se me apaixono (pode muito bem acontecer comigo), então sim saberei o que é a dor e a humilhação da impotência, encontrar o impossível para mim no que eu mesmo originei; um sonho tão intenso não mudaria nem mesmo por uma tênue realidade. Embora não me convenha como artista — a continuidade de mentira é a dignidade da Arte, do romance —, direi que Doce-Pessoa existe; eu não o diria se não fosse que, enquanto escrevia a nota, efetivamente fui surpreendido por um princípio de amor por ela, fiquei triste de impossível por um momento, porque esqueci que ela existia e que com um telefonema podia ouvir sua voz admirável; agora que senti a nulidade de meu poder de dar-lhe a vida, acabei de compreender a tortura de querer a vida do irreal para outra pessoa, como acabava de insinuar a de desejá-la para si mesma em Doce-Pessoa. O criado por mim desejava sua realidade e seu autor também, achando assim seu autor o mesmo impossível; com que facilidade a mente se esquece, se confunde, se enreda, e o sentimento se extravia quanto ao seu objeto e ao lugar da realidade ou fantasia em que se encontra. E ainda não sei se meu romance surgiu do impulso de uma alta feminilidade, se vivia antes ou nasceu como personagem ou não aqui, a Eterna. Tudo isso não implica uma escola realista, porque não copiei nada de Eterna; nenhuma mente de artista tentaria ou alcançaria isso, nem eu mesmo quis chamar isso de "Romance da Eterna", embora seja o que me inspirou, refinou muitas percepções brutas em mim, e me enriquece com misticismo e paixão todos os dias.)

— Quiçá-Gênio: Nós nos olhamos hoje mais vezes que nunca e além disso muitas nesses meses em que me acompanhas e ajudas nas tarefas domésticas. Sinto a tristeza da curta existência que teremos no romance, quero desabafar, estar na verdade.

— Doce-Pessoa: Tu me assombras, e me inquieta o que vais dizer; tu te achas tão sem vida?

— Não, Doce-Pessoa, eu existo e adoro isso, porque te conheci. Teremos o desespero de que não há nada que possa nos dar vida? Depois de ter te conhecido tão graciosa, tão docemente encontrada aqui, tão inesperadamente chegada onde eu estava e tão diretamente para mim o teu chegar quando nos encontrarmos no portão, e tanto nos acompanharmos aqui...

— És tão companheiro, tão cortês.

— E tu?

— Um pouco da vida que tivéramos!

— Não somos irreais, Doce-Pessoa. Se fôssemos como os personagens de cinema, estaríamos fumando. Teríamos vida e continuaríamos pedindo por ela; e somos iguais ao ser de todos aqueles que, tendo tido vida, se encontram no morrer, aquele magro ser do moribundo que em gestos e palavras pede vida e na realidade não lamenta perdê-la, nem tampouco ele acredita nisso, nem deixa de ser.

— O autor: Estão me incomodando. Que cócegas são essas de ser que os faz sofrer? Quem teria pensado que personagens meus — não aconteceu a nenhum autor; muitos conseguiram personagens felizes como Hamlet, Sigismundo, inclinados a não ser —, pelo contrário, me consternarão com esses desejos.

— O leitor: Que transtorno, onde vou lê-los se ganharem vida?! Que deixem seu endereço. Além disso, o que mais eles querem ser do que ser agradáveis à vida? E, por fim, o título do capítulo não avisava: "Aqui se tratará do mais espantoso desespero que ninguém imaginou"?

— O autor: O senhor me lisonjeia muito; se não fosse pelos personagens com desejos, eu ficaria tão feliz pelos leitores quanto o senhor. Que belo desespero tão completo eu planejei, não foi?

— O leitor: Sinto muito pelos personagens. Mas eu existo. Há algum outro capítulo de vontade de viver? Nesse caso, não leio mais; não há outro espetáculo tão desconfortável.

(Passa o homem feliz que busca, porém, o país onde ser feliz seja bom. Ele se parece com o Presidente: tem toda a felicidade, menos a teoria da ventura.)

— O autor: Oh, como o senhor entende meu grande pensamento. No entanto, não posso prever o que apetece aos personagens; só sei a legibilidade do que eles vão dizer e fazer. Tu mesmo, leitor, aqui és obra minha e no entanto...

— O leitor: Aqui sim, mas em mim mesmo?

— O autor: Vejo que gostas de viver e para isso é necessário que não te mencione nem te deixe falar aqui, a não ser para te apaixonares por Doce-Pessoa. (*Para si mesmo.*) Que poder tenho de criar aparência e morte, de governar tudo isso e ainda há alguém na terra em cuja alma eu gostaria de ser sonhado e não consigo!

— O metafísico: É muita fantasmagoria emaranhada de personagens, leitor, autor. E não é que eles fingem que estão emaranhados; eles não sabem que estão. Isso se resolve tudo assim: são todos reais; qualquer imagem numa mente é realidade, vive; o mundo, a realidade é tudo mera imagem numa mente. O que não é imagem é o Afeto: prazer, dor. O existir não é pré-desejável; no pré-desejo de ser já existe o ser; o que não existe é o princípio, o não ter sido, no qual situaríamos o desejo de ser.

— O autor: Não duvido: toma-te por apagado!; agora cessas tu em minha mente, no romance, e que este continue. Fenece, professor de ser! Que não existas mais!

— O metafísico: Espera, não me extingas, ouve isto: mais que uma imagem na mente não podemos ser, na forma e no corpo; aparecer numa mente é nascer.

— O autor: Foge, metafísico, vexado também como tudo aqui pela frustração.

— O metafísico: Chama-me para ilusionar-te em teus últimos momentos.

— O autor: Vejamos como são os teus; não te escrevo mais. Cessa!

(E de fato o autor parou de escrevê-lo; mas é uma coisa tão incrível resolver deixar de ser sem um ontologista, que o leitor só se convencerá de que não se fala mais dele aqui lendo tudo o que falta no romance.)

— O leitor: Eu digo que não entendo.

— O autor: Mas, leitor, o senhor não leu bem salteado, então. Caiu no vício da leitura seguida. Meu romance não é um novelão. O irrepreensível, o impecável não é seu gênero; não há receita para sua natureza de obra de arte. Desculpe-se a este romance de ter um romancista principiante.

— O leitor: Ah.

— O autor: Quanto a mim, não sou o Presidente; estou prestes a saber quem sou agora. Se eu estiver errado, serei finalista, mas por engano tive uma alucinação exaltada que posso chamar de venturosa. Sinto muito pelo Presidente; eu gostaria de vida para ele e que ele tivesse todo um amor. Mas não o vejo no caminho certo; a inteligência o consome, vacila entre a paixão e o mistério do ser. Falta-lhe uma palavra, apenas mais uma, uma única percepção que o salvaria. Ele diz a si mesmo: Existem quatro opções: o Mistério de Ser, a Paixão, a Ciência e a Ação. Não é assim. Ciência e Ação são entretenimento, são todos abjeções (de poder, erudição, glórias, riquezas), pequenas alegrias; as abjeções da segunda e terceira partes do *Fausto*, a brincadeira dos pequenos desejos apenas perdoáveis à infância como exercitamento. A resposta é: dentro do mistério há uma claridade plena, a Certeza e apenas uma: a Paixão. A certeza é essencial para o estado místico, mas o único estado místico não é a religiosidade, é a Paixão. Não são as religiões, todas enfermas de negação de nosso ser, de subordinação que nos torna aparenciais sem realidade, mas a Paixão, consciência de plenitude e eternidade a nada subordinada. Escrevi o romance para animar Eterna, que o quer terminado e crê que vai achá-lo apaixonante. Serei então o autor de uma metafísica fantasiada e de um romance metafísico. Queira minha sorte que a Eterna não se desencante dele, e não vou tentar mais nada na Arte para não correr novamente o risco que, com tantos temores e desalentos, estou correndo ao escrevê-lo. E ainda há pouco, senti pavor ao escrevê-lo; por isso tive de dizer fortemente "Não sou o Presidente". Vertigem sufocante, terrível: por um instante tremi, ansiei, acreditei que era um personagem sem vida em meu romance, criando o Presidente, criando-o tão parecido comigo. E todos os meus personagens quiseram viver. Será triste que digam, quando se despedirem, quando pararem: "Os que quiseram viver te saúdam".

O galho cede quando um pássaro pousa

— Presidente: A senhora conhece as duas sutis sujeirinhas: a do ar que "entrou nos olhos" (os dispépticos espirituais andam pelo mundo com uma sujeirinha nos olhos) e a sujeirinha do tempo, aqueles oito minutos de uma chegada urgente que não poderão servir para ocupá-los em fazer chegar antecipado o sucesso?

— Eterna: Não, eu conheço as duas tristezinhas: a do sorriso que não se deu ao olhar que não se repetirá e aquela romança de Schumann que não pudemos escutar juntos.

O poder da Eterna é tal que só ela no mundo pode fazer certas diferenças tidas como impossíveis: por isso o Presidente sempre lhe pede, depois de servida uma xícara de chá, que mexa o açúcar com sua colherzinha, pois ninguém o faz com sua influência ou precisão. E ainda algo mais impossível: pode mexer de tal modo que torne menos doce uma xícara de chá com açúcar em excesso.

E Doce-Pessoa, que se afastou na noite pelas estradas em companhia apenas de seu cachorro e um bastão de salgueiro que hoje lhe desbastou Quiçá-Gênio, pensa suavemente na luz da casinha na noite de lua, como outras vezes prefere contemplar a luz da casinha nos campos escuros.

Recordo que à tarde, caminhando pelo jardim, o Presidente havia inventado para ela o conto da loucura do jardineiro diante do espetáculo das flores, apresentando a ilimitada substituição de uma beleza por outra maior. Tudo na criação é possível, nada há que não possa ser sonhado, que não possa ocorrer. O ser não conhece um não. O Presidente havia dito em sua fórmula predileta: a todo-possibilidade do acontecer, a liberdade da Realidade.

Em que estão nesse instante os moradores de "O Romance"

Quiçá-Gênio e Simples suspendem a tarefa do corte da grama do canteiro que rodeia o aposento de Doce-Pessoa, peça isolada e circular com janelas dos quatro lados. E então se entretêm na mútua sabedoria. Quiçá-Gênio diz: "Os signos matam as coisas: o traje de luto mata a dor, o ir à missa mata a crença; a teologia faz ateus". Ou: "Deus fez o mundo e eu vos dou estudado". (Note-se a influência do Presidente, que diz que Deus na forma em que se usa é uma ideia diminuidora, e a combate: como o Progresso é sombra cerceadora no Presente, Deus o é no Ser e na Paixão; que não se tire nada ao Presente da Paixão.) Ou ainda se aprofunda mais na meditação da conduta humana: "Humanos que mil vezes fecham os olhos sem pensar na morte". Simples responde com pensamentos como estes: "Deus são as verdades que não querem as feias, as duas fidelidades que não se quer: a do espelho e a do fotógrafo". Ou: "Pode-se ser abnegado, mas não a ponto de se atirar na água para salvar um peixe que está se afogando".

De-um-Amor sonha, porque enquanto sonha existe; e enquanto isso, sua amada lhe sorri, pois estão certos do venturoso encontro entre o amor embelezado pela morte. Ou diz ao ar estas palavras enigmáticas: "Os Fundos da Vida. (Que há prazer em todas as dores.) O relógio adiantado e a majestade da Vida: as unhas brancas e a hora exata aceita, e as unhas pintadas para a ilusão da Vida".

A Eterna recolhe de entre as folhas as violetas para a jarrinha da mesa de cabeceira do Presidente, aquelas violetas que ela deixará sem que ninguém a veja, com um cartãozinho no qual terá escrito:

Violetas...
Violetas...
E uma Eterna

e em cujo verso o Presidente escreverá:

Amor selado com violetas
Desaprisionaste de minha mão a tua
E mais aprisionaste
meu coração!

Ou lhe envia entre folhas de samambaia uma flor em papel, em cada uma de cujas seis pétalas terá escrito uma letra de seu nome; e ele responderá na haste dessa flor:

Sabe como é tarde
Quem viveu sem vê-la
E vê agora a Eterna.

(Embora certa noite tenha confessado a ela que tudo o que num longo viver alguém tivesse perdido, no achado de Eterna se recobrava.)

O Presidente e Doce-Pessoa voltam do passeio até o pântano, cuja gruta formada por seis salgueiros intriga por seu mistério de quero-queros, patos e alguma pequena cobra, e em cuja profundidade algum dia penetrarão. Doce-Pessoa dirige o carro, o mesmo no qual o Presidente os acompanha todo dia até a estação, e se deixa convencer por alguma ideia ou observação.

— Os dois Mexericos que descobri — está dizendo o Presidente — são: a Morte e a Velhice ou Processo dos Anos. A fatalidade do morrer e do avançar da idade como debilidade e mudança por singular virtude do tempo são dois enganos: a morte já expliquei que nada é, e a mais intensa velhice, num maior número de casos, é a velhice jovem, a que ocorre de vinte a vinte e cinco anos, quando se descarrega sobre o homem a responsabilidade e as exigências da vida, saindo do viver providenciado por pai e mãe, de que se gozou. A velhice é simplesmente toda relação de excessiva carga da vida com respeito à reatividade pessoal psicológica. E também o Presidente lhe fará ver o ridículo da sua vida: que há trinta anos estuda ao mesmo tempo biologia, ou seja, como não morrer, e metafísica, ou seja, como ninguém morre.

Então Doce-Pessoa dirá ao Presidente, como um murmúrio:

— Por que não podíamos continuar assim, nesse carrinho, por toda a vida, sem que o tempo passasse, sem nos apreciarmos menos, todos juntos, em "O Romance"?

— Por que não?

E nesse mesmo instante o Viajante (Viajante, mas não de museus, é o nosso; olha o que vive, não o Passado) se aproxima da praia do Prata, diante dos portões da estância.

— E poderias ser feliz, Viajante, agora esgotada tua busca?

—Talvez, porque é busca inventada, não imposta.[10]

10 Daqui em diante o autor prossegue sozinho. Os últimos leitores dão baixa ao autor. E, naturalmente, se retiram para escrever.

CAPÍTULO XI

(Parênteses no romance para um fragmento de ensaio de: o romance lido por personagens de outro romance)

— Quiçá-Gênio: Ontem à noite, como estava acordado, comecei a ler um romance. Abundante de amores e casualidades, acontecem as coisas mais extraordinárias. Eu te direi que, se é por fantasia, eu não ficaria para trás. E se algum dia executamos a ideia de De-um-Amor, e todos nos comprometemos a escrever um romance?

— Doce-Pessoa: Parece muito bom para mim. Muitas coisas interessantes acontecem na estância. Contando nada além de um cochilo de sábado, quando todos nós caminhamos pelos bosques ribeirinhos, teríamos argumento. Vamos fazer essa surpresa ao Presidente?

— Mas é certo que De-um-Amor deve ter inventado uma trama sutil.

— E ele é tão simples.

— Mas agora quero ler para ti um capítulo do romance que li ontem à noite. Chama-se *Adriana Buenos Aires*. Gostas?

— Começa, que me desespero de curiosidade para saber o que serão essas pessoas.

— Vou ler algumas cenas para ti. "Jovem adormecida apaixonada: Que pulsação da alma trágica das coisas te torna, inocente, mestra da tentação, para que todo o miserável que reuni em mim enquanto queimava minhas dores na vida, para que todas as cinzas amargas e tolas de minhas dores me sufoquem, para que tremendo em crime e miséria eu me levante suado e soluçando, pálido na luz pálida desse amanhecer...! Qualquer coisa que eu fizer contigo, Adriana, aqui e agora será a única coisa não Impossível, mandato da Tragédia. Não sei por que me levanto do meu lugar escuro e me vejo trêmulo na luz do trêmulo amanhecer parado em pé diante de minha porta inclinado sobre teu leito que é o meu. A solidão empurra minhas costas para esse canto da casa adormecida, passado e porvir piso com raiva. Tudo é uma única mancha no mundo."

— Como tudo isso é triste.

— Pensas ou sentes que estás numa situação semelhante à deste personagem, ou, embora não haja semelhança, te encontras num sofrimento tão intenso?

— Eu gostaria de ser esse personagem, apesar de não estar no viver. Agora não se trata de ler amenamente um romance. Não vejo fim para o desespero desta vida.

— Faz um esforço para não voltar ao pensamento do desespero. Acredito que a ti e a mim, enquanto nos acompanhemos, é desejável viver. Não é verdade que a existência que temos agora seja saborosa.

— Continua lendo.

— Mas o patético é que a pobre menina, que dorme, acredita que quem lhe fala é seu amante Adolfo, ao passo que é um amigo comum apaixonado por ela. E ele não sabe se a beija ou não.

— Lê para mim essa página; que nossa dor acompanhe a dor desses personagens.

— "Bendita criatura, seio de amor, juventude já maternizada, digo a mim mesmo inclinado sobre seu sonho. Se eu te beijasse e nunca soubesses que não me nomeias em teus sonhos e pensas ter em mim, aqui, a quem nomeias e me falas com o nome de quem te amou e maternizou e me receberias com um abraço delicioso em teu leito... não te beijo porque dormes e te despertaria para uma realidade de dor; não te beijo porque não sei o que há em meu impulso de te beijar: carinho? desejo? vingança contra ele? vaidade em saber-te beijada por mim para sempre?"

— Paixões dos viventes, quem as sentira.

— Não é melhor ser como nós, suave Doce-Paixão, quero dizer, Doce-Pessoa? O que achas do que acontece com esses seres?

— Eles são como nós? Mais felizes que nós? São como o leitor e o autor?

— Gostaria de te explicar o que são; a que reino eles pertencem; qual é sua crença e destino.

— Mas prefiro que me contes a história daquele beijo.

— Bem, aqui ele hesita mais uma vez e a beija. "Não; Adriana, vou te beijar na boca, pois procuro o beijo de amor e que me correspondas a ele. Entendo que o que me impulsiona é apenas o amor. Depois dessa noite desesperada, não tenho nem vigor nem clareza para negar a mim mesmo esse frescor da sede, esse apaziguamento."

— É terrível a "vida". Eu tremo diante dela, ela me assusta. Mas sabes que às vezes, diante da veemência com que lês, me sinto como se tivesse sido alçada pela Vida?

— É possível. Ontem à noite, enquanto assistia a uma das cenas mais dramáticas, senti minha respiração se acelerar, mas foi tão breve que só me parece que respirei. Foi uma sensação... não sei como te dizer, não temos palavras.

— E como termina essa cena que lês para mim?

— Bem, quando ele se abaixou para beijá-la, sussurrando-lhe: "Estou procurando tua boca, Adriana, beijemo-nos", uma sombra se moveu no claro da porta.

— Eu quero a vida! Eu quero esses sobressaltos e essas trevas, eu quero a vida!

— O leitor: Quem a perde sou eu. Neste instante, sinto que não existo. Quem tirou minha vida?

— O autor: Belisca-te, porque precisas tirar de ti o som da campainha da realidade, de ser. Ninguém se belisca no sonho.

— Quiçá-Gênio: Não te parece que o leitor está nos ouvindo?

— Doce-Pessoa: Vamos, vamos; é a Vida que quer se filtrar por nós.

— Quiçá-Gênio: Tampouco quero hoje que se duvide de que estou vivo.

—Doce-Pessoa e Quiçá-Gênio: Fica longe de nós, Vida, que somos muito felizes. Ou não?

— O leitor: Estou voltando da minha tontura. Recupero minha vida. Onde esteve minha consciência nesse instante?

— Doce-Pessoa e Quiçá-Gênio: Nós a tivemos e soubemos o que é ser humano. Obrigado.

— Adriana Buenos Aires: Por favor, vão deixar nossa vida privada em paz?

— Doce-Pessoa: Um momento, querida Adriana. Vosso beijo nos deu vida. Autor, dá-nos a palavra de que precisamos.

— Quiçá-Gênio: Guardaremos vosso segredo, Adriana e Eduardo de Alto. E vos oferecemos o nosso: Doce-Pessoa e eu somos duas personagens do *Romance da Eterna*, dois boníssimos amigos.

— Eduardo de Alto: Nosso amor não tem por que se calar. Aprendei vós mesmos, caso a vida vos torne pessoas como nós, e vos amais.

CAPÍTULO XII

(Modelo de página solta de romance)

Definição da dor de passado, joia sentimental que a Eterna semeou em seu peito; é melhor chamá-la de dor de um Impossível muito sutil só imaculado na alma da Eterna, porque nem no Ser nem no Mundo há impossível algum ou em qualquer alma esta emoção de um certo impossível criado na mente da Eterna.

Este impossível encontra-se na irreversibilidade, na não aniquilabilidade de uma porção qualquer do passado de um sujeito sensível qualquer, o que não se apresenta como sentimento exceto quando esse sujeito faz a descoberta sempre acidental, que pode ou não acontecer, da amada ou da pessoa a quem pode amar mais que a si mesmo. A Eterna, que é a única pessoa humana (individual, não ideal) que tem o poder de mudar o passado de outro, mesmo o de seu amado, não tem o poder de mudar o seu. E, além disso, não pode fazer sua alma aceitar que seu amado nem sempre a amou, apenas depois do fato inferior e insignificante de "vê-la", e também nunca pôde vê-la passar, indiferente, ignorando-a e até com um mau humor de encontrar seu caminho ligeiramente prejudicado por ela, a quem ele não olhou, absorto numa busca egocêntrica.

Ao se conhecerem, ela mudou o passado do Presidente, de modo que já não se lembrava mais de um momento em que ele não se contivesse de conhecê-la e amá-la, enquanto a Eterna se vê sem ele e sem seu amor em quase toda a sua história. E mesmo quando o Presidente lhe fez conceber — e embora não inteiramente, acreditar na eternidade e na memória pessoal eterna —, e mesmo quando ela acredita que eles são eternos após a morte (mas não após o esquecimento), mesmo assim por esse passado a Eterna teme o futuro. Talvez acredite que algum dia o todo-amor seja uma vez, mas sempre manterá um desfalecimento pelo não amor e o não conhecimento mútuo naquele passado sem visão ou paixão entre eles, mas mesmo assim o futuro de amor turva a Eterna.

Resposta do Presidente

Essas lágrimas, Eterna...!

Essas lágrimas que somente em teus olhos jamais foram dadas são a mais alta linha de onda que se elevou no Ser ou Realidade, são a obra suprema do Mundo, de tal beleza como uma Razão de Ser cumprida, depois da qual também a cessação da Realidade é possível e justificável. Tuas lágrimas do místico impossível de um amor sem passado de não amor, dor escondida do todo-amor que mal aparece em muitas mulheres e em ti é constante em todos os momentos, essas lágrimas são uma demanda clamorosa que me dobra num pensar que não consigo igualar ao teu Sentir, pois minhas certezas de pensamento, de futuro, não têm resposta para tua demanda de um não ser do passado, para teu pedido de não ter sido antes de amar. Tuas lágrimas são a Lágrima do pavor e afã de uma existência sem fim, de impossível cessação.

O problema é tão árduo quanto grave para mim por teu bem, Eterna; devo examiná-lo com homens magníficos por inteligência e nobreza: páginas de William James, Schopenhauer, Hegel, Fechner tornam-no menos difícil, ajudando-

-me em meu esforço de todo-cognoscibilidade. Li, meditei, digo a mim mesmo e me respondo: Num presente mental qualquer, a depreciação de um passado pode ser decretada e operada, pois naquele presente um passado pessoal tem as duas notas do pessoal e do passado, e a operatividade da psique pode naquele momento, com labor e insistência, dissociar aquela cena de evento passado em imagem atual, de suas duas notas ou listras: do que é próprio e do que é passado, e transformá-la em imagem de ocorrência alheia e de mera fantasia, não de ocorrência efetiva e passada própria.

O que não pode ser destruído, e é indiferente, são os efeitos do evento passado. Esses efeitos seriam sentidos, mas indiferentes ao fenômeno da memória e à discriminação de "efetivo" e "imaginário" e à designação de "alheio" e "próprio"; esses efeitos seriam sentidos, mas não como próprios com causa em nosso passado sem amor sobre um amor atual, não se dá: se um dia a plenitude do amor for alcançada como acreditamos que a alcançamos, isso prova que nenhum passado pode com ele.

Portanto percebo, Eterna, que é ilusório definir a comichão que sentes como o sentimento amargo de ter tido um passado sem nosso amor. Há uma amargura, é verdade, em ti, mas não procede da noção de um pretérito sem mútua visão, e sim, suspeito, de uma insegurança de que nosso amor de hoje seja o pleno amor realizado. Portanto, venho passando, de uma a outra pena, apesar de suspeitar de que só tens certeza do teu pleno amor e não do meu, e por isso estás sofrendo, não pelo passado.

O mantídeo elegante e indeciso que quer entrar no romance e parou diante de meu manuscrito.

CAPÍTULO XIII

Romance em "O Romance"

Como sabem Doce-Pessoa e Quiçá-Gênio pelas conversas na estância (longas práticas aos sábados sobre arte e ciência, conduzidas pelo Presidente amistosamente), o Presidente está preparando um romance. É por isso que gostariam de lhe oferecer o argumento da vida em "O Romance", pois um dia qualquer dessa existência daria encanto a um relato.

O romance que o Presidente pretende escrever — e que nunca escreverá, segundo ele — envolveria uma concepção original de "romancismo da consciência" ou "romance sem mundo". (Assim, ele alterna sua paixão por pensar com sua paixão por criar.) No caderno de anotações, Doce-Pessoa e Quiçá-Gênio encontram estas notas:

Os personagens, que não são pessoas físicas, mas consciências, foram pessoas de vida, estiveram no Dualismo ou no Mundo; vivem agora no universo do acontecimento consciencial, absolutamente indeterminístico (com determinismo interconsciencial: cada vez que ocorre um estado intenso em alguém, acontece aos outros; por que ocorre um estado intenso? Por que atua sobre os outros? Não existem esses "porquês": é assim que os fatos são apresentados, e isso é tudo).

Eles vivem como consciências operando causalmente entre si; cada uma com seu fenomenismo consciencial; conservam a memória do tempo corporal; mas não são mera memória, são atualidade. (Exceto Mnemônia, que é apenas Memória.) Alguém chega com ressentimento ou esquecimento, temor ou perplexidade; o sentimento mais poderoso dá o tom para o grupo consciencial. O desdobramento consciencial é absolutamente livre; é o ocorrer, nem mais nem menos do que como uma maré acontece sem nossa vontade; em cada consciência os estados aparecem sem causa nenhuma; é ridículo dizer que um torvelinho de matéria ocasiona o medo ou a ira, pois por que o torvelinho vem?; é a espontaneidade contínua, ou seja: que estamos no verdadeiro mistério.

Os personagens desse romance, portanto, carecem de corpo físico, de órgãos de sentidos, de cosmos. Comunicações diretas, sem palavras (inventadas e atribuídas pelo autor); mero psiquismo direto que opera de consciência a consciência; a proximidade que uma consciência sente de outra não é distancial, mas consciencial; causação entre consciências, ligadas entre si, mas desligadas cada uma de todo o cosmos; pluralidade consciencial com intercausação imediata.

Os personagens têm um viver de ideias e estados psíquicos; são indivíduos psíquicos. O efeito pretendido por esse "romance sem mundo" tende a dissolver a suposta causação do cosmos sobre a consciência; se sem tigres nos sentimos feridos e enforcados por um tigre, sem cosmos podemos sentir o que sentimos, cores, sons, cheiros. Há uma série de fenômenos no fenomenismo consciencial que têm original, que aparecem a primeira vez contingentemente e depois se reproduzem à vontade, que são cópias; mas uma infinitude — e os verdadeiramente mais importantes em si, os apetites, os desejos, o fenomenismo afetivo — não o é; os primeiros são extrinsecamente importantes devido à suposta causalidade: o tigre aparece como causador de muitas dores de destruição, mas em si são inafetivas — cores, sons, linhas, ruídos —, embora causem eventos subsequentes de qualquer intensidade de dor e prazer.

Em outras palavras: o efeito consciencial que esse romancismo busca é delinear na intelecção do leitor o mero ser consciencial sem mundo, como uma possibilidade inteligível. Desacreditar toda a livraiada de romances de que já não é tempo, narrativas de acontecimentos de bordel, de homem atuante sobre o mundo e atuando pelo mundo; a consciência sem causa, cuja operatividade é apresentada.

O século atual da humanidade não é para relatos de eventos da relação Cosmos-Pessoa, mas para o sonho da consciência, para o indivíduo meramente psíquico, livre do Cosmos.

O romance deve se desenrolar num clima sem perturbações, brigas, ciúmes, embora haja as tristezas da vida, como agrupamento intercausal direto e inespacial (as outras consciências são o "mundo" exterior de cada consciência). Viventes que não se desenha nem se escreve, casas que não existem; jogo com a morte que ocorre e nunca mata: Onde Tudo Volta da Morte. Os personagens mil vezes retornados da morte, da automorte por mero desejo, sem veneno ou adaga; que têm a morte por um dormir sem horário, não noturno. (A morte não é a policialidade que conhecemos, mas uma mesa eternamente abarrotada e da qual alguém se levanta e diz: vou dormir; isso é a morte.)

Os personagens que o Presidente prefigurou para seu romance, até agora, são:

— Postúmia: aquela que deseja ser amada morta, apenas morta ser amada.

— Suicídia: morre a todo momento "por suas próprias mãos": por um impulso ou chamado consciencial ao não ser instantâneo, o que acontece porque lhe falta o simultaneísmo consciencial: quando entra uma dor, não há nada em seu ser além de dor, e o automatismo de evitar a dor executa o gesto do suicídio.

— Esquecedor: o homem que sabe que o segredo da mulher é a intolerância à ideia de ser esquecida pelo homem: professa a aparência de esquecer porque sabe que vence toda natureza feminina. E entre seus andares, sempre triunfante, encontra Ela-a-não-mulher (é preciso ser não mulher para suportar ser esquecida) e o Esquecedor se perde instantaneamente; ela, presente e ausente, o esquece. Esquecedor se desespera porque, toda vez que é visto, ele é novo para Ela-a-não-mulher e se apaixona; apaixona-se por alguém de quem não consegue se lembrar ou lembrá-lo por mais de um quarto de hora. E assim é punido.

— Belamorta: aquela que morreu porque amava mais, por exaltar o amor.

— Não Esquecível: não consente, nem na morte consciencial, saber-se esquecida. (Essa morte consciencial, a única que existe no romance e é buscada por desejo próprio ou por certos reflexos defensivos da consciência, só significa uma suspensão consciencial. Assim como por um esforço da mente, na terra, chamamos à existência no presente mental uma recordação que nos escapa, também as meras consciências têm o recurso de um ímpeto de sua própria paralisação. E essas soluções de continuidade obtidas pelo próprio ímpeto da consciência para si, no Não Esquecível não podiam aniquilar um sentir, o sentir de não poder ser esquecida. Em todas as pessoas psíquicas do romance, a solução de continuidade consciencial que é a morte deixa latente uma pulsação consciencial, um fio de realidade consciencial que nunca falta: no Não Esquecível, o não poder sentir-se esquecida; em Postúmia, a apetência de ser amada morta; assim em todos.)

— Perdita: não sabe onde está; quem foi; para que veio; o que era antes; o que será; se quem sente é ela ou outra. Ao ser oprimida pela tristeza, exclama: Quão triste está Não Esquecível, ou quão triste está Retroante.

— Volupta: aspira a um beijo de um ano e morrer.

— Indiferente: está interessado na consciência ou na morte eternas exatamente da mesma maneira. Faz todos tremerem com essa santidade de indiferença.

— Sem Agora: sente tudo com uma *faixa* de Passado, sob as espécies do acontecido; "eu estava com fome" é "eu estou com fome". Sua memória desloca seu presente: "eu te amei" é "eu te amo". Vive em pleno passado, mas com a sensibilidade atual, e na verdade carece de presente ou passado puros.

— Pretendente à Vida: quer voltar ao mundo corpóreo, no qual deve ter sido muito feliz, uma raríssima exceção.

— Amneses: sem passado. O acontecido no dia anterior não ocorreu.

— Mimosa: odeia o privado de mimosidade: a Matéria. Procura a emoção da ternura, da carícia.

— Retroante: muda os passados. Alguém lhe pede que o leve para um passado feliz. Outros, que mudem seu passado até se convencerem de que viveram uma vida diferente daquela que viveram.

—Mnemônia: só tem memória, carece de ser atual e vida. Mas tem a memória perfeita: não há acontecimento, por mais instantâneo, por mais insignificante que seja, que não tenha no presente, que não possa revivê-lo.

— Inmina ou Inmimia: só vos ama morto. Não quer ser amada. Fica alarmada ou enojada com qualquer carícia ou interesse por ela. Diz a todos, numa conversa: "Encontrei Meumorto. Estou muito feliz. Mas às vezes não estou. Coitadinho, o que seria dele se eu morresse". (Procurava o homem cuja expressão denunciava que teria a sorte de morrer logo, para ser feliz o quanto antes; não desejava a morte de ninguém, mas procurava a pessoa que expressaria isso.)

— Eterna: não conhece morte; sua consciência não tem um instante de suspensão. Intensidade máxima de consciência.

—De-um-Amor: espera por Belamorta. Ele deve obter a ressurreição consciencial Dela e provar-lhe definitivamente que não há felicidade superior à plenitude de consciência em paixão atual, isto é, eterna.

— Não Torna: sem eternidade pessoal; não volta. Todos sabem que só tem uma vida e uma morte, merecendo o cuidado, a obsessão dos que sabem que um belo dia pode escapar-lhes. Só morre por alguma causa; sem uma causa não morre. Todos se desvelam para que essa causa não chegue. E, como não sabem qual é essa única causa, preenchem-na com as delícias do amor e da previsão. Mas não será uma fortuna que a aniquilará?

Nesse clima de sonhos o Presidente brinca. Será que a Arte o salvará?

(O Presidente se afasta discutindo com o autor sobre a afronta de falar tanto de seus projetos e tão pouco da Eterna. E eles concordam que em cada página seu nome apareça pelo menos uma vez.)

CAPÍTULO XIV (Ainda.)
E o Presidente? E a Eterna?

O Presidente, que só é impulsivo quando chega ao desenrolar de cada tema de sua conduta (e cuja vida passa transformando todos os fatos de sua consciência num problema), há muito medita sobre o significado da empresa cumprida.

E assim, depois da Conquista de Buenos Aires para a beleza, de volta a "O Romance", acordou um dia com a tristeza de ter descoberto que a cidade é uma feiura irremediável, pelo mesmo motivo que renuncia à mais acessível, ilimitada e constante recriação e incitamento: a Natureza.

Foi preciso que ele concluísse a Conquista para sentir o vazio criado por essa enigmação de sua obra: A cidade deveria existir? Não é uma compreensão muito pobre, um pensamento estéril, acreditar que uma cidade com beleza é possível, sustentar na Beleza o que vive na omissão da Natureza? Acreditar que não se possa compreender qualquer coisa, ou ter cordialidade com qualquer coisa, sem habitar todas as horas do dia e da noite da Natureza? Nada é conhecido exceto enquanto o estamos vendo, ouvindo. Os livros denunciam isso; fatos, pensados nas grandes cidades, há quem saiba alguma coisa inteira, total?

A contemplação da natureza, da vida animal selvagem em sua espontaneidade, e das moradas e obras da humanidade mais antiga com sua sugestão de tempo; as moradas da vida humana, não tanto as pirâmides e dolmens; as pirâmides querem viver para o futuro enquanto as casas querem viver para o presente, viver para morrer, para a atualidade de cada instante; eis aí os três excitantes e sugestões mentais sem as quais nada, absolutamente nada, pode ser vislumbrado do mistério.

(Ao mesmo tempo, o Presidente descobriu que a maneira mais simples de suprimir as guerras é a supressão das cidades; que não se pode fazer guerra contra uma nação dispersa em fazendas que formam uma cidade compacta de quinze milhões de habitantes em cento e cinquenta milhões de hectares.)

Assim, somou-se ao ânimo do Presidente, à tristeza de toda Ação sem motivo intrínseco, que não interessa em si ao operante (que lhe sobreveio depois da empresa), a tristeza do tema mesmo da ação: a Cidade diante da Natureza.

Presidente e Eterna.

A Eterna vê tudo na terra, mas não o Mistério; o Presidente vê em tudo o Mistério.

A Eterna pensa por todos na terra, e no nada de todos na eternidade. A Eterna acredita na morte. Nega a Eternidade, acredita e aceita essa despedida de amor que é a morte. O Presidente acredita que a morte não é nada: que não há outra coisa senão o Esquecimento (sem aniquilação corporal) daqueles que se amaram.

O Presidente dá as luzinhas da Eterna, e a Eterna dá o travesseiro quente e macio de seus ombros que trazem o sono.

A Eterna era toda para o amor; o Presidente, todo para o pensamento.

A Eterna diz: que todo o seu presente de amor é roubado pela noção de que houve um passado em que o Presidente ignorou que ela existia, não a amou ou adivinhou, que o Presidente pôde passar por ela sem mirá-la. Isso a horroriza. O que responderias a isso, leitor? É possível escrever um romance para responder a isso que a Eterna sofre e pensa. Até agora, o

Presidente não soube como dissipar aquele abismo nas noites da Eterna, que em cada colóquio que tiveram, quando tudo parecia tão completo, aparece fatalmente aquele sentimento da Eterna de não poder contemplar a posse com todo o contentamento, o amor que havia *agora* entre eles, que não havia antes e pode nunca ter havido. Há esperança de que o Presidente um dia tenha a lucidez de convencê-la?

A Eterna tem Deus, e o Presidente, não; a Eterna quer — e o Presidente não quer — que haja maternalidade em seu amor, que ele recline sua cabeça no peito dela.

As duas inexistências entre o Presidente e a Eterna: uma que só a Eterna conhece, outra que só o Presidente conhece. (Entretanto, há o inexistente porque ele ainda não conhece a Eterna e está no caminho do conhecimento, e existe o Não Existente Cavalheiro que reflete: "O autor procura inexistências e eu estou tão acostumado na inexistência, como a mulher na existência, já que o homem nunca chega a se acostumar com a existência".)

Já vos disse De-um-Amor: o Presidente sempre será triste; senão, dai-lhe outro Passado.

E aquele Passado foi mudado pela Eterna, e além disso trouxe o trocador do Pensamento em Amor. Mas algo ela não pôde: mudar seu próprio passado ou o dos outros para com ela. Por isso seu impossível, o de ser compreendida.

E o que o Presidente deu para a Eterna? Bem, por isso mesmo, porque ela não conquistou seu pleno amor, porque ela não soube elevar-se à graça e à ternura da Acesa, que não quer que ele a tenha *esquecido* quando não a conhecia.

Manobras, Amizade, Ação... O que o Presidente perde? O Pensamento?

O drama do Presidente é: o pensamento como paixão, porque o Amor é ser, o máximo do ser, e o Pensamento é sedento da noção (ou problema) do Ser. A paixão é o máximo do ser e o ser é o máximo do pensamento. É por isso que o Pensamento pode ser Paixão. Mas em seu Pensamento-Paixão o Presidente é desafortunado: falta-lhe o Real da Eterna pensada, a personificação do Real pensado.

A Arte vale para quem se mortifica nessa ausência? O Presidente trabalha em seu romance sem mundo, talvez, para sua própria libertação; trabalha, mas sem alegria.

Ainda há uma esperança para o Presidente, e talvez para todos: a transfusão pró-realidade da Eterna; uma coleta de "vida" para a Eterna. Pois o mais triste é que depois de todos terem sentido a antipatia e os riscos da proposta do Presidente de deixar a Amizade pela Ação, eles se entusiasmaram com esta, esperando sua felicidade; e é o próprio Presidente que deve contagiá-los com sua decepção da ação, que acreditaram que haviam feito tanto e tão bem.

Por isso agora os reúne para propor dar vida à Eterna, para que alguém se salve, no romance, da irrealidade de personagem.

CAPÍTULO XV

(Hoje há mais passado que ontem)

Então a Eterna estendeu ao Presidente uma dobra de seu vestido presa entre os dedos e disse: "Pegue aqui e siga-me à sua penitência".

Isto é o que o Presidente queria — ser tratado como uma criança que a mãe corrige — toda vez que ele não conseguia mais lidar com seu mau humor e depressão durante as frequentes conversas em que a Eterna aparecia tão confiante e ao mesmo tempo tão amante, mais do que ele certeira no mimo e sempre mais certa do que ele do que podia desencaminhar, degradar ou turvar seu amor. Aborrecido, dominado, embriagado de vê-la sempre mais bela, afetuosa, enérgica, clarividente do que ele, resignava-se com o sutil inteligentíssimo pensamento que o fazia feliz: "Basta para mim que nela haja toda beleza; o que importa o que eu sou?".

Assim, ele a seguiu.

E a Eterna...

De repente, mais suave a atitude e a rica voz cortês, a Eterna se volta para ti, leitor, e te diz:

— Estou falando contigo, leitor; eu sou a Eterna; uma mulher talvez nobre, talvez bela e forte no pensar, de sentimento generoso e grave destino, talvez altiva e de modos majestosos, talvez de suntuosa casa e de gerações principais;

com um passado límpido e severo, talvez não afortunada, e capaz para uma ventura cujo riso primoroso, estremecido, transbordante, ressoando como de profundidade retida, sem estrépito, talvez apagasse a ideia da Morte.

"Leste o que estou fazendo e dizendo aqui e pensarás como as horas passam levemente com o Presidente. Deixa que destas linhas se levante a ti minha voz, deixa que minha figura surja a partir desta escrita, e te diga olhando para ti de perto:

"Diz-me, tendo pena de mim, diz-me, sentes meu hálito? Tenho uma voz que ouves?

"Cada dia tenho mais passado: viver é criar passado; pois que este cresce todo dia para mim, o que só em quem vive ocorre, devo ter vida e tu mesmo estarás na mesma corrente que eu de Tempo, murmurante, tênue, transcorrente, e notas que hoje conheces em cada página mais passado meu que antes.

"Mas nunca saberei o que sou; se talvez já me tenha acontecido que outrora eu já fui real e um artista estranho em desígnios com avidez, tenacidade atormentada, me tornou sonho em páginas que sua mão cobria de palavras.

"E se é assim, eu tenho o que também tens: tudo quanto tem de acontecer comigo predeterminado pelo causalismo. E o que não tens, uma dor espantosa: a de saber também que tudo quanto eles têm de sofrer e realizar minhas ambições já foi dito, além de estar prefixado nestas páginas; tudo que eu ignoro e tem de acontecer comigo; além desta página não sei nada sobre mim mesma e da sorte destinada à minha grande aspiração, e ainda mais perplexidade e rebeldia há em mim se eu pensar com que despreocupação vais ler o que é dito sem ver, sem pensar que o quanto lês, e à medida que lês, é o acontecimento que naquele exato momento me dilacera, talvez, e me arrebata do que meu maior bem era ou ia dar-se para mim."

É verdade, Eterna, és perfeita, no sentido da única perfeição que torna perfeito o humano: em ter toda a tua existência sensível emocionalizada, isto é, que toda ocorrência mínima nela e todo ato mínimo ou consequência de um ato tem julgamento emocionado de si mesma, ternura, censura ou riso de si.

É por isso que o Presidente, quando a conheceu como tal — e não tendo uma única emoção de si mesmo — se tornou instantaneamente e para sempre criança. Ela, que aplaude toda carícia dos que se amam e as daria e aceitaria todas, nega-lhe até hoje todas as carícias a que ele a convida ou que lhe cobiça; seria incansável e indiscernente nas carícias, mas apenas amando e amada sem perplexidade alguma. Sua tortura de ser tanta e não poder aceitar carícias nem condescender conselhos em dá-las é a desventura maior e menos aparente, e mais solitária e não reconhecida que cabe ao humano.

De-um-Amor entende o amor da Eterna. Ele, que é De-um-Amor e foi o primeiro a suspeitar da afeição de Quiçá-Gênio por Doce-Pessoa, e mais de uma vez pensou neste amor e no da Eterna, acredita que, embora Quiçá-Gênio seja quem mais quer Doce-Pessoa e também seja ela *o que ele mais quer*, nem por isso Doce-Pessoa seria a mais querida das mulheres, se não comprovássemos que Quiçá-Gênio é *o homem com maior poder de afeto* que há no mundo, porque poderia haver outra mulher que tivesse *todo o carinho* do homem de mais força de amor que houvesse no presente; e essa outra mulher também poderia ser amada pelo homem mais amoroso, mas não ser a única coisa ou o que esse homem mais amasse.

Por outro lado, a Eterna não quis ser a unicamente *amada* pelo homem de *mais amor*, e ela não o teve nem o encontrou, nem tem um esplêndido já que não máximo amor humano. Ela é o que a Realidade ama: a da Perfeição. A realidade descansou de sua ânsia de realizar o ser da Perfeição ou identificação da pluralidade entre iguais ou aniquilação da Pluralidade. Ela bem o sabe, que é a amada do Ser, do Mundo, e isso faz a felicidade de sua fronte; ela não tem o amor total do Indivíduo amante realizado, e aqui está a imensa dor de sua boca oprimida: ela é a mais desafortunada e a mais feliz. Eis que não é compreendida. Eis que a realidade ainda é infeliz, parece convulsionada, perdida. Mesmo o maior amante não alcançou a maior amante; teve o amor e mesmo o único amor de vários indivíduos realizados, mas não o todo-amor do maior amante. A Realidade ainda não pode se deter: o absurdo, a torpeza da Pluralidade continua, não se desfez.

CAPÍTULO XVI

(Mais um momento, ou menos um momento, em "O Romance")

— Doce-Pessoa: Não percebes algo errado com o Presidente?

— Quiçá-Gênio: Com entusiasmo abordou a Conquista de Buenos Aires, demonstrou atividade exemplar, mas agora percebo um enfraquecimento em suas iniciativas.

— Talvez as memórias.

— Como pesa o passado.

— Mas muitos vivem de um instante em que foram felizes.

— O passado ou o futuro deixa o Presidente triste?

— E se perguntarmos a ele? É tão bom.

— Será zeloso do seu segredo?

— Creio que não. Se chegar com semblante propício, tentarei saber suas preocupações.

— Mas também falemos de nosso hoje.

— Quiçá-Gênio: Hoje eu tenho dois novos argumentos, dulcíssima Doce-Pessoa; vês como mantenho minha promessa de te inventar um conto ou drama todo dia? Pensando nas vidas, quase todas tristes ou vazias de grande inspiração, compraz-me criar destinos repletos de algumas nuances ou intrigas que tornam preferível viver a não ter vivido.

— Doce-Pessoa: Também me entristece o descorado de

ter vivido. Viver deve ser mais que apagar a luz para dormir. Mas não quero ficar deprimida, quero rir em tua companhia.

— Terei de inventar um novo argumento; era tão feliz contigo que tinha vontade de chorar.

— Não importa, me conta teus contos duplos hoje, mesmo que não sejam felizes.

— Se desejas. Minha primeira invenção é apenas um esquema de romance. Chama-se: "O perfeito *terceiro* ou *o amigo do amor*, ou o *terceiro de amizade* num amor". Para mim, duas das mais delicadas atitudes humanas são: a coletiva de saber ser nobremente *público da Paixão* e a do *terceiro de amizade* para o amor de outros, ou para a paixão do amigo morto. Meu romance se chamaria "Transparência de Terceiro em amizade de um amor", ou "Terceiro Transparencial", Ou "Romance da Terceiro-Transparência de amor". O que achas?

— Por falta de títulos não lhe faltaria sucesso.

— É que quando olho para ti, as improvisações se atrapalham.

— Mas tuas invenções ou zombarias ou grandes pensamentos sempre me fazem passar os melhores momentos contigo e eu, por outro lado, nem sei como te mostrar o quanto me dás ânimo e companhia. Mas me lembro de teu romance; é melancólico viver à sombra de outras vidas. E teu outro conto?

— É muito trágico e pode te impressionar, se chama "O assassino anual". Embora também seja um esboço, o relato será um pouco mais longo. O que achas de deixarmos para depois?

— Conta-me agora mesmo. Escuto com muito prazer: poderia durar a tarde inteira.

— O personagem diz: "Pois eu não posso viver feliz se não pratico um assassinato a cada ano".

— Autor (*para Doce-Pessoa e Quiçá-Gênio*): O que Quiçá-Gênio está dizendo já aconteceu comigo. (*Para o Leitor*): Ao ver a atitude entusiasmada de Doce-Pessoa de ouvir Quiçá-Gênio, percebe-se que em sua mente ela o está declarando o melhor e mais inventivo contador de experiências da vida.

Doce-Pessoa não se lembra de que eu existo como narrador. Enquanto a jovem dispõe uma bandeja com os ingredientes para um mate que vai oferecer a Quiçá-Gênio para que ele não deixe de contar nenhum detalhe do acontecido com seu protagonista, eu te contarei o meu, leitor. A Eterna é deidade quando escuta: contemplá-la em sua escuta faz com que o Presidente fracasse em todo relato. Eu ficaria paralisado exatamente da mesma maneira, mas levaria a ele as narrativas escritas e, talvez forçado por isso, conseguiria escrever romances habilidosos.

— Quiçá-Gênio: Não ouviste um murmúrio? Seria a Vida que gostaria de entrar? Sempre à espreita.

— Doce-Pessoa: Vamos, vamos, estou concentrada em teu crime.

— Quando o personagem diz que não pode viver se não praticar um assassinato por ano, o interlocutor se levanta de um salto da cadeira. Então repete: "Oito anos, oito pessoas, oito assassinatos". Um dia, por exemplo, sai de casa e traz um jovem que se acreditava pintor. É tomado de uma felicidade que nem Deus nem a Vida lhe dariam jamais; o que chega a sua casa renuncia a pais, filhos, esposa; é uma oferta de tal felicidade que não há como sair dali. (O interlocutor fica tranquilo, pois o assassino não se preocupou em fazê-lo feliz, antecedente indispensável do crime.) Uma vez que se atraiu habilmente em direção a seu próprio interlocutor, a quem principiou contando seu próprio conto como se houvesse acontecido a outro, consuma seu propósito. Então se preocupa em tomar todas as precauções para não alarmar a família; simula correspondências e telefonemas, assegurando que o interessado, embora não escreva, está muito feliz; preocupa-se com o bem-estar e o futuro dos parentes, inventando descobertas ocasionais; não pode pensar que a família de quem morreu no auge da felicidade (o filantropo não seria, depois de tudo, excelente?) possa não ser feliz; gostaria que o morto seguisse vivendo, para a sua família, e faz que ela acredite que vive, que está se aventurando, ou buscando minas, ou explorando terras...

— Prossegue, por favor; o narrador deste conto não tem o direito de respirar.

— O que o impulsiona é o prazer de ver morrer; está aprendendo e adquirindo o sorriso do morrer, para quando ele morra, pois esse sorriso lhe assegura um imenso prazer durante muito tempo; ver o sorriso do que está morrendo lhe justifica um ano de vida. Aniquila-o no auge da felicidade; inventa recursos agradáveis para esta felicidade; deixa-se ganhar nos jogos, lisonjeia-o, até que o próprio interessado pede ao suposto assassino a morte; é um suicídio na exaltação da sorte. Mas seu verdadeiro problema acho que é: tem horror à morte e acredita que, graças a ver morrer docemente (como as suas até agora oito vítimas agradecidas), reabilitará seu valor e poderá render-se à morte.

— Teu relato é muito poderoso, amigo; mas é para pessoas da vida ou do romance?

— Leitor: Basta de argumentos de personagens e mais argumento para o romance! Faz vários capítulos que ele está imóvel. Oh, como é cômodo fazer um romance em que o leitor tem de pensar tudo! Aqui não há nada subentendido, tudo deve ser contado.

— Autor: Por favor, não me peças que te esconda desenlaces, que bajule teus gostos pelo todo-valente pistoleiro, pelo todo-sagaz investigador, pela costureirinha que se casa com o milionário, pelo chofer por quem a princesa se apaixona, pela vingança que se cumpre plenamente contra uma injustiça; eu te peço, leitor, que não me vulgarizes, porque os autores estão muito expostos a isso e devem ser apoiados na verdadeira arte. Não leste meus prólogos?

—Sim, é fácil salvar o enredo quando falta imaginação; como teu romance termina?

— Isso é o que querias!

— Demais leitores: Fora, leitor de desenlaces! Nós te daremos o "romance tolinho sentimental". E, se não for o suficiente, um de nós te contará a trama. Ou chamaremos os personagens e depois poderemos livrá-los de tua curiosidade. Aí vem um.

— Personagem: Vou contar o que acontece no romance agora mesmo; eu rio dos finais ocultos, inadivinháveis, como alguns que se dizem músicos e tudo o que conseguem fazer é um acorde imperfeito e ter o público esperando sua resolução. Minha vida...

— Leitor: Desculpa, vou tentar me emendar. Vou ver se consigo desinteressar-me de que o romance termine ou não.

— Demais leitores: Todos nós queremos isso. Não vamos incomodar o autor. Obra de arte cujo fim se espera não é arte nem há emoção. Sê novo, leitor. Não adules nossas paixões. Que este romance não termine. Não há mais momento de arte do que o de plena leitura de presente.

— O Presidente (*interpelando o autor*): O que são esses murmúrios? Outra página sem a Eterna? Por que a Eterna não aparece para nós e atua, autor?

CAPÍTULO XVII

Montinho brilhante de deliberação falada em brisinhas sussurrantes, dos personagens que combinam entre si de dar vida à Eterna

Cada um dos personagens tenta fazer algo para dar vida à Eterna. Um fala de procurar um raio de lua numa rosa, outro de encontrar uma asa de andorinha desenhando-se na face da grande lua.

Até que um interrompe:

— Como vamos dar-lhe vida que não temos!

De-um-Amor quebra o desconcerto deste momento:

— O que necessitais não é ter vida; o que falta saber é se a Eterna a quer. Até agora não pensamos nisso. Só o Presidente poderia dizer. Que o diga. A Eterna quer a vida?

Presidente: Não podeis me atormentar mais do que com essa pergunta. Eu queria a vida se alguém que anda pelo mundo valesse o que vale o amor dela. Mas não é esse o caso e, ao contrário, seu único motivo de contentamento é saber que é um personagem.

CAPÍTULO XVIII

O que é aqui? A Dor
Ou
Capítulo das costas
Ou
Corta

Conquistaram Buenos Aires para a beleza e o mistério, e todos aspiraram a voltar à estância, ou seja, à amizade. O velho viver em "O Romance" foi retomado e repetido. Um queria ajeitar o jardim ou restaurar as pinturas e outros haviam iniciado uma caiação geral da casa da estância, para dar continuidade à vida de antes.

A Ação foi realizada e as almas não ficaram satisfeitas; a Ação sem a Paixão continua sendo, para o Presidente, sem sentido. Por isso, pôs ponto naquela com a consciência de ter se cumprido em todas as suas partes, com o resultado que dela se esperou, mas ao mesmo tempo sentiu que sua alma nada havia alcançado. Não há nenhum contentamento nele; suas atitudes e conduta sugerem que a vida em "O Romance" não vai recuperar o tom de antigamente. Há em todos os personagens o ressentimento do que há de durar pouco ou ser abandonado ou truncado.

Até a última tentativa, dar Vida à Eterna, foi frustrada pela hesitação do Presidente.

A alegria está ameaçada de fenecimento. O Presidente não está nesse tom e mais uma vez teme-se uma de suas mudanças de decisão. Por fim, ele parte para a meditação metafísica.

Apenas De-um-Amor, o Não Existente Cavalheiro, achou a ação tão boa quanto não tê-la feito, e se sentiu tão feliz quando finalizada como quando antes de fazê-la e de saber que estava para ser feita.

O autor para o leitor:

Foi assim que aconteceu: atendendo ao chamado do Presidente numa de suas reuniões, ele lhes manifestou com sinais de grande tormento que estava deixando "O Romance". E como imaginava que ninguém gostaria de ficar nele, convidava-os a celebrar uma despedida eterna de todos e a procurar escolher cada um o caminho que mais o distanciasse dos demais, de forma a garantir pelo menos que ninguém haveria de conhecer dos outros a despedida por morte. E todas as amarguras da separação devido à morte foram tão completamente demonstradas nessa despedida coletiva pela separação, que eles sentiram que haviam tributado as lágrimas da despedida mortal.

Só Simples quis falar, só ele insinuou se rebelar, reter para todos a situação de felicidade possível. Ninguém o ouviu, com certeza, mas ele disse, murmurou (todo final de Presidente deveria ter esse infaltável esboço de sublevação que autentica as Presidências):

— Por que escolher a Dor, por quê?! Estamos deixando a Ventura. Vamos nos afastar do Bem.

Mas De-um-Amor, o homem a quem a morte prometia mais, embora com uma expressão muito séria, abre passagem entre todos e vai embora dizendo:

— Por favor, tende piedade de um homem feliz: deixai-me passar.

A morte era sua Verdade.

Eles não poderiam estar mais infelizes do que estavam. Com exceção de De-um-Amor, todos aqueles que o Presidente reuniu no passado em sua estância "O Romance" foram desventurados, pois conheceram a felicidade. Quem tem mais dor não é a Eterna?

Não se veem agora nada mais que as costas curvadas de todos os personagens, afastando-se.

Última notícia

Doce-Pessoa jamais renunciará — disse — a duas coisas: à vida continuada em "O Romance" e a conseguir que essa vida seja vivida com o Presidente. Sairá em busca disso. Quiçá-Gênio encantado. Todo ele se dará para apoiá-la.

A esperança permanece com aqueles que permanecem em "O Romance".

Felicidade, à Felicidade não se renuncia. Qualquer cidadão renuncia a qualquer presidência, mas um Presidente de Romance não renuncia.

Quando este romance for para o prelo, cumpriu-se a dispersão das costas, a despedida sem se olhar, a morte acadêmica.

EPÍLOGO

O golpe do vento para baixo, sobre os sufocos da fumaça enlouquecida das chaminés, e a fuga rápida e ansiosa à altura que atinge por instantes, é a de todo destino.

Porém, há o perfeito de intelecção e amor, a alma límpida e cálida, a mobilidade do límpido, a limpidez pulsante, a linha de água do mar, as almas claras, sempre pulsando de algum Sentimento, das grandes matronas, e também de De-um-Amor.

Também a perfeição da adversidade para um destino de alma plena e clara. É demasiada a dor da Eterna que era para o todo-amor e por desespero se escravizou à piedade, frustração de amor. Não deveria tê-lo feito.

Mas não se ame, odeie-se o Presidente; não há pior encontro do que a Inteligência se aproximando da Calidez. O que é apenas inteligência não deve curiosear a Pulsação. É vil.

Tudo feito e nenhum contentamento.

(fim)

TENTATIVA DE ANESTESIAR UMA FERIDA QUE SE LEVA EM CONTA

Aqui é o espaço em que os leitores se agitam pela ressurreição de pessoas e continuação de acontecimentos, quando o romance os apaixonou. (Porque meu livro foi prendedor como as tranças da Eterna, prendedor de afeto dos leitores que não saberão onde, em que página, os conquistei.)

No momento final de um romance desgarrador, todo leitor apreciativo anseia por pedir ao autor a ressurreição de um ou vários personagens, a ressurreição do romance, ou seja, continuar a ser personagens, não o nascimento do romance, que é de fazer-se pessoa o personagem; e, como não é possível continuar sendo personagem sem que a narrativa continue nos acontecimentos, o autor aqui devia satisfazer o leitor seguindo os passos e percalços daquele personagem.

A continuação preferida de personagem que eu adivinho no desejo do leitor é certamente a de Doce-Pessoa, e a continuação de eventos que o leitor mais intimamente gostaria de ver acontecendo é a continuação da vida em "O Romance". A dor da Eterna tem tal halo de grandeza que o leitor não tem fôlego para continuar a ser leitor da Eterna, e de maneira nenhuma desejará seguir em frente sabendo desse destino sublime e transitório. Por outro lado, não menos astuto que o autor, o leitor concebe que se eu lhe adiantar acontecimentos deste romance, na pessoa da Eterna e na atmosfera invejável de "O Romance", Quiçá-Gênio não demorará muito para farejá-lo e reaparecer em busca de Doce-Pessoa. Mesmo que ele não me pressionasse, eu não resistiria a manter Doce-Pessoa separada dele. O estado de ânimo do leitor é este: apostaria o quanto possui que, juntos em "O Romance" Doce-Pessoa e Quiçá-Gênio, não haverá apenas histórias e diálogos insuperáveis como aqueles pelos quais Quiçá-Gênio é conhecido, mas que ambos serão felizes, imensa e imperturbavelmente, e o leitor terá ao mesmo tempo o pícaro prazer de ver um autor que se tornou especialista em desgraças totais ser obrigado a pintar uma felicidade inabalável. Ele poria em minhas mãos, astutamente, uma "felicidade inquebrantável", e garantiria riso por muito tempo ao contemplar-se fracassando em rompê-la, escravo do meu instinto pessimista. Se ele fizer isso, eu assino; mas para que eu descreva uma felicidade, sabendo que nenhuma felicidade jamais foi imortal na arte e que algumas lágrimas e soluços e ais-de-mim infelizes se leem há séculos, não me empenho em tal tarefa quando me resta ainda por inventar no mínimo uma dúzia de situações em que os personagens saiam à vida.

Não é uma tristeza, leitor, que os afortunados viventes da estância "O Romance" vaguem longe, dispersos, impedidos de voltar àquela existência inocente?

Mesmo com tão poucos detalhes que vos dei de como se vivia lá, tenho certeza de que a invejastes entrevista; e, conhecida, ninguém vos arrancasse dela, exceto o repentino imperativo de salvar Eterna da humilhação, ou Doce-Pessoa de uma brusquidão de tom involuntária do Presidente com ela.

A mim, o autor, dói mais que a ninguém interromper essa vida; ninguém teve mais aptidão que eu para uma cálida sociedade de afetos.

Nenhum autor teve a visão da tortura do leitor após a palavra FIM. Ninguém se cuidou nesse momento. Pela primeira vez o faço eu, que sei que nas obras que arrebatam o leitor quis sempre mais duas páginas que desconsiderem a palavra FIM. E, fechado o livro, fiquem junto ao leitor.

Por último, reconhece-me este mérito (sufoca-me pensar em mérito algum), reconhece-me que este romance, pela multiplicidade de suas inconclusões, é o que mais acreditou em tua fantasia, em tua capacidade e necessidade de completar e substituir finais. Exceto eu, não existiu nenhum romancista que acreditasse em tua fantasia. O romance completo, que é o mais fácil, o único usado no passado, aquele inteiramente do autor, teve a todos nós como crianças a quem se dá de comer na boca. Por essa omissão irritante e de péssimo gosto, tomai-vos livre ressarcimento no meu.

O ROMANCE EM ESTADOS

A escola artística que há de dominar em breve, quando reinar a máxima severidade da arte, cultivará apenas o romance em estados, um melodismo sem música dos sucessivos estados que compendiam os capítulos, como metáfora do que se sentiu em cada tempo do romance.

A prosa será como a música: uma sucessão de estados sem prolixidades de motivação, como se pode entender se refletirmos que numa sonata de Beethoven ouvimos num quarto de hora a totalidade do sentido lendo um romance de quatrocentas páginas, de muitas horas.

Este é, em estados, o mesmo romance que acabais de ler

— Eram uma pluralidade humana em simpatia (Estância "O Romance").

— Aparecem sem passado: diante de uma felicidade que não era sonhada como esperada, mas impossível, e para senti-la mais real, cortaram seus passados, fizeram-lhes sonhos, vínculos, famílias, memórias, esqueceram.

— Depois da dor de forçar o esquecimento, eram felizes

o quanto se pode ser sem paixão. O Presidente, que os convocou, os encoraja.

— Uma imutação de uma alegria bem-aventurada de convivência, o primeiro indício de insegurança.

— Para escapar daquele primeiro tremor de frágil felicidade, lançam-se loucamente às ordens do Presidente, todos — Presidente, Eterna, Doce-Pessoa, Quiçá-Gênio, De-um-Amor, Pai, Simples, Andaluz — à manobra de alegração, um raro ato de exercitamento no suportar ativo.

— Eles concluíram tudo; depois que os personagens são testados, voltam ao viver ilusionado na estância.

— Mas a alegria não voltou por completo. Eles estão preocupados com a preocupação do Presidente que dispõe a saída para a Ação. Esta se constitui no plano de acabar com a luta obstinada e longa em que se dilacera Buenos Aires entre o Lado Hilariante e o Lado Enternecedor, uma discórdia cega que o Presidente julga engendrada por terem consentido com o reinado da Feiura por muitos anos. O Presidente e os seus dominarão a disputa e erradicarão a feiura civil.

— É assim que se faz e se consegue, tudo por milagre de romance. (Milagres mais abstrusos, como o de Jesus concebido sem pecado, fizeram a humanidade viver do incompreendido, por séculos. Como mais tarde o sumo de não ser compreendido por ninguém tornou Kant célebre, por elogios dos que não compreenderam. Mais milagre é este da glória de Kant do que os modestos, úteis milagres de que me valho em meu romance.)

— Triste saciedade de uma obra triunfante que erroneamente se acreditou que devolveria a felicidade aos habitantes de "O Romance".

— As costas, curvadas de dor, se desvanecem na distância.

PARA QUEM QUISER ESCREVER ESTE ROMANCE

(Prólogo final)

Deixo-o livro aberto: será talvez o primeiro "livro aberto" na história literária, ou seja, que o autor, desejando que fosse melhor ou mesmo bom e convencido de que, devido à sua estrutura despedaçada, é uma falta de jeito temerária com o leitor, mas também de que é rico em sugestões, deixa autorizado todo futuro escritor, com impulso e circunstâncias que favorecem um trabalho intenso, a corrigi-lo o mais acertadamente que possa e editá-lo livremente, com ou sem menção de minha obra e nome. O trabalho não será pouco. Suprima, corrija, mas, se possível, que reste algo.

Nesta oportunidade, declaro que a verdadeira execução da minha teoria do romance só poderia ser cumprida escrevendo o romance de várias pessoas que se juntam para ler outro romance, para que eles, leitores-personagens, leitores do outro romance, personagens deste, sejam incessantemente delineados como pessoas existentes, não personagens, por contrachoque com as figuras e imagens do romance por eles mesmos lido.

Tal é a trama de personagens lidos e ledores, com personagens apenas lidos, que desenvolvida sistematicamente atenderia a uma uniforme e constante execução de minha teoria da arte a personagens ou romance. Seria uma trama de romance duplo.

Digo isso para confessar que meu presente livro está muito longe de cumprir a fórmula da belarte de personagens pela palavra. Esta também permanece, então, como uma "empresa aberta".

Deixo, assim, dada a teoria perfeita do romance, uma peça imperfeita de sua execução e um perfeito plano de sua execução.

Note-se que há um verdadeiro êxito meu no paralelismo da dupla trama, pela qual obteria, por meio de uma alquimia consciencial, uma assunção de vida para o personagem-leitor, com o fortalecimento do nada existencial do personagem-lido, que é muito mais personagem por isso, que acentua seu franco não ser com uma ênfase de inexistência que o purifica e o enaltece longe de toda promiscuidade com o real; e, ao mesmo tempo, repercute a assunção de existência do personagem ledor no leitor real, que, por contrafigura com o personagem, se desfaz da própria existência. Esse confusionismo deliberado é provavelmente de uma fecundidade consciencial libertadora; trabalho da mais genuína artisticidade que se pôde descobrir; fértil artificiosidade para a consciência em seu efeito de fragilizar a noção e a certeza do ser, das quais procede a intimidação universal da igualmente absurda e vaga noção verbal do não ser. Só existe um não ser: o do personagem, o da fantasia, o do imaginado. O imaginador nunca conhecerá o não ser.

APÊNDICES

O que nasce e o que morre

Hoje publicamos o último romance ruim e o primeiro romance bom. Qual será o melhor? Para que o leitor não opte pelo do gênero de sua preferência, descartando o outro, ordenamos que a venda seja indivisível; como não conseguimos instituir a leitura obrigatória de ambos, temos pelo menos o consolo de nos ter ocorrido a compra irredimível daquele que não se quer comprar, mas que não se separa do que se quer: será Romance Obrigatório o último romance ruim ou o primeiro romance bom, ao gosto do Leitor. O que de forma alguma será permitido, para nossa máxima aflição e ridículo, é considerar os dois igualmente bons e nos parabenizar por tão completa "fortuna".

O Romance Ruim merece uma homenagem; eis aqui a minha. Não se dirá, então, que não sei fazer mal as coisas; que, de limitado talento, não consegui alcançar um dos dois gêneros do romance, o ruim. No mesmo dia mostro toda a minha capacidade. É verdade que alguma vez corri o risco de confundir o ruim que eu deveria ter pensado para *Adriana Buenos Aires* com o bom que não me ocorria para o *Romance da Eterna e Doce-Pessoa*; mas é questão de que o leitor colabore e os desconfunda... Às vezes fiquei perplexo, quando o vento fez voar os manuscritos, pois sabereis que eu escrevia uma página de cada um por dia, e não sabia que página correspondia a qual; nada me auxiliava porque a numeração era a mesma, a qualidade de papel e tinta, igual a qualidade de ideias, já que me havia esforçado para ser igualmente inteligente em um e outro para que meus gêmeos não armassem uma briga. Como sofri quando não sabia se uma página brilhante pertencia ao último romance ruim ou ao primeiro romance bom!

Que o leitor se encarregue de minha inquietação e confie em minha promessa de um próximo romance ruim-bom, primeirúltimo de seu tipo, em que se aliará o ótimo do ruim de meu romance ruim com o ótimo do bom de meu romance bom, e em que recolherei a experiência adquirida em meus esforços para provar a mim mesmo que algo bom era ruim, ou vice-versa, porque necessitava disso para concluir um capítulo de um ou de outro...

Eu te agradeço, leitor, pelo Obrigatório que vais levar.

Tenho a sorte de ser o primeiro escritor que pode se dirigir ao duplo leitor, e já abusando dessa inclinação me atrevo a rogar, a cada um dos que me leem, que possa me comunicar qual dos dois romances lhe resultou obrigatório. Se o senhor forma uma opinião da obra, eu desejo formar uma opinião de meu leitor.

O autor também fala

Às vezes, preocupado, eu me pergunto como poderia ser esquecível este romance sublime e difícil — agora para o leitor, antes para mim — se dentro dele existe um General assustado que, hesitante pelos degraus às escuras do subterrâneo da Casa do Romance, guiado pela Eterna, põe, com seus tremores, a Eterna lhe dizendo: — Mas, general, pegue na minha saia e caminhe tendo certeza de que não vou me afastar.

E também se lerá como aconteceu que a Eterna, num dia sem vento de Buenos Aires, despachou um mensageiro para cruzar toda a cidade com um braço numa tala e uma mão paralítica, que levava presa numa contração dos dedos uma vela acesa, a qual ele transportou até se queimar porque ninguém se dispôs a soprá-la e o mensageiro não tinha fôlego para fazê-lo porque era personagem do presente romance e tinha ficado sem vida devido aos "esforços" de personagens que imperiosamente exigiam sua dignidade e a glória de figuração num romance tão indubitavelmente sublime. Como cinzas heroicas, o mensageiro ficou num relicário, não porque o portenho não seja o mais benévolo e compassivo dos homens, mas porque tanto catedrático, tanto escritor, tanto jornalista, tanto político, capitalista, comunistas, novas e velhas religiões, penicilinistas, mantêm os portenhos tão cheios de promessas e carentes de realidades e de sinceridade que eles desconfiaram do mensageiro! Que desconfiaram da Eterna! E ao mensageiro mais enternecedor que já existiu mesquinharam o mínimo, que é um sopro de ajuda.

E também se saberá que dei vida à inexistência de De-um-Amor, como a Posteridade deu vida a inexistências ilustres, como autores, fazendo-os do nada para a glória. Outra inexistência a que se deu vida por meio de óperas, romances, poemas, é: o amor não correspondido, evento que nunca aconteceu (sendo amor verdadeiro). Inúmeras coisas que não existem foram inventadas: há todo outro mundo de inexistências (a subconsciência, o dever, a cenestesia, muito "Deus" das "religiões"); deixe-me ter apenas uma inexistência em meu romance: o Não Existente Cavalheiro; é dotar uma obra de arte com o personagem necessário para que os outros ostentem sua existência; o único personagem não existente funciona, por contraste, como vitalizador dos demais.

E De-um-Amor aceita, enquanto dure, pôr à disposição de nosso romance o total de sua não existência, sem medo de arriscá-la entrando no "ser da arte"; este o apaixona menos que sua não existência e a esta prefere a "altruiexistência": a existência nos outros, isto é, o amor; a única coisa que ele não arriscaria é viver por viver ou com aniversários, uma longa existência, o longevismo.

Prólogo metafísico

Este romance não consente em se separar da eternidade; ele quer ter sua fronte à brisa do eterno; sua metafísica não o abandona e é a seguinte:

O materialismo é uma metafísica; não é ciência; sua inquietude é a mesma que a do idealismo, a essencial perplexidade metafísica: o assombro de inexplicabilidade de que algo "seja".

A ciência é um passatempo de descrição do Ser, com esperança de praticidade e sem assombro de ser. O materialismo, como o idealismo, como toda metafísica definida, conclui declarando a inteligibilidade total do ser, a cognoscibilidade absoluta, ao contrário do positivismo e da ciência que se atêm ao "como do mundo", ao ser, declarando inacessível à Inteligência como o ser foi possível, como se deu o ser e não o Nada (se o tempo fosse forma de juízo invariável, o Nada seria sempre pensado como duração), como se deu, como algo pode acontecer, ser, sentir-se. Isso equivale a acreditar, conceber que pôde não ser, que amanhã o tempo, o espaço, as coisas e os sentires podem cessar, que um dia começaram depois de nada.

Os físicos pensam que dizem algo, que compreendem, quando constroem o mundo visual tátil, com átomos, com o invisível e o impalpável. Da mesma forma, sem nenhuma preocupação, inventam o aparecimento da consciência do seio das preciosas recombinações do insensível, do inconsciente: a matéria. Não é que com verbalidade tão ininteligível eles se acalmem; é que não houve inquietação, espanto ainda: a Metafísica não nasceu neles tão facilmente quanto a consciência do Inconsciente. Por outro lado, acham insensato que o idealismo negue o Tempo, o Espaço, o Eu, a Matéria; que afirme como única coisa concebível, único objeto para a Inteligência: o estado sentido, meu e atual; assim nomeio, defino o ser: o eternamente autoexistente, o eterno na mística da intelecção; em outras palavras, a categoria "ser" não é passageira, não pode se perder.

Não concebendo um instante de meu não ser, de meu não sentir, o que eu sou, ou seja, minha sensibilidade, não começou nem cessa ou se interrompe um instante, nem a identidade individual nunca será descontinuada em minha memória. Um tempo sem mundo, o não ser do ser, é uma noção impossível.

Como é esse Mistério e nele Fortuna e Dor, essa existência da qual nunca sairemos, essa inexorável eternidade pessoal mnemônica, aquela Dor pela qual gostaríamos de não ser, e que sempre doerá, aquela Fortuna que chegará e voltará, esse inseparável sempre existir, essa sorte esperada, não atual, para a qual queríamos o ser com atualidade?

Há um só homem que se perguntou, posso não ser? É o homem: que existia. Quando alguém parte, quando "outro" se esconde, é o homem que existe que se pergunta: a morte existe?

Por mais chocante que seja essa verbalidade, é preciso repetir: quem existe é quem crê ou se pergunta: eu nasci hoje, antes eu não era. Posso dizer isso mesmo e não parecerá mais verbalidade: quando quero pensar no nada, surge em minha mente alguma imagem sobre a qual esse pensamento recai? Se houver, penso em algo e não em nada; se não houver, eu nem penso.[11]

O espaço é irreal, o mundo não tem magnitude, pois o que abarcamos com o olhar mais amplo, a planície e o céu, cabe na recordação, ou seja, na imagem, totalmente e com todos os seus detalhes num ponto de meu psiquismo, de minha mente; esta não tem extensão, pontos, e contém imagens. Basta que o material possa se tornar uma imagem sem posição ou extensão, pela evocação em minha mente, que possa ser representado igual e total, *ver-se a si mesmo*, porque só por conceito dizemos que em tal caso não vemos, mas lembramos, e isso é provado pelo fato de que nos sonhos ou na evocação desperta muito intensa, a imagem é igualmente viva e suscita as mesmas emoções, atos, palavras e gestos que o Real.

1) Que o Exterior não é extenso;

2) Que a mente ou psique, consciência, alma, sensibilidade — sinônimos em sua essência do subjetivo — não tem extensão, posição, tampouco está em qualquer lugar. Essa imensidão, o Cosmos, é assim um ponto, ou melhor, a Imagem involuntária, autônoma, o contingente ou espontâneo diante de nossa vontade.

Em outras palavras, tudo o que existe são imagens, algumas voluntárias, outras involuntárias, sonho e realidade se misturando e suscitando as mesmas emoções e atos quando são igualmente vivas.

Pode-se dizer que, já que o vemos, o mundo não tem extensão. Mas às vezes o objeto tem um tamanho distinto dependendo da posição em que está em relação a nós; os sons que emanam dele com a mesma percussão variam em intensidade, e para obter dele uma sensação de outro tipo,

---

11 Temos, é verdade, a palavra "nada" que alude a algo: é uma negação condicionada, ou parcial, de existência condicionada: não ter tal coisa ou sentir em tal lugar ou tempo, isto é, próximo a tais determinadas outras coisas: não há nada sobre esta mesa, ou o não haver em percepção o que há em imagens: não ter em minha casa as iguarias nas quais penso.

a tátil, temos de realizar um trabalho de translação. Temos, portanto, que a única coisa efetiva do espaço é o *efeito*: distância, ou seja, que dada a percepção de um objeto, de um som, de um perfume, podemos aumentar de tamanho, detalhe ou intensidade dependendo do caso mediante um trabalho que denominamos *nos aproximar*, e em determinado ponto deste trabalho podemos obter uma sensação tátil do objeto visual. Que seja necessário um trabalho de translação para que, de um objeto que dizemos distante, possamos obter a sensação de tato é o efeito do "espaço" e sua única realidade.

Da mesma forma, quanto ao tempo, sua realidade reside em seu efeito: o de que seja necessária uma espera, ou seja, uma soma de acontecimentos, para que depois de um deles chamemos de presente a uma mudança ou um estado de coisas desejado ou temido. Quando um fato prazeroso em representação é desejado, é um fato futuro; se o doloroso é temido, também é futuro; se o doloroso não é temido, é passado, e também o é se o prazeroso não despertar o desejo ou a alegria; em ambos os casos, desde que os efeitos atuais dos estados passados ou atuais que fazem parte do evento futuro sejam descartados. Um estudante, dois ou três meses antes da época de exames, pode ter alternadamente representações da mesma cena: imaginar-se em tal sala perto de uma mesa à qual quatro professores estão sentados; essa cena pode corresponder, com as mesmas figuras, ao ato de exame da Anatomia por que passou em março ou ao que acontecerá em novembro próximo: qual das duas cenas é futura ou passada? A faixa intelectual é absolutamente a mesma, o que às vezes desperta uma sensação de medo e outras vezes uma sensação agradável. No primeiro caso, o evento é futuro; no segundo, é passado: o exame que eu fiz é agradável de lembrar, o que *vou fazer* me intimida.

Tamanho e duração não são reais, mas inferências a respeito do efeito, de trabalho muscular de translação ou do trabalho espiritual de espera, inquietude, desejo. A duração é apenas a soma das mudanças que devem ocorrer, tornar-se atuais antes que outra mudança se torne atual; e esse "antes" e esse tornar-se atuais não são implicações de tempo, que seriam tautológicas neste caso, mas sim correlativos psicológicos: um estado é atual quando o afeto, o desejo ou o medo, que a ele estão ligados, culmina em intensidade: o temor de algo como temor é naturalmente sempre atual quando o temor atinge seu ápice.

Tudo isso dito para estabelecer a niilidade do Tempo e do Espaço, abstrações que apenas nos dizem que ocorrem em nós representações de cenas ou eventos que, na percepção ou na realidade, nos proporcionariam dor ou prazer e que, no entanto, ocorrem em nossa mente às vezes provocando emoção e iniciações motrizes e outras vezes nada disso. (No primeiro caso, a imagem é de fato futuro; no segundo, de fato passado.) Isso é tudo o que acontece em nossa psique com o Tempo. *Distante e próximo* (Espaço), por sua vez, se diferenciam porque a obtenção de uma visão maior ou outras sensações de uma coisa requer, em alguns casos, um trabalho de translação, e em outros não: vejo uma flor e, para obter dela a sensação de tato e a sensação de aroma, devo efetuar um trabalho muscular, ou outra pessoa deve fazer isso por mim. Isso é tudo o que importa no Espaço.

A niilidade do Tempo e do Espaço, correlativa à niilidade do Eu (ou identidade pessoal) e da Substância material, nos situa numa eternidade sem descontinuidades concebíveis. Essa é a certeza metafísica do romance.

O homem que fingia viver

(Único personagem que necessita de explicação. E a tem dupla:[12] faltou-lhe existência, mas teve abundância de esclarecimentos)

12 Pode ser que eu não lhe consiga mais de uma, embora prometa duas. Outra incongruência! Mas já disse, ou direi adiante, que utilizo todos os recursos, inclusive as incongruências, para desafiar com o artístico o verossímil, o pueril verossímil, e aponto e justifico cada um. É um procedimento mais franco e uma tarefa maior que assumo pelo público, do que o tão usado e cômodo de introduzir dementes nos romances. Dom Quixote, Sancho, Hamlet são personagens reconhecidamente enfermos, como "o idiota" de Dostoiévski e algum protagonista de Hamsun (deste escritor premiaram um louco, a tal ponto que, se durante uma página se comporta de forma lógica, o louco não é premiado e dizemos que o autor falhou: o louco isenta o autor de se precaver dos absurdos). E, no entanto, esses romancistas continuam a se acreditar realistas; fazer romance ou teatro com loucos é como fazer ciência a partir da negação da causalidade, é escolher o pouco trabalho de explicar tudo pela demência, usando a demência como coordenadora de romance, tornando o realismo incomprovável para o leitor, já que o desconexo e absurdo é a verossimilhança da demência. A loucura na arte é uma negação realista da arte realista. Os efeitos, consequências, influências da loucura em personagens sãos podem ser arte realista, mas o comportamento e o caráter do personagem louco, que é o que principalmente ocupa esses romances cômodos de pseudorrealistas, são assombrosa inocência. Da mesma forma, o sensorial (alegrias e dores do comer, do fumar, da sexualidade fisiológica etc.) não é um assunto possível da arte; os efeitos da sensualidade sobre o não sensual do personagem, sim. Exemplo: madame Bovary, uma vida totalmente desprezível de desespero sensorial, que só interessa à arte como um destino de desespero, não em suas sensualidades. Não faço personagens loucos, faço leitura louca, e justamente com o intuito de convencer pela arte, não pela verdade.

Neste romance, o homem que fingia viver não é visto ou aludido, ele não figura. Ele é um personagem "assim", idiossincrático; "ele é assim", e tão caracteristicamente que não se percebe que não aparece. Eu gostaria de torná-lo, se possível, ainda mais destacado no romance; acrescentar importância digna a um não existente; dizer, por exemplo, que ele executa a Ausência realizada por fim em arte, alcançada em símbolos e ainda ocupando lugar.

Ou lhe atribuir a culpa por tudo de ruim que acontece aos personagens ou pelo estilo e elegância que faltam na ideia e na redação de nosso romance. Ou utilizá-lo como acumulando nele, em sua inconcebível efetividade de "personagem por ausência", todos os impossíveis abertamente utilizados em todos os romances e filmes e, claro, o de o autor saber o que vai acontecer no futuro, o que pensam e não dizem os personagens e outras minúcias impossíveis que floreiam as tramas.

Mas direi, honestamente, meramente, que o impressionante desse personagem é demonstrado com satisfação no simples detalhe de que a primeira folha em que se trata dele é a única que ele apresenta e exigiu, não intencionalmente, mas por um imperativo raro, um subtítulo entre parênteses e uma longa nota de rodapé. Abundam nos relatos e poemas coisas muito menos explicadas do que, aqui, a influente atuação de um personagem por ausência, usando uma singularidade tipográfica como prova da eficiência e substancialidade de um protagonista inexistente.

Como eu disse, ninguém saberia, e assim o autor desejaria ter conseguido, que esse personagem não aparece. Se não fosse por Sen (que até este prólogo não aceitou ser chamado de Quiçá-Gênio), o homem que não sabia se era gênio tem predileção por se confundir em relação a ele, fazer perguntas, assombrar-se, exigir sua presença, embora já lhe tenham dito que, devido ao seu papel, fazê-lo vir é botá-lo a perder (não porque os outros personagens sejam más companhias, mas porque com isso a Ausência, um dos assuntos mais lisonjeados do verso, não comunicaria ao romance seu fácil encanto).

A retidão de Sen o obrigou a pesquisar e finalmente encontrar a explicação que para ele teve toda eloquência. Cada vez que Sen pergunta sobre isso, responde-se que Hgfg está ocupado com a única coisa que resta no mundo hoje que envergonhe e induza a se esconder: ele está rasgando a etiqueta de uma caixa de fósforos em busca do título de capitalização oculto prometido pela Cia. de Fósforos Victoria. Sen está totalmente tranquilo e simpatiza com Hgfg. Sen na verdade pensa que essa tarefa é agradável, arriscada e a única razão séria para se esconder.

O homem que fingia viver não aparece porque pensou que um romance que por tanto tempo não aparecia e por isso se celebrava, está exposto a não encontrar ninguém que o elogie se não retiver, na publicidade, algo do não aparecer, algum traço de coisa futura; convém a um romance que teve um longo período de não ser contado, de não existir — o que raramente acontece; o não existir de um livro se obtém entre prometê-lo e publicá-lo; um livro não anunciado careceu de não existência, que mantenha esse caráter em algum aspecto parcial de seu cumprimento. Mas também concorda com a rigidez do absolutamente fantástico que queremos que reine nele, pois a invenção, não a cópia de realidade, é a verdade em Arte, que o romance garanta os serviços de um personagem de inexistência perfeita.

Todos os eventos e pessoas no romance são gratamente impossíveis, fantásticos para a realidade; Hgfg, em sua grata inexistência, com a qual ganhará a opinião do público, é fantástico para o romance: não só não acontece na vida; não acontece no livro.

O leitor verificará que se estamos contentes, o leitor e eu, com o desempenho de todos os personagens, e não sabemos como agradecer que nos tenham acompanhado até o Fim, como o leitor e eu nos acompanhamos, correndo aqueles para qualquer página em que o leitor estivesse para dar-se-lhes a ler, Hgfg está ainda mais: ele manteve seu papel de inexistência sem poupar o cansaço, com uma idoneidade para o prolixo não ser e uma assiduidade de faltar quase enternecedora; devem lhe ter exigido uma longa experiência anterior. Terminado o romance, a interdição de ser foi suspensa e ele nos visitou como um recém-nascido agradecido, fraco, incipiente e sem respingos. É lamentável que essa visita prodigiosa não ocorra dentro de um romance tão bonito, mas que já estava concluído, pois não tem o dom de continuar sempre como o leitor gostaria, e como *La Nación* e *La Prensa* fazem no domingo. Nenhum defeito mostra sua inexistência, nem mesmo de detalhes, correndo a todo momento o risco de existir, de ser um fracasso do não ser, o que teria retirado tanto volume de sua figuração.

Guia aos prólogos (prólogo indicador)

Estou habilitando comodidades e um novo Capítulo para cenas e pessoas imprevistas, para as quais devo improvisar acomodação, páginas, fatos e redação (porque meus personagens são todos ligeiríssimos: no momento em que paro de escrever, eles param de fazer; se eu não trabalho, fica tudo parado; aí está o Juancito "no ar sem chão do espaço" (é uma lírica que surge em mim como um respiro libertador na gravidade dos prólogos que ainda me faltam) meio caindo de uma sacada, porque ontem parei de escrever, como escritor zeloso, para desocupar o terreno (e preparar sua descrição), que ocuparia sua porrada; não lhe custa nada seguir a ação da gravidade, pois não o faz! Outra vez me procuraram ao longo do Romance porque eu havia deixado dom Luciano enfiando o braço na manga do sobretudo e ele não resistia mais às cãibras dessa postura. O Presidente reclamou mais, porque interrompi sua escrita quando ia soprar o fósforo com que ele tinha acabado de acender o cigarro e passou a tarde sem fumar e se queimando. Isso parece mentira. Em qualquer momento do meu romance, há alguém com apenas uma botina nos pés, um jovem com apenas uma namorada ou namorados que vão ficar sozinhos e eu não acabei de tirar a mamãe ou de fazer a tia cochilar. Dom Luciano também foi deixado de lado em minha escrita nos momentos em que se ajustava a uma nova Moral, e me encontrou longe quando me procuraram para lhe devolver certa Virtude. Outra pior, mas de consequências fecundas: todo um público de inauguração do novo nome de uma rua, que esperava dormir assim que o Ministro se levantasse para proferir sua oratória aborrecida. Deixei que ele se levantasse e no momento em que ia redigir o público adormecido, me chamaram por causa de um cacho não enrolado ou um único lado raspado de um rosto; como o público era personagem de meu romance e o Ministro não, este disse todos os seus conceitos essenciais e o público ouviu tudo, o que jamais aconteceu em nenhuma estreia, aniversário, dia de premiação da escola ou de estátua que inauguram. O público de meu romance não abrirá a boca novamente para nomes de ruas. Enfim, os editores me avisam que se eu paro de redigir o comprador de meu romance no delicado instante da vacilante decisão de começar a comprar a proximidade de um exemplar, serei indigno dos mil pesos gastos em afixar nas paredes garantias sobre o "Melhor romance do mundo desde o seu início e o dele".

Aos não peritos em Metafísica

Não poderei dar ao ansioso, ao jovem que anseie por certo conhecimento ou certo poder, que busque alguma ambição ou algum caminho sólido de segurança na treva do Ser, nada concreto, um sinal no céu, uma árvore na África, um acorde estranho, uma pedra encontrada, um perfil de sombras que, levando-o ou mantendo-o em mente, significasse que o ato ou intuição que estava em sua mente no momento de encontrá-lo deve ser seguido e é aquele que o levaria à realização desse desejo — mas posso direcioná-lo a pensamentos tão possíveis, tão insinuantes da todo-possibilidade, da eternidade, tão embriagantes de mistério, que lhe criem um interior tão forte que nenhuma Realidade possa ter sobre ele o poder da dor e do impossível, de limitação, que tem sobre quem não foi capaz de construir fascinações de pensamentos que sempre o acompanhem. Todos nós podemos cultivar um sonho constante e forte que embote grande parte da acuidade de uma realidade adversa. As religiões, o patriotismo, o humanismo são algo assim; especialmente as religiões. A noção de honra também talvez seja uma combinação voluntária de uma analgesia Antirrealidade.

Mas, para quem não obtiver o Todo-Amor, que é o Sonho Máximo, duas vezes hedônico: em si e esteticamente, isto é, no pensá-lo, no que nos aparece quando o olhamos em nós mesmos ou no outro, há uma base de construção de Sonho mais firme que aqueles: a atitude do ser místico (que é o oposto do religioso) que só se atinge tocando em todos os seus limites a limitação da Intelecção, a impensabilidade do Ser, não essa mesquinha impensabilidade das antinomias, prolixa vacuidade, mas a impensabilidade até mesmo delas.

Tudo o que buscais e credes às vezes que não existe, às vezes pior ainda, que é impossível, existe, mas o nome que dais a vossa busca e desejo é equivocado, ou seja, que não sabeis o que transformaria essa penosa ânsia em prazer; pois o nome de um desejo é o nome daquilo que o faz cessar trocando-o por prazer, sendo todos os desejos um mesmo estado diferente na relação de tempo.

E aqui mesmo já temos o problema do pensamento. Todos os desejos são um mesmo estado, significando que, se há uma palavra (desejo) para estados que aparecem muitas vezes e se satisfazem (trocam por prazer) com posses muito diferentes, algo igual há neles. E como sabemos que há algo igual neles?

Quando o problema é o da própria Palavra, signo com o qual se comunica toda investigação e também a investigação ou o problema da Palavra, a investigação e a exposição são coisas muito distintas ao expor já se (...) a palavra; ao investigar não. Se o problema é o da Causalidade, ao investigá-lo se acredita e se duvida; ao expô-lo já se crê, portanto, no *efeito* permanente do signo "palavra escrita" ou falada para comunicação; se eu não creio na causalidade, não creio que minhas palavras tenham o invariável efeito de suscitar certas imagens em outra mente.

Parece claro; e, no entanto: embora não acredite na causalidade, não fala nem expõe sobre ela.

Este é o romance que começou perdendo sua "personagem cozinheira" Nicolasa, que renunciou por motivos elevadíssimos

Nicolasa vai embora e, neste prólogo, o romance se despede dela. Mais triste que mal-humorada, Nicolasa e seu corpulento volume se afastam de "O Romance", demissionante, como já se sabe, e passa diante do vigiazinho que, como bom amigo, a interroga surpreso:

— Como a senhora acha que vai correr o romance?

— Não sei de nada. Mas o senhor, que é um homem de bom apetite, imagine o que poderá ser de um romance sem cozinheira: um romance de jejuadores.

O romance lamenta muito e deve acrescentar que, quando todas as lojas de móveis de Buenos Aires souberam que Nicolasa estava vaga, disputaram para empregá-la, pelos seus 140 quilos, para testar a resistência de cadeiras e camas. A cadeira ou cama que resistisse era como que selada pela aplicação daquela parte do corpo de Nicolasa, e esse selo tinha garantia de dez anos.

Dessa ocupação, que lhe rendeu muito dinheiro, ela logo se cansou, talvez por saudade de seu lugar no romance; e veio estabelecer uma loja de empanadas perto da estação ferroviária próxima de "O Romance". O fato é que o aroma das deliciosas empanadas era um encanto tão poderoso que não só esteve a ponto de deixar o romance sem leitores, porque todos os que acudiam eram desviados do caminho para a loja de empanadas, mas também as locomotivas paravam na estação, como encantadas. Isso lhe rendeu uma distinção da Prefeitura, beneficiada porque não havia mais trens que passavam sem parar, o que trazia muitas vantagens para o público viajante do local.

Embora volumosa e muito sensível, Nicolasa, mortificada vendo que podia privar o romance dos leitores, abandonou toda essa invejável situação e trabalhou apenas no inverno, nas grandes avenidas de Buenos Aires, para barrar o vento e o frio aos transeuntes, que se refugiavam ao amparo de sua pessoa até que os lugares se esgotassem.

Pode-se ainda acrescentar que as imagens (gustativo-olfativo-visuais) da última empanada que comemos nos tornavam incapazes de prestar atenção ao que estava sendo conversado e era universal no mundo-aldeia de Verónica a fórmula de "estar pensando em empanadas" lançada ao ouvinte distraído, ou o ditado "quem pensa em empanadas não é ruim no que pensa". Por isso, os encontros para tratar de negócios ou para tarefas exigentes eram marcados "para qualquer hora antes das empanadas", e o negócio concluído, bem como a aposta nas empanadas, era realizado na loja de empanadas. A "empanada e meia", unidade gastronômica inventada por dona Nicolasa, era um prêmio frequente no jogo: apostar uma dúzia de "empanadas e meia" era quase sempre o fim pacífico de disputas e previsões. Um antigo veroniquense era reconhecível pela maneira hábil, sem danos, de decorrer uma "empanada e meia"; elas eram "decorridas"; as palavras fatiar, cortar não eram usadas com elas.

A empanada e meia foi uma unidade que em certos momentos funcionou como moeda local; não era raro ler ou ouvir, por escrito ou verbalmente, esta cláusula: "Contra reembolso em dinheiro ou empanadas e meia". Outras vezes se ouvia: — Que tempestade está chegando, amigo. — Sim, nem as empanadas vão detê-la.

Mas, em suma, já dissemos que Nicolasa, que tanto amava este romance, mudou-se para outro lugar para não tirar dele os leitores que passavam por "O Romance". É um exemplo nunca mencionado de adesão a algo.

Queremos que ela saiba que o romance lhe dedica essa recordação.

Mas de pessoa tão simpática não vamos nos despedir tão cedo, digamos mais alguma coisa. Por exemplo, a teoria metafísica de Nicolasa.

Sua doutrina estava centrada neste princípio: dois são os poderes máximos da realidade: Fuligem e Eletricidade; mas a Variedade no mundo é tal que detém essas potências máximas: a Fuligem, uma folha de papel frágil; e a Luz e o Raio, uma lâmina de vidro, madeira ou borracha. Portanto, devemos levar nossa conduta entre o medo dessas potências e a constante lembrança de que o mundo oferece meios ilimitados de frustrá-los.

Contudo, além de sua doutrina metafísica, Nicolasa também tinha certa antipatia por geômetras, por algum episódio de sua vida. O certo é que ela se vingou deles convidando-os docemente para um banquete por ela preparado. Fez as iguarias tão perfeitamente esféricas em sua apresentação, principalmente a primeira, que os geômetras, não sabendo por onde começar (encontrando-se diante de um infinito sem começo, que deviam respeitar), não a provaram, e não tendo iniciado o banquete pelo início, abstiveram-se de iniciá-lo pelo restante, o que duplicou sua mortificação, pois as iguarias seguintes não tinham impedimentos geométricos para sua altamente desejável degustação.

E agora sim já é hora de deixar Nicolasa em paz.

O Presidente trouxe para a felicidade de seus acompanhantes, mas depois de um tanto dela na Amizade profundamente possuída e na Ação acertada e jovial, e também o alegre regresso ao lar do romance, com a felicidade à vista, recobrada, seu impulso de doente lhes impôs a despedida que, roubando sua felicidade, apenas os isentou do inevitável desgarre de se ver todos morrer (terrenalmente), pois o Presidente conta em seu favor ter incutido neles, e serenado para sempre, sua "Metafísica sem Morte".

Só porque não há Morte neste meu romance é que, com muita surpresa para seu autor, tenha resultado tão triste (mas nem tanto quanto *Dom Quixote*, a obra mais espontaneamente, mais inesperadamente pessimista, também para seu autor, de toda a Literatura; *Dom Quixote* é mais triste que esta minha efêmera; em *Dom Quixote* involuntariamente, eu acho, o fracasso do Vivente é sancionado: sua Enfermidade, e a da Inocência, da Justiça. Nesta minha, apenas a Felicidade, não a Personalidade e a Eternidade, fracassa).

Qual era essa metafísica do Presidente?

Concluída, com um ponto final *expresso*, nós a encontramos entre seus papéis; é esta: Não poder amar o mortal, o que não sei que seja imortal.

1º) Eu me defino *a mim mesmo* sentimentalmente como o desastre do destino de um homem "que não podia amar quem espera morrer". Daí a desventura da Eterna, exclama.

Ressalvas: 1) Poucos, apenas um dentre um milhão de pessoas "civilizadas", experimentaram o instante da Infamiliaridade Radical, infamiliaridade de tudo: portanto, a explicação metafísica e essas linhas não são importantes. 2) Além disso, o homem é muito pouca coisa, tem muito pouco tempo, muito poucas forças para pensar, até mesmo os raros homens que poderiam dedicar alguma folga para pensar, e aos quais chamamos de sábios e gênios, são oprimidos por pequenos ou grandes enredos que exigem, mesmo aos mais favorecidos de ócio, 30% de suas forças musculares e atencionais práticas, além de uma paciência extenuante para o sofrimento. Por isso, "sábios" e "gênios" são uma condescendência em comparação com os muito musculares, que em parte não são obrigados ao saber. Exceto pela soma de coisas mentais, mas automáticas (História, Idiomas), e exceto pelo trabalhinho irritante de acondicionar páginas, escrever etc.

Em suma: todos os ditos sábios viveram e morreram no escuro e só são lembrados por sua especialização, o que é surpreendente em comparação com os homens musculares e comuns; mas eles sabem por si próprios que só conseguiram esclarecer 10% do que aspiraram. Sejamos modestos, nós que somos chamados de "intelectuais": em todo ofício ou vida muscular existem esforços intelectuais líquidos concorrentes.

Depois dessas franquezas, também me entrego a convidar com opiniões.

Em linguagem fácil, poderíamos dizer que o "par sequencial imediato" está fora do Tempo, dá-se uma única vez, é eterno, não se repete, mas voltamos a vê-lo do mesmo jeito que a simultaneidade árvore (sucessão e simultaneidade, tempo e espaço). E essa eternidade de uma sucessão imediata significa meramente não interferibilidade, num mundo de infinitas séries sequenciais contemporâneas em que há interferibilidades inumeráveis, mas não para a sucessão imediata, quase nunca.

A Realidade psíquica ou espacial (não digo external porque tudo, psíquico ou espacial, é exterior à atenção, ou interesse, com que o percebemos. Tampouco essa atenção vai com todo perceber ou sentir, nem tudo é duplo — sujeito e objeto —, e o que esteve na mente ou sensibilidade sem ser atendido pode depois ser atendido na imagem que deixou) é plena, como também sua correlativa certeza. Em certo limite, Certeza e Realidade, apesar de Erro associado, são sinônimos. Não apenas a Realidade é plena, familiar, certa, mas nossa certeza, Familiar, a desenvoltura com que a manipulamos ou julgamos e todo o jargão metafísico, não pode mudar nosso comportamento, nossa segurança não pode ser iludida ou desapontada. Um exemplo: um operário que passa oito horas por dia quebrando vidros aplica mil marteladas naquele período de tempo ao vidro com a certeza sempre satisfeita de que a martelada quebrará o vidro: 1000 instantes de certeza em uma hora. E se pusermos em seu lugar um metafísico que está além da metafísica, o mesmo acontecerá com ele, embora nenhum metafísico possa saber claramente o que é o Fundamento da Indução. (E eu opino que não se achará esse Fundamento enquanto, sobre esse assunto, se seguir acreditando que o Par Sequencial Imediato não se repete, é um só eternamente: o que se repete é nosso voltar a atendê-lo, não o voltar a produzir-se; a sequência imediata não pode falhar porque não é interferível. É como se vivêssemos 10 000 anos sozinhos e sem voltar a vê-los milhões de dias disséssemos que havíamos visto milhões de sequoias. Assim acontece com cada evento da sucessão H_2O-Água.)

Poema sem fim, e imutável, da variável Eterna

À Consolo:

Antes que, estando a teus pés, acerte de ti e de mim a primeira palavra do dizer que hoje começo para ti, inclina teu rosto bondoso e o lúcido espírito que nele, com o cenho franzido ou com a fronte serena, mostra seus labores e seu descanso, para mim, e para o pensar grave que minha arte sempre impôs; e hoje mais que antes de hoje, nestes dias que por ti se fazem Hoje para mim, quero-o severo e rico em adivinhações do mistério que pulsa em teu ser e na linha graciosa de teus pequenos e eternos passos, pois agora o Assunto és tu, se sou teu artista, e tu és quem mais espera de mim e mais de minha pessoa.

Pois eu faço, de tuas esperanças em mim, minha esperança. Não a trazia comigo quando cheguei e hoje tenho esperança, e melhor que a minha tenho a tua, em mim, e não a quero por minha, nem a tenho sem ti. Sabes agora que, se deixares tua fé cessar, nada será de imediato, não haverá nada em mim para morrer ou mesmo ter esperança, porque em teu ser estava o que parecia ser a minha.

Variáveis em ti

A agitação, no imortal, é tua fantasia em teu amor. Como se houvesse morte, como se as batidas do coração fossem contadas, tu te entregas ardentemente ao ímpeto da vida; teu ser inspirado ensaia tudo e tu chamas por todo lado para que nada do amor fique sem ser tentado e nada durma nele, seja pelo sonho surpreendido; como se pudesse haver morte! Como se devêssemos conhecer e contar as areias uma por uma.

Meu amor nem meu pensamento tiveram um anúncio de como estavas ontem.

Novo para mim te conhecer, e outro te amar me exigindo, com o que já conheço e amo de ti, bela te fizeste de novo, ontem quiseste ser: o ser da Noite te deste.

Ainda não sei te esperar antes que chegues: em tuas mudanças geniais te adiantas a mim e, embora eu te siga entusiasmado, meu amor ainda não te adivinha antes. Algum dia terei um pressentimento do que hás de ser e desejar ser a cada manhã.

Mas, em teus ardentes fingimentos, não ocorrerá em algum momento o abismo de que passes tão à frente de minhas adivinhações que, ao ver-te transmutada, mudada em beleza, mas sempre igualmente bela, eu te ame pela primeira vez com um amor todo novo, infiel ao te ter amado; me faças infiel a ti com tuas mudanças e sempre apaixonado pelo que não varia em ti? Não é assim uma morte, a única que pode acontecer ao amor pleno, te amar com o esquecimento de que já te amava?

Ainda sou apenas um aprendiz do mistério do amor que se ensina nas luzes de teus olhos, e em teu acento movediço, e posso vacilar, perdido em te reconhecer pelas feitiçarias e mutações em que te transfigura a avidez de renovações de tua beldade eterna.

Tudo existe no eterno, e assim pode acontecer-me amargura por ter deixado de te amar, sendo sempre a que amo; posso amar "outra" em ti, se mudares tanto que minha memória não te alcance e reconheça. Deixa-me aprender. E então adivinhar.

Variáveis de tua alma, Consolo. A Consolo eterna.

Poema sem fim.

A noite é a beleza que te comprouve vestir ontem.

Como se pensasses que teus olhos tinham te pedido para fazer parte do traje da noite: luzes estreladas nela — porém não foi assim, mas vontades de tua alma, diligente de decorações e transfigurações de si mesma, de ardentes ficções com que teu espírito se dá fantasia e a esforça para que teu ser guarde Beleza contra o mundo, o cosmos involuntário e predador — fingiste mimada demanda dos olhos — que, é certo, tu os figuras e nomeias inquietos — o que, nas exaltações em que vives para manter-te intransponível às Forças do não espiritual, foi desejo de tua inquietação vigilante: a Noite, a Beldade-Tristeza: quiseste ser e apareceste bela até doer em mim, de igualar-te no ser impossível, de explicar-te na arte, também.

Tu, que afirmas os luminares de teu espírito — o dia não tem luz nem a noite tem posse, se não consentires — sem temor de perdê-los, calmamente fechaste o olhar e a respiração sem medo de perdê-los, para ser a Noite e diante de mim perder-te nela imensa e sem caminhos... E hoje que da noite agitou a cumprida andança de confiada e tramada fantasia.

Eras a noite profunda, com suas profundezas de ébano, alturas de luz na cobertura abobadada da Via Láctea, orifícios de brilho que dão distância, dispersos, imensidão ao largo estender-se da abóbada celestial.

Teu pensamento cumpriu em tua pessoa, roupas e movimentos a estatuária da noite, seu sutil e grande andar, sua respiração contida perto de nós e sua voz que alcança longe, e a respiração harmoniosa em toda a extensão, sua passagem próxima que desperta o ar em nosso rosto, sua marcha para longe conjunta em todos os horizontes e picos, na virada processional para o amanhecer. Em ti se fez palavra a "voz" da noite contínua e a mesma; conheci seu falar pela primeira vez e nas tuas mãos soube ainda mais prodígio: o roçar da noite.

A noite que escolhe seus preciosos adornos, esparsos, delicados, invariáveis, não o dia de deslumbramento opressor e sem escolha; a palidez lunar de tua face que se azula nos olhos e cabelos negros. A que tem uma voz próxima que nos perturba e um som amplo mesmo nos vastos ébanos que salpicam a profundidade e a altura. A noite que nos roça, e estremecemos, como suas luzes distantes.

A noite que é a vida em beldade de tristeza, mas com pulsações de um esperar, de voluntários pensados ornamentos esparsos e excelsos, assim te fizeste, de pálido e negro, descartando tudo que te distraísse da imortalidade, nas supremas preferências não hesitantes de teu ser, nas alegrias renascentes de espiritualidade com que te dás toda beleza que defenda tua eternidade e o Desejo escolhido com que queres vivê-la.

E eras a Noite, tão severa em alguns aspectos, como viçoso estava teu coração do fingimento inventado.

Dia entornado

Já sei quem será o "pálido" que em teu coração poderá me vencer. Aquele que andando à minha frente na estrada às vezes eu descubro, às vezes não, avançando avidamente junto aos muros e cercas vivas. O que amarra rosas às sebes; e na brancura de mil fagulhas com que se alça em luz a alta sesta estreita uma faixa de sombra muito negra a cada pé de tronco, e estende delgado um rastro de sombra muito negra ao pé das breves muralhas campestres, e ao pé dos muros uma prancha de contornos pretos, no "prumo", na verticação e oscilação do dia todo, do lago flamejante da Siesta. Breves manchas de negrura, tordos do deslumbramento, segredos do Dia guardados ao pé das roseiras como se as roseiras brotassem desse segredo e a fragrância das rosas fossem lágrimas desse segredo.

Algum outro com a palidez da arte e do amor, algum outro "pálido", mais amoroso e artista. É esse, e não tem mais vida que a que tu ou eu damos a ele. É aquele que acreditas, que sonhas encontrar em mim, aquele que eu ansiara ser: o Artista, aquele que cuida até das sombras das coisas, para que o Dia não as ofusque, o Real nas transparências do ser delas, aquele que ama tudo e diz tudo.

Invisível, se transpassado pela luz no seio da Siesta; escuro, na Noite, mas claro seu rosto com sua palidez e de lua e estrelas. Como o pensas tu, como o penso eu.

Tu que tens tintas muito negras nos olhos e nos cabelos, ódio de luz com a qual as coisas evitam o sorvo da Siesta; coisas ternas que amam suas sombras e amores humildes, que o artista cuida delas, e não querem ser imersas no poder transparentador daquela e esperam, retendo suas sombras; caminham em direção à Noite, seus tules recolhidos nas mãos, o que lhes diz que existem: suas sombras.

Tu que amas a noite e és ela às vezes em palidez, em luz das estrelas, em teus olhos, no suspiro, no silêncio, no não presente, na Recordação. Tu. Nessa palidez de recordação, de amor, nessa eu creio, não naquilo com que um dia a morte se fingirá em ti.

Eras a noite, em que vi meu caminho.
Tu me levas, és a noite que guia!
Noite iluminante, te chamo,
porque a luz da noite te deixa viçosa,
a do dia te machuca e te proíbe teu mundo.
Eras a noite. Só me mostrou em meu caminho na noite que és.
Também só eu era
quem poderia te descobrir
nas sombras da noite.

Já sei quem será o pálido
Que em teu coração poderá vencer-me.
Aquele que no caminho
andando antes que eu
às vezes descubro, às vezes não
avançando com afã junto ao muro e às cercas vivas
O que amarra rosas às sebes
E na brancura pululante de chispas
Da alta Siesta
Estreita uma faixa de sombra muito negra
A cada pé de tronco
E estira seu rastilho de sombra muito negra
Ao pé dos muros
Nele a prumo na verificação e oscilação do dia todo
Do lago flamejante da Siesta
Algum outro com a palidez da arte e do amor
Algum outro "pálido" mais amoroso e artista.

Esse é e não tem mais vida
Que a que tu e eu lhe damos,
É o que tu sonhas em mim
Ou o que eu ansiara ser.

Invisível
Se transpassado de luz da Siesta
Sombra na noite
Mas em palidez de seu rosto sumida luz de lua
Como o penso eu
Como o pensas tu

Como espero reter-te

Serei vencido, mas só há um pensamento, e é o meu, que possa dar-te a resposta completa do Mistério de teu ser e de todo ser, e algum dia por isso me procurarás nos caminhos da eternidade. Eu te direi a palavra que só eu possuo e ficarás ao meu lado para sempre. Tenho o pensamento que explica todo o ser e, portanto, o teu. E agora procuro no teu retrato o rastro não de teu ser, mas de como tu és, porque és como te vemos e te conhecemos.

Querido ser

Nada vale como tu, como nós; obra do homem ou do mundo, nenhuma tem suspiro, o que em ti suspira, aquilo que se abranda ou repousa, ou se despede, por um momento, da recordação do murmúrio com que em ti, por um instante, caíram as memórias dormindo. Não aquela risada curta, tão nobre, trêmula e úmida de choro, que é minha, que é a palavra que tens para mim, a palavra que entre todas as tuas só tem em mim qucm a compreenda; que antes de eu chegar ou depois de todo o Porvir ter chegado, Nunca outro a libará de tua garganta, de teu ser, como teu artista que aqui te fala, que te encontrou e te seguirá. E que não quer que tu, o Manancial, a perene Menina, que ainda tem suas primeiras lágrimas naquele riso terno de um instante que às vezes no colóquio consigo de ti e que parece o último singulto de um pranto em corolas que se abrem com o dia que se abre: lágrimas, lágrimas da Manhã, da esperança, do "não mais chorar"...

Não pôde ser

Tu me darás o signo
dolorosa Consolo.
Piedosos um de outros, firamos
com o beijo do olvido
que permaneça queimando na memória,
mas sem amor nos deixe neste solo.
Sem este amor que não pôde ser.
Seja então quando este ósculo de lágrimas
pressione nossos rostos na suprema cercania
que conheceram nossos corpos.
Quando sintamos a última dor da paixão
e a maior.

O signo
forjemo-nos letal
todo de dor,
mas com morte.
A morte que é pedida
para início de amor,
não a que é horror dos amantes.
O dia após a noite,
não a noite do dia.

Submissão

Se eu não posso a teu lado ficar
tu mesma hás de dar-me
talismã que me impeça de amar-te.

Piedosa como foste comigo
forja tu mesma o beijo do olvido,
o beijo da fatalidade, do impossível,
que submete nossos destinos.

E arrancando-nos dele
seja nossa partida,
separando-nos de quando mais próximos estivemos.
Da única carícia que nos demos,
do que mais próximo nos teve
arranque o primeiro passo sem retorno
em nossos subjugados destinos.

E nos esperaremos atormentados
onde amor seja vencido.

Enquanto pude, teu amor adormecido
não desenlacei senão quando acordaste.

Já sei como será.
Meu amor já o soube impaciente
no ardente estudo do porvir:
nossas mãos nos atraindo iludidas dirão: vem a mim
logo...

Oh, Consolo, que em tua boca não se diga mais: sou passageira

Suspensa ficaste, plácido o respiro
que murmura o quieto existir,
plácido um olhar ao longe e um pensar descansando
que ao interessar-se por momentos em silêncio
sem agitação nem exigências da vida,
influencia a branca mão do afeto
que sobre a minha pousaste, como por uma brisa,
e assim vou sabendo os novos passos de teu pensar.

Conhecendo na tíbia opressão de tua palma os andares de tua alma,
bebendo contigo o ar que respiras,
que acabou de pulsar com a voz com que dizias:
sou passageira.
Nos limites do meu olhar, abaixo a brancura da mão,
em alto arder igual da negra pupila, que não
miro em adivinhá-la comprazido.

O que disseste, e o calar sem me olhar de agora,
tão precioso de uma espera
graciosa e certa da resposta que conheces...
Minha mente ficou buscando apaixonada com todas
as suas forças
para dar-te imensa, eterna.
Esse calar, Consolo, em boca que confiada no amor
sorri sutilmente, esse calar gentil como é clara
a luz do teu sorriso que só eu descubro,
eu gostaria de guardá-lo.
E em minha eterna memória hei de tê-lo eterno como o
muito rico dizer que teve nosso amor.
Esse calar
Esse calar que pressionaste voluntária nos lábios
tão perto de minha contemplação afortunada,

provocando-me.
Aos aborrecimentos de amante que em mim há
contra o efêmero
e, em todo o meu pensar, contra as mortes.
Remove esse calar com que, no seguro do amor, brincas
e finges a não esperança enquanto certa esperas
a resposta que sabes tenho inocultável
para todas as ficções do cessar, do partir
que chamamos morrer.
Tão perto venturoso mirando tua garganta
e o viver de teu peito com um murmúrio do respiro que o visita
Vai e volta, comove-o e se perde
no significado imenso
das bocas entreabertas
o ar que bebemos,
o som do batimento
e a oscilação dos peitos, uníssonos do mar.

Eterna, que amei
embora eu não esperasse ser teu amado
e hoje quão modestamente, como se nada desses
como se não iluminasse tuas prodigiosas palavras
a magnificência de uma criação de Vida!
Tu me deste o começo mais real da minha,
mais prístino, mais inaugural que um nascer
em tuas palavras "Sim, eu também te amo"...
Sim, como quem treme,
como quem treme feliz de um sonho lindo
e dolorido, do despertar que o tire
e, porém, é a realidade que o espera
e o despertar o que guarda sua ventura,
assim estou trêmulo
sem receber a oferenda, sem acreditar nela,
sem recebê-la na íntima, segura alegria de meu ser,
sem lhe dar minha fé,

o presente do teu amor, que com tantos rogos
chamei antes
daquele amor que tantas vezes os sonhos me deram
e o despertar me despojou.

Mesmo que eu pudesse
pois hoje o real é mais venturoso para mim que todo sonho,
sejas tu quem me fale de novo, me chame, me desperte;
que ainda me falta coragem
para correr a cortina da manhã, do despertar,
e em troca do real afastar esse sonho.

Companhia pressentida

"Não é que eu não soubesse
e sim que tardei"
te disse, estranha para mim de perturbada, minha voz, submissa
de contentamento,
na primeira vez que te encontrei.
Adivinhada, agora meu pé em teu umbral
me fez te conhecer.
Que eras eu sabia, mas não lugar e momento
Nem como miravas, dizias e estavas figurada.
Apenas tua alma sabia que era de amor.
E nada mais nela pudesse haver
e nada mais em mim pudesse haver.

E sim que tardei
porque os cercos diziam ao meu caminhar
aqui e mais andando
uma vez, outra vez:
"Amor nunca foi, não será."
E de fato as flores neles murchavam
na máxima sesta, tudo luz.

Eu disse para cercas e muros nos campos
"Eu já deixei tudo, amor há de dar-me."
Já sei não ser nada mais que amor,
nem deidade, nem saber,
nem o mundo, nem o humano
tenho nem sequer
senão ela.
Companhia.

Poema sem fim
É a sombra no dia do amor

Aquilo que, em meu amor por ti mais é amor, é pensar-te incriada, eterna, e ver-te fragilmente, docilmente vestida de tudo que é mortal; e pensar que também terás um dia em que teu rosto, em tuas mãos, a morte estará fingida.

Tenho certeza de que sairás desse sonho. Este pensamento — o de teu Coração emudecido, já sem mais o que meu amor lhe ouvia, sem aquele repetir-se em ti sempre e apenas um batimento: "amado meu" — é dor, mas não palidez, atormenta minha terrenalidade, não desmaia minha certeza.

Silêncio em teu peito, mão que não aperta e sempre seguiu à minha que chamasse em tua palma, é dor, é tudo o que se viveu somado numa todo-dor de um instante. É, feito dor, tudo o que fomos desde que teu coração esqueceu todas as palavras que a vida dava, para pulsar sempre e somente: "amado meu" até este calar pavoroso!

Se tu ou eu há de ser quem escute a última palpitação, se tu ou eu há de ser aquele que conheça pela primeira vez o silêncio de um coração, o meu, o teu, de nós dois quem assim conheça maior dor parta também, não clame pedindo ouvir mais uma palpitação sequer, paga a dor da Terra, paga a Vida, corre ao novo encontro, a um despertar juntos, que o encontrarão tão perto como está todo despertar, do sonho.

Assim digamos sempre.

Às vezes, ao teu lado,
teus olhos se estreitam e me esquecem.
Esquecido e perto de ti
sou como quem ficou na noite
na cabeceira de um amor que adormeceu.
Mas não dormes, partes; amas sempre, mas não a mim.
Vigio então
o nó que se lavra entre nossas horas
e ardentemente procuro
fazer, sem que saibas,
novo nó, invisível e mais forte.
Mas não posso atá-lo quando já voltaste.

E sempre estará temendo
esse teu passado que volta,
esse teu presente que tiras de mim.

Vive Pessoa!

Para teus olhos com tantas dúvidas
é a tarefa de cuidar um ardente sentimento.
Olhar, e girar a mirada
para tudo que estás temendo
ao pensar no que queres, mais amar,
e pode ser-te ferido.
Descobre tu mesma, descobre!
Olharei para onde olhares.
Se não encontras, quem encontrará?
Hoje sim acharei onde achares.
Tu Todo-Amor e eu Claridade.

POSFÁCIO

A AUTORREFLEXIVIDADE DA FICÇÃO LATINO-AMERICANA

Daniel Baz dos Santos

Museu do romance da eterna é o fracasso do romance enquanto forma. Por isso mesmo, é seu sucesso enquanto gênero. Seu autor trabalhou nele durante aproximadamente 50 anos em ordem de idealizar um projeto prosaístico no qual todos os níveis do discurso se interconectam e formam instâncias dialógicas híbridas, para-meta-intertextuais. O primeiro choque sofrido por quem manipula a edição pela primeira vez está no nível paratextual da obra. São 59 prólogos que, fugindo da intenção original deste tipo de texto – ou seja, dar uma notícia sobre a história que será lida, apresentando algumas de suas características e elementos – adiam sua execução para um futuro aparentemente nunca alcançado. Somos obrigados a ler mais de cem páginas a respeito de um romance que se posterga indefinidamente, e, quando ele se inicia de fato, já estamos contaminados por esse universo digressivo repleto de comentários, curvas e nuances que anteciparam sua realização, apresentando personagens, justificando suas atitudes e definindo os rumos conteudísticos e estruturais da história. É irônico que o caráter inacabado da obra termine por ser o mais apropriado para sua apresentação, já que seu discurso nunca se manifesta como um objeto e sim na forma de um projeto crítico, irregular e polivalente.

Para analisar estes infindáveis prólogos é fundamental lembrar daquilo que Gérard Genette, no seu livro *Paratextos editoriais*, chama de "instância prefacial". Ao desenvolver o que seria uma espécie de "pré-história" dos prefácios, o autor explica que antes da era de Rabelais, ou seja, quando o texto impresso em livro ainda não tinha se estabelecido, os prólogos não eram viáveis para a lógica econômica da era dos manuscritos. Contudo, isso não significa que a função do prefácio inexistia, já que declarações por parte do autor poderiam ser inseridas no interior do próprio texto (comumente no início ou no fim), com o intuito de apresentar ou mesmo comentar a própria obra. Esta tradição está presente já nos primeiros versos da *Ilíada*, que traziam aquilo que Genette chama de "prefácio integrado". O período medieval, assim como era visto nos tempos áureos da epopeia, foi, de fato, marcado pela oscilação entre este tipo de introdução e o começo *ex abrupto*.

O que devemos notar é que, neste modelo de prefácio integrado, o mesmo que encontramos no romance aqui apresentado, o paratexto é encarado como uma das camadas textuais da obra e não um anexo. Sendo assim, deixa de ser um artifício complementar, para se tornar um elemento essencial do texto. Essa estratégia diz muito da noção de ficção proposta por Macedonio Fernández, já que o espaço do comentário é indissociável da representação comentada. O livro do autor argentino preenche, assim, duas das categorias de Genette, no que diz respeito à natureza do paratexto, sendo "Autêntico", ou seja, do próprio autor, e ao mesmo tempo "fictício", visto que a voz autoral provém do mesmo espaço das vozes das personagens e não se coloca aquém ou depois delas. O escritor deixa claro que o seu discurso é um fenômeno tão esteticamente motivado quanto a fala de seus personagens. Dessa forma, já dentro das funções aferidas pelo autor francês em seu trabalho, os prólogos de *Museu do romance da eterna* parecem valorizar a "diversidade", pois exercem a exaltação da ambiguidade do discurso e se recusam a cumprir as expectativas ordinárias do leitor. Não por acaso, o exemplo dado por Genette no ponto em que exemplifica este tipo de conteúdo prefacial é justamente o de Jorge Luís Borges, um dos grandes influenciados por Macedonio Fernández.

Em seus demais aspectos, os prólogos do romance servem, em síntese, para subverter as funções rotineiras das instâncias prefaciais, negando-se a tratar com clareza e correção da gênese da obra, da ordem de leitura, das indicações de contexto, das declarações de intenção, das definições de gênero e temas ou da orientação do leitor. Nesse sentido, mesmo os "contratos de ficção", comuns em autores autoconscientes como John Barth ou Roland Barthes, são problematizados pela instável voz que conduz/introduz a narrativa e insiste no desamparo do receptor, assoberbado pela liberdade interpretativa que goza diante das inúmeras possibilidades e caminhos de leitura e da impossibilidade de ter controle integral sobre a fruição do material artístico. Esta radicalização da natureza do romance enquanto gênero aberto, que se realiza sempre em porvir (veja-se o terceiro prólogo) provoca seu fracasso enquanto forma, como fica claro no quinto prólogo intitulado "Perspectiva".

Todas estas formulações, associadas ao hibridismo atingido pelo discurso do livro, estão em dia com um dos principais objetivos de Macedonio Fernández ao idealizar este incansável projeto prefacial, a saber: estabelecer um ataque direto à tradição realista do romance. Esta investida se sustenta sobre a crítica da noção convencional de catarse, decidida em se contrapor à ideia de arte como "Alucinação", abrindo mão do leitor ingênuo e emotivamente orientado em prol de um desejo maior: "O que quero é outra coisa, é ganhá-lo como personagem, quer dizer, que por um instante ele mesmo creia não viver. Essa é a emoção que me deve agradecer e que ninguém pensou proporcionar-lhe". Apesar da digressão irônica, o escritor argentino não está sozinho em seu projeto de exercer o poder do metatexto contra a arte realista, assim como está longe de ser o primeiro a elucidá-lo.

O mundo ocidental moderno viu a tradição metatextual se fortalecer a partir do clássico espanhol *Dom Quixote*, de Cervantes, o que nos permite afirmar que o romance já surge com uma carga razoável de anti-ilusionismo. Aqui, os leitores abdicaram de uma postura recepcional pacífica e se engajaram ativamente no projeto da obra. Afinal, em ordem de empreender a leitura, é necessário saber, por exemplo, que Cide Hamete Benengeli, suposto autor do texto, é uma ficção, que Miguel de Cervantes é o nome real do criador do livro, da mesma forma que as diversas fontes elencadas pelo pseudo--autor são também inventadas pela instigante e engenhosa voz autoral. Assim, Cervantes origina um tipo de jogo textual no qual os níveis da ficção e da realidade se contaminam, confundindo suas fronteiras. Tal procedimento exige do receptor um esforço hermenêutico extra, já que uma experiência exclusivamente catártica, de envolvimento e empatia diante das situações narradas, deixa de ser o suficiente para penetrar em profundidade nos conteúdos do discurso.

Ainda que todos esses procedimentos sejam próprios de textualidades anti-ilusionistas, para autores como Michel Butor a capacidade inventiva do romance é justamente aquilo que ele tem de mais realista, já que suas qualidades especulativas teriam relação direta com a forma na qual interagimos com uma realidade também aberta e inexplorada. No seu ensaio "O romance como pesquisa", o autor francês explica que o romance sempre tende para a sua própria elucidação e os livros que ocultam esta capacidade reflexiva nos apresentam uma realidade pálida, acrítica, imóvel, uma "mentira" que só serve para deixar flagrante a contradição de uma representação frágil e incompleta.

O teórico brasileiro Luiz Costa Lima, durante mais de 40 anos refletindo sobre a questão da mimese, segue o mesmo caminho analítico e não hesita em afirmar que a representação literária se sustenta na produção de diferenças entre o objeto estético e o mundo no qual ele se situa e não nas suas semelhanças. É esse estatuto mimético da ficção, muitas vezes ignorado pelas recepções da obra literária que diminuem seu potencial poético em prol de tecer vínculos diretos com a realidade por ela representadas, que a autoconsciência da obra de Fernández explora e radicaliza. Por isso, o teor autorreflexivo de *Museu do romance da eterna* se complementa com a preocupação obsessiva do narrador com o papel do leitor em frente ao texto e, em graus mais avançados, com uma espécie de teoria da leitura veiculada pelo livro.

Já no primeiro prólogo, o narrador fala de certa manobra das personagens que apostam na "demonstração de respeito e garantia ao Público Leitor que pela primeira vez se dedica a ele". O Prólogo 14, por sua vez, com o irônico título de "Aos leitores que sofreriam se ignorassem o que o romance conta" é um dos mais exemplares ao apresentar uma ideia que terá bastante influência na literatura argentina posterior: "o leitor saltado", ou seja, aquele que lê pulando as páginas sem se importar com a unidade cronológica do livro. Esta entidade é complementar ao tratamento dado pelo escritor ao seu material, sendo este também um "autor salteado". O leitor que não tenta descobrir uma solução final é o "leitor modelo" do livro, chamado, no prólogo 29, de "leitor artista". Além deste, o livro apresenta mais uma série de tipos de leitores, como a cômica lista exposta no prólogo 30, que contempla, entre outros, "o Leitor de vitrine", "o Leitor Mínimo", "o Leitor Não Conseguido", o "Leitor de Capa", o "Leitor de porta", heterogeneidade esta que sustenta ainda mais o caráter polivalente das intensões do texto. Contudo é na leitura crítica, presente no prólogo "Carta aos críticos" que temos uma nova preocupação metatextual, na qual o autor tenta antecipar as leituras "oficiais" de seu livro e conclui, de maneira categórica e demolidora: "Sou aquele que adivinhou que sabeis o que não é a Perfeição".

O romance, dessa maneira, vive um paradoxo imperfeccionista. Sua instância narrativa simula a todo o momento uma ausência de planos, ao passo que demonstra domínio total dos artifícios narratológicos, além de se mostrar atento às técnicas que os compõem. A ordem, a organização e a congruência são dispensadas, mas a partir de um gesto ativo de uma voz consciente. É possível, portanto, pensar uma vez mais no trabalho de Gérard Genette, visto que seu conceito de "metalepse" é fundamental para nos aprofundarmos não apenas no grau autorreflexivo, mas também na postura ético-estética de *Museu do romance da eterna*. O conceito elaborado em *Discurso da narrativa* se refere ao trânsito dos elementos do texto entre seus diferentes níveis. Duas das manifestações mais comuns deste fenômeno dizem respeito à introdução do autor no plano da narração e a presença do leitor como um dos itens mimetizados pela narrativa. Sendo assim, duas instâncias que estariam aquém da trama principal da obra são evocadas no discurso, confundindo os níveis da diegese, o que, em *Museu do romance da* eterna, se torna ainda mais ambivalente, por conta da hibridez entre o estrato textual e o paratextual do livro.

Genette se refere ao abandono da função do "narrador externo" por parte dos escritores, ou seja, a metalepse torna-se um item fundamental da narratologia moderna (algo que Cervantes já anunciara), na qual o enquadramento do enredo não deve ser fixo, fenômeno que ocorreu em paralelo com o abandono paulatino das "molduras" tão comuns no romance renascentista, como já mostrou Auerbach no seu livro *A novela no início do Renascimento – Itália e França*. Dizendo de outro modo, a metalepse abrange as intrusões de entidades extradiegéticas no universo diegético. É, portanto, um fenômeno de suspensão da representação pela preocupação digressiva de pontuar a presença do emissor/destinatário, enfatizando o caráter construtivo do discurso. É, assim, uma figura de autorreferencialidade concernente à metassignificação de um texto, isto é, a capacidade deste ser o conteúdo de si mesmo. Foi esse aspecto que popularizou o conceito desenvolvido por Genette dentre os teóricos do pós-estruturalismo, tão desconfiados da noção de "obra" e muito mais preocupados com a textualidade e suas possibilidades. O conceito serviu também para desenvolver uma reflexão sólida a respeito das interpolações entre o diegético e o extradiegético, mesclando os universos daquele "em que se conta", com "aquele que se conta".

Sendo assim, a descontinuidade salteada, a autoironia, a refração do discurso, complementadas pelas mudanças de um estrato enunciativo a outro e, finalmente, pelo adiamento do romance, são os elementos que caracterizam e definem *Museu do romance da eterna* e o tornam uma das manifestações mais intrigantes da ficção em contexto latino-americano. Postergando a consolidação do gênero, os prólogos não deixam de ser já discurso em prosa ficcional. É aqui que *Museu do romance da eterna* revela-se em dia com a difícil modernidade vivida na América Latina e as contradições de importar uma realidade plenamente moderna para um universo ainda marcado por valores pré-modernos (entre eles o regionalismo, que tantos problemas causou a Jorge Luís Borges no seu início). Essas contradições foram ainda mais impactantes na Buenos Aires que teve de se adaptar à modernização também da comunicação, diante do novo fôlego e função da imprensa, como demonstrou Beatriz Sarlo em *Modernidade periférica*: Buenos Aires. Para esta nova consciência, o prazer da leitura passa a estar em uma espécie de entre-lugar, onde o romance ainda não se estabeleceu como uma forma acabada, já que a realidade ao seu redor também ainda não se conformou integralmente. O prazer da leitura não é abandonado, mas se relaciona com este estado anfíbio, sendo esta uma das grandes conquistas da tradição romanesca autorreflexiva fortalecida por Fernández.

Alejo Carpentier explicou, certa vez, que o romance, sendo um gênero tardio na história dos demais construtos linguísticos, apoiou-se na imitação como sua principal alternativa de composição, técnica extremamente bem sucedida em um contexto repleto de "nativismos", como o latino-americano. Com obras como esta de Macedonio Fernández, contudo, a mimese romanesca permite-se desejar mais e explorar sua potência ficcional plenamente, ampliando sua "antropologia especulativa", no dizer de outro argentino, Juan José Saer.

Com efeito, o *Museu do romance da eterna* revela-se uma das mimetizações mais adequadas para a realidade fraturada da cultura latino-americana, que tem nessa incompletude seu maior valor: o de encarar a ficção como um projeto, um fenômeno sempre em devir, nunca devidamente pronto. Nesse sentido, a argentina criou sua própria tradição com Borges, Cortázar, Puig, Piglia e mais recentemente Alan Pauls. "Ter de refletir é a mais profunda melancolia de todo o autêntico romance", escreveu Lukács. O gênero é um construto ansioso, assombrado por sua própria impermanência. É em sua instabilidade e irrealização que ele se define como uma das textualidades mais eficazes na renovação dos sentidos e na crítica das formações discursivas majoritárias. Se reinaugurando paulatinamente e negando-se a ser um objeto acabado, um estado pacífico e passivo do discurso, *Museu do romance da eterna* é, portanto, um componente central na compreensão de nossa identidade dilacerada e improvisada e um dos momentos chave do romance enquanto realidade linguística, comunicacional e estética.

Apoiadores

O livro não seria possível sem os 572 apoiadores da campanha de financiamento coletivo realizada entre os meses setembro e novembro de 2022 na plataforma Catarse. A todos, um grande obrigado da equipe Pinard.

Adalberto Rafael Guimarães
Adla Kellen Dionisio Sousa De Oliveira
Adriana Massimini Junqueira
Adriana Mendes Haddad
Adriana Santos
Adriana Scarpin
Adriane Cristini De Paula Araújo
Ágabo Araújo
Alan Gomes Freitas
Alessandra Garcia
Alessandro Lima
Alex Bastos
Alexandre Carneiro Rios Macedo
Alice Antunes Fonseca
Aline Helena Teixeira
Alice Marinho Rodrigues Lima
Alice Moro Neocatto
Aline Khouri
Aline Santiago Veras
Aline Viviane Silva
Alline Valverde
Amanda Da Silva Rios
Amanda Vasconcelos Brito
Amélia Karolina Novais Campos
Ana Carolina Lessa Dantas
Ana Carolina Macedo Tinós
Ana Carolina Ribeiro De Moraes
Ana Carolina Wagner Gouveia de Barros
Ana Claudia De Campos Godi
Ana Hajnal
Ana Julia Candea
Ana Laura Marques Silveira
Ana Luísa Fernandes Fangueiro
Ana Luiza Lima Ferreira
Ana Luiza Vedovato
Ana Paula Gomes Quintela
Ana Paula Squinelo
Ana Rosa
Ana Silvia Takizawa
Ana Vitória Baraldi
André Franciosi
André Igarashi
André Luccas Kuchnir Monegaglia
André Luis Machado Galvão
André Luiz
Andre Molina Borges

Andrea Carla Pereira Cavalcante
Andrea Vogler Da Silva
Andrelina Queiroz Calixto
Andressa Cristina De Oliveira
Angela Neto
Angelo Defanti
Anna Beatriz Rodrigues
Anna Carolina De Almeida Paiva
Anna Luísa Barbosa Dias De Carvalho
Anna Regina Sarmento Rocha
Anna Rita Dornellas Camara De Almeida
Antônio Carmo Ferreira
Antônio Marinho Dos Santos Neto
Antonio Vilamarque Carnauba De Sousa
Arianni Ginadaio
Arthur Ledine
Augusto César
Bárbara Santana Marques De Oliveira
Bárbara Silva Brandão
Beatriz Furtado
Bernardo Tadeu Silva Duarte
Berttoni Cláudio Licarião
Beta Corrêa
Bianca Silva
Bruce Bezerra Torres
Bruna Cruz
Bruno Baradel
Bruno Capelas
Bruno Cavalcante Pereira
Bruno Figueiredo Caceres
Bruno Fiuza
Bruno Koga
Bruno Mattos
Bruno Miano
Bruno Miranda E Silva
Bruno Moulin
Bruno Novaes Bezerra Cavalcanti
Bruno Novaes Bezerra Cavalcanti
Bruno Pinto Soares
Bruno Schoenwetter
Bruno Sergio Procopio Junior
Bruno Velloso
Bushcraft - Woodcraft
Caio Lima
Caio Pereira Coelho
Calebe
Camila Dell Agnolo Schmidt
Camila Dias
Camila Melluso Ferreira
Camila Miranda
Camila Oliveira Giacometo
Camila Piuco Preve Camila
Carla Curty Do Nascimento Maravilha Pereira
Carla Nogueira
Carlos Alberto Farias De Azevedo Filho
Carlos Esperanca
Carlos Henrique De Sousa Guerra
Carolina Araújo
Carolina Rodrigues de Souza
Caroline Domingos De Souza
Caroline Lima
Caroline Pinto Duarte
Cássia Daiane Macedo Da Silveira
Catarina S. Wilhelms
Catharina Mattavelli Costa

Catharino Pereira Dos Santos
Cauã Freire
Cauê Soares Lopes
Celito Pandolfi Júnior
Celso Ricardo Freitas Cavalcanti
Cesar Lopes Aguiar
Chagas Conceição
Charles Cooper
Christian Lucas Cunha Silva
Cintia Cristina Rodrigues Ferreira
Cíntia Garbin
Cíntia Zoya Nunes
Clauber Scherer
Claudia Avila Klein
Cleiton Galvão M. Furtado
Cristian
Crístian S. Paiva
Cristina Rieth
Cristina Rieth
Cyntia Micsik Rodrigues
Dafne Takano Da Rocha
Daniel Tomaz De Sousa
Daniela Lêmes
Daniela Maia
Daniela Massimini
Daniele Cristina Godoy Gomes
De Andrade
Daniella Monteiro Correa
Daniella Monteiro Correa
Danielle Nunes
Danila Cristina Belchior
Danilo Albuquerque Mendes Castro
Darla Gonçalves Monteiro Da Silva
Darla Gonçalves Monteiro Da Silva
Darwin Oliveira
David Miguel Costa
Dayvson Fabiano
Debora Faleiros Chioca Vieira
Denis Jucá
Denis Yuri Bispo
Denise Marinho Cardoso
Denise Sapucaia Camera
Desidério De Oliveira Fraga Neto
Diego Domingos
Diego Silveira Domingues
Dieguito
Diogo De Andrade
Diogo Ferreira Da Rocha
Diogo Gomes
Diogo Neves
Diogo Souza Santos
Diogo Vasconcelos Barros
Cronemberger
Dk Correia
Edielton De Paula
Edson Augusto Vicente
Eduardo Da Mata
Eduardo Rodrigues Ferreira
Eduardo Vasconcelos
Eliana Maria De Oliveira
Elizabeth Diogo Gonçalves
Eliziane De Sousa Oliveira
Elton Alves Do Nascimento
Eric Da Silva Rocha
Érico Zacchi
Evandro José Braga
Fabiana Alves Das Neves De Araújo
Fabiano Costa Camilo
Fabio Di Pietro
Fábio Sousa

Felipe Bergamasco Perri Cefali
Felipe Cuesta
Felipe Da Silva Mendonça
Felipe Esrenko
Felipe Junnot Vital Neri
Felipe Pessoa Ferro
Fernanda Da Conceição Felizardo
Fernanda Martinez Tarran
Fernando Antonio De Araujo Carneiro
Fernando Bueno Da Fonseca Neto
Fernando Cesar Tofoli Queiroz
Fernando Da Silveira Couto
Fernando José Da Silva
Fernando Luz
Fernando Simoes
Flavia Crisitina Albuquerque Palhares Machado
Flavio Rocha Brito Marques
Francielli Czelusniak Costa Chepluki
Francisco Alexsandro Da Silva
Francisco Alexsandro Da Silva
Francisco De Assis Rodrigues
Fred Vidal Santos
Gabriel Cardoso Coutinho Vieira
Gabriel Da Matta
Gabriel Do Nascimento Barbosa
Gabriel Pinheiro
Gabriel Sbaraini Nascimento Moura
Gabriel Souto
Gabriel Tavares Florentino
Gabriela Guimarães
Gabriella Malta
Geonir Edvard Fonseca Vincensi
Georgia Seabra Nasseh
Geraldo Penna Da Fonseca
Germana Lúcia Batista De Almeida
Geth Araújo
Gicarlos Oliveira Dourado
Giovanna Bobato
Giovanna Fiorito
Gisela Biacchi Emanuelli
Glaucia Dos P L R Alaves
Glenda Rafaelly Aguiar Da Cunha
Guilherme Carvalho Junior
Guilherme Onofre Alves
Guilherme Priori
Guilherme Torres Costa
Guilherme Zaccaro
Gustavo Bueno
Gustavo Coelho
Gustavo De Almeida Ferreira
Gustavo Gomes Assunção
Gustavo Henrique Ramos Dutra
Gustavo Jansen De Souza Santos
Gustavo Maia
Gustavo Pavanetti
Gustavo Peixoto
Gustavo Yrihoshi Pereira
Hádassa Bonilha Duarte
Helena Coutinho
Henri Cleiton
Henrique Carvalho Fontes Do Amaral
Henrique De Villa Alves
Henrique Santiago
Hítalo Tiago Nogueira De Almeida
Hitomy Andressa Koga

Hugo Melo Da Silva
Humberto Gallucci Netto
Iara Lopes Maiolini
Igor Macedo De Miranda
Inês Ferraz De Campos
Inês Tourino Teixeira
Ingrit Tavares
Isabela Cristina Agibert De Souza
Isabela Dantas
Isabela Dos Anjos Dirk
Isabela Rodriguez Copola
Isadora Soares
Ítalo Lennon Sales
Italo Nunes Machado
Itamar Torres Melo
Ivy L. R. Sá
Izabel Maria Bezerra Dos Santos
Jade Martins Leite Soares
Jailma Cordeiro Do Nascimento
Jaira Nádia Carvalho Pereira
Janaina Lima
Janete Yamazato
Janine Soares De Oliveira
Jaziete Aguilar
Jeferson Bocchio
Jelcy Rodrigues Correa Jr
Jessé Santana De Menezes
Jéssica Caliman
Jessica Caroline Dos Santos Simplicio
Jéssica Vaz De Mattos
Jheyscilane Cavalcante
Joabe Nunes
João Alexandre Barradas
Joao Lemos
Joao Paulo De Campos Dorini
João Pedro Fahrion Nüske
Joeser Silva
Jonas Braynner Carvalho
Jonas Vinicius Albuquerque
Jorge Luiz Valença Mariz
José Aldo Ribeiro Da Silva
Jose Americo Dos Santos Filho
José Antonio Assis
José Antonio Veras Júnior
José De Carvalho
José Guilherme Pimentel Balestrero
José Lucas Santos Carvalho
José Mailson De Sousa
José Paes De Almeida Nogueira Pinto
Josiane Nava
Joyce K. Da Silva Oliveira
Júlia Flores
Juliana Gonçalves Pereira
Juliana Guimarães Miranda
Juliana Marins De Oliveira Pereira
Juliana Nasi
Juliana Pádua Silva Medeiros
Juliana Silveira
Juliana Terumi Baba
Juliano Roberto De Oliveira Lima
Júlio Canterle
Julius François Cunha Dos Santos
Junia Botkowski
Junia Botkowski
Junia Mangini
Kaio De Almeida Rabelo
Kamila De Souza Cardoso
Kamila Moreira Bellei
Karina Aimi Okamoto

Karina Pizeta Brilhadori
Karinna Julye Checchi
Karla Galdine De Souza Martins
Karyn Meyer
Kelfrenn Teixeira Rodrigues De Menezes
Kevin Rodrighero
Kevynyn Onesko
Lana Raquel Morais Rego Lima
Larissa De Almeida Isquierdo
Larissa De Menezes
Larissa Gersanti
Larissa Jandrey Fraitag
Larissa M F S Andrade
Larissa Sanches Paulino
Laura Hanauer
Laurianne Maria Passos Rego Rubim
Lauriete Aparcida Pereira
Leandro Ferreira Da Silva
Leila Brito
Leila Cardoso
Leila Maria Torres De Menezes Flesch
Leila Maria Torres De Menezes Flesch
Leíza Rosa
Leonardo Antonio Marcolino
Leonardo Pinto De Almeida
Leonardo Pinto Miranda
Leonel Souza
Leopoldo Cavalcante
Leticia Aguiar Cardoso Naves
Levi Gurgel Mota De Castro
Lília Maria Sampaio Santana
Lilian Vieira Bitencourt
Livia Marques Siqueira
Lívia Revorêdo
Lucas Cabral
Lucas De Jesus Santos
Lucas França
Lucas Freitas
Lucas Rodrigues Fernandes Da Silva
Lucas Sipioni Furtado De Medeiros
Lucas Yashima Tavares
Luciana Almeida Piovesan
Luciana Harada
Luciana Maria Agoston Burr
Luciana Morais
Luciene Assoni Timbó De Souza
Lucirlei Donebe
Ludmila Macedo Correa
Luis
Luis Henrique
Luiz Antonio Capelas
Luiz Antonio Rocha
Luiz Eduardo Dos Santos Tavares
Luiz Eduardo Lima
Luiz Guilherme Alves Alberto
Luiz Guilherme Puga
Luíza Dias
Lukas Godoy
Maikhon Reinhr
Maikhon Reinhr
Maíra Leal Corrêa
Manuel Antônio Simon Gomez
Manuela Rodrigues Santos
Marcela Bonabitacola Daniel

Marcelle Christine Soares De Souza
Marcelo Bueno Catelan
Marcelo Gabriel Da Silva
Marcelo Leandro De Rezende
Marcelo Novo E Trigueiros
Marcelo Ottoni
Marcelo Scrideli
Marcelo Tavares Soares
Marcia Oliveira
Marcia Regina Dias
Marco Antonio De Toledo
Marco Aurélio Amaral
Marco Giannelli
Marco Prates
Marco Severo
Marconi Soares De Moura
Marconi Soares De Moura
Marcus Vinicius Liessem Fontana
Mari Fátima Lannes Ribeiro
Maria Celina Monteiro Gordilho
Maria Cristina Nassif Soares Salomão
Maria Da Consolação Viana
Maria Darlene Nogueira Gonçalves
Maria De Fátima E José Azevedo
Maria Eduarda Souza De Medeiros
Maria Elisa Noronha De Sá
Maria Fernanda Oliveira
Maria Luiza Pontes Bertrand
Maria Martins
Maria Paula Villela Coelho
Maria Vitória E Altina Rodrigues Lima Dos Santos
Mariana Bricio Serra
Mariana Dal Chico
Mariana Moro Bassaco
Marianne Teixeira
Maribel Cunha
Marielly Inácio Do Nascimento
Marina Araújo
Marina Dieguez De Moraes
Mário A. Canto
Marise Correia
Marjorie Sommer
Marne Machado
Marriete Morgado
Mateus Gomes Sepúlvida Dos Reis
Matheus Augusto Gomes
Matheus Lolli Pazeto
Matheus Miguel Brustolin Da Silva
Matheus Sanches
Mauro Bessa
Melissa Barth
Mellory Ferraz Carrero
Meriam Santos Da Conceicao
Michele Pahl
Micheli Andrea Lamb
Mirella Maria Pistilli
Miriam Borges Moura
Miriam Paula Dos Santos
Miro Wagner
Moacir Rodrigues
Mônica Geraldine Moreira
Monick Miranda Tavares
Monique Karen Da Silva Melo
Mylena Cortez Lomônaco
Nathalia Costa Val Vieira
Nathalia Lippo

Nathália Mosteiro Gaspar
Nathalya Porciuncula Rocha
Nicolás Alberto Irurzun
Nicolas Neves
Nielson Saulo Dos Santos Vilar
Nina Araujo Melo Leal
Nora M Rachman
Núbia Esther De Oliveira Miranda
Osmar Franco de Toledo Junior
P E P S
Pacheco Pacheco
Pâmela Das Graças De Freitas Golarte
Pamella Caroline Alberti Moreira
Pamina Rodrigues
Paola Borba Mariz De Oliveira
Patricia De Aguiar Dantas Caralo
Patricia Quartarollo
Paula Rutzen
Paulo Diego Pereira Da Silva
Paulo Henrique Martins
Paulo José Barreto
Paulo Oliveira
Paulo Victor Grangeiro Lucena Torres
Pedro Américo Melo Ferreira
Pedro Andrade
Pedro Cavalcanti Arraes
Pedro Cunha
Pedro Fernandes
Pedro Figueiredo
Pedro Figueredo Durao
Pedro Henrique
Pedro Henrique Vasques
Pedro Mostardeiro
Pedro N. P. L. E. Esanto
Pedro Pacifico
Pedro Pantoja
Pedro Ricardo Viviani Da Silva
Pedro Sander
Pilar Ares
Pompéia Carvalho
Pricilla Ribeiro Da Costa
Priscila Sintia Donini
Rafael Bassi
Rafael Cal
Rafael de Sousa Carvalho
Rafael Leite Mora
Rafael Müller
Rafael S.
Rafael Theodor Teodoro
Rafaela Altran
Rafaela De Oliveira Massi
Raissa Barbosa
Raphael Frederico Acioli Moreira Da Silva
Raphael Lana Seabra
Raphael Scheffer Khalil
Raphaela Vidotti Ruggia Vieira
Raquel Mayne Rodrigues
Raquel Mayne Rodrigues
Regina Kfuri
Renan Keller
Renata Sanches
Renato Tapioca Neto
Ricardo Bechelli Barreto
Ricardo Munemassa Kayo

Roberson Guimaraes
Roberta De Matos Vilas Boas
Roberta Trindade
Roberto Guimaraes
Robson Barros
Rocinante Sebo
Rodrigo Cantarelli
Rodrigo Da Silva Rocha
Rodrigo Gutierres
Rodrigo Novaes
Rodrigo Piber Dos Santos
Rodrigo Soares
Rodrigo Souza
Rodrigo Ungaretti Tavares
Rogério Mendes
Romulo Lins Alves
Roney Vargas Barata
Ruben Maciel Franklin
Sabrina Dos Santos
Sabrina Jacques
Samantha Da Silva Brasil
Sammer Amantes Pires
Samuel Caetano
Samuel Lima
Samuely Laurentino
Sandy Pombo
Sanndy Victória Freitas Franklin Silva
Sérgio Abi-Sáber Rodrigues Pedrosa
Sergio Klar Velazquez
Silvia Massimini Felix
Simone Da Silva Ribeiro Gomes
Sonia Aparecida Ribeiro Soares
Sonia Aparecida Speglich
Soraia Quaranta Damião
Stefania Dallas G B Almeida
Suely Abreu De Magalhães Trindade
Suely Custodio
Tais Cangussu Galvão Alves
Tânia Maria Florencio
Tatiana Bonini
Tereza Cristina Santos Machado
Thaís Dias Do Carmo
Thais Terzi De Moura
Thaís Tiemi Shimabukuro
Thales Basílio Lourenço De Mattos
Thales Veras Pereira De Matos Filho
Théo Marco Peres Bicalho
Thiago Almicci
Thiago Augusto Moreira Da Rosa
Thiago Ernesto Possiede Da Silva
Thiago Rabelo Maia
Tiago Butarelli
Tiago Coelho Fernandes
Tiago Germano
Tiago Nogueira De Noronha
Tiago Pedruzzi
Tobias V.
Valquiria Gonçalves
Vanessa Coimbra Da Costa
Vanessa Ramalho Martins Bettamio
Vanessa Serafim
Verônica Meira
Victor Cruzeiro
Victor Gabriel Menegassi
Victor Hugo De Azevedo Macêdo
Victor Hugo Siqueira

Victor Lopes E Silva
Victor Pentiado
Victoria Frazão Siqueira
Vinicius Eleuterio Pulitano
Vinicius Lazzaris Pedroso
Vinícius Lemos Postali
Vitor Kenji De Souza Matsuo
Vitor Mamede
Viviane Cristhyne Bini Conte
Viviane Tavares Nascimento
Wasislewska Ramos
Weslley Silva Ferreira
William Hidenare Arakawa
Willian Vanderlei Meira
Yago Gomes
Yuri César Consorti Deliberalli

Coleção Prosa Latino-americana

Originária do latim, a palavra *prosa* significa o discurso direto, livre por não ser sujeito à métricas e ritmos rígidos. Massaud Moisés a toma como a expressão de alguém que se dobra para fora de si e se interessa mais pelos outros "eus", pela realidade do mundo exterior. A prosa está no cotidiano, no rés do chão, nas vizinhas que conversam por cima do muro, nos parentes que plantam cadeiras nas calçadas para tomar ar fresco e ver a vida lá fora. Se ouvimos dois dedos de prosa, já sabemos que estamos em casa. Em "Las dos Américas", escrito em 1856, o poeta colombiano José María Torres Caicedo apresenta pela primeira vez a ideia de latino-americano ao falar de uma terra merecedora de futuro glorioso por conter "um povo que se proclama rei". Hoje o termo diz respeito a todo o território americano, exceto os Estados Unidos, abrangendo os 12 países da América do Sul, os 14 do Caribe, os 7 da América Central e 1 país da América do Norte. É a nossa casa. Dona de uma literatura rica pela diversidade, mas ainda com muitos títulos desconhecidos pelos leitores brasileiros, a prosa latino-americana vem composta pelos permanentes ideais de resistência, sendo possuidora de alto poder de contestação, dentro de uma realidade que insiste em isolá-la e esvaziá-la. Com esta coleção cumpre-se o objetivo de ampliar nosso acervo de literatura latino-americana, para corrermos e contemplarmos a casa por dentro, visitá-la em estâncias aconchegadas, de paredes sempre sempre bem revestidas.

1. Dona Bárbara, de Rómulo Gallegos
2. O aniversário de Juan Ángel, de Mario Benedetti
3. A família do Comendador, de Juana Manso
4. Homens de Milho, de Miguel Ángel Asturias
5. Eu o Supremo, de Augusto Roa Bastos.
6. Museu do romance da Eterna, de Macedonio Fernández

Título original: *Museo de la novela de la Eterna*

Grafia atualizada segundo o Acordo Ortográfico da Língua Portuguesa de 1990, que entrou em vigor no Brasil em 2009

EDIÇÃO
Igor Miranda e Paulo Lannes
TRADUÇÃO
Silvia Massimini Felix
POSFÁCIO
Daniel Baz dos Santos
PREPARAÇÃO
Ana Cecília Água de Melo
REVISÃO
Maria Vitória Lima
COMUNICAÇÃO
Paulo Lannes e Pedro Cunha
CAPA E PROJETO GRÁFICO
Gabriela Heberle

DADOS INTERNACIONAIS DE CATALOGAÇÃO NA PUBLICAÇÃO (CIP)

Fernández, Macedonio, 1874-1952
Museu do romance da Eterna / Macedonio Fernández ;
tradução Silvia Massimini Felix. --
São Paulo : Pinard, 2023.
Título original: Museo de la novela de la Eterna
ISBN 978-65-995810-8-3
1. Romance argentino I. Título.
23-145986
CDD-Ar863.4
Índices para catálogo sistemático:
1. Romances : Literatura argentina Ar863.4
Eliane de Freitas Leite - Bibliotecária - CRB 8/8415

PINARD

contato@pinard.com.br
instagram - @pinard.livros

PINARD

Impresso em março de 2023, momento
em que o Brasil inicia um novo governo.
Parcerias diplomáticas e comerciais com a
Argentina são retomadas.

Composto em
HK GOTHIC E DANTE

Impressão
GRÁFICA PALLOTTI

Papel
LUX CREAM 70g